Friederike Bohse

I love you, it´s ruining my life

Meine Liebe zu dir ruiniert mein Leben

Friederike Bohse

I love you, it´s ruining my life

Meine Liebe zu dir ruiniert mein Leben

Romantasy

Bibliografische Information der Deutschen Nationalbibliothek: Die Deutsche Nationalbibliothek verzeichnet diese Publikation in der Deutschen Nationalbibliografie; detaillierte bibliografische Daten sind im Internet über http://dnb.dnb.de abrufbar.

Lektorat: Friederike Bohse, Angelina Pawlik, Emma Weiß
Korrektorat: Friederike Bohse, Angelina Pawlik, Emma Weiß

Verlag: BoD · Books on Demand GmbH, Überseering 33, 22297 Hamburg, bod@bod.de

Druck: Libri Plureos GmbH, Friedensallee 273, 22763 Hamburg

ISBN: 978-3-8192-9611-6

Für Tante Uta

sowie für Karo, Julia und Justus

Teil 1

Alles im Wandel

Erstes Kapitel

Lydia

Ich renne durch den strömenden Regen und den mit Laub bedeckten Schlossgarten, durch das Wäldchen und vorbei an dem kleinen Gartenhaus, in Richtung des alten Schlossgemäuers. Vom Haupteingang aus gehe ich nach links. Der Regen hängt schwer in meinen Haaren und meiner Kleidung, der Wind pfeift mir um die Ohren. Endlich erreiche ich die große, schwere Holztür und schiebe sie langsam auf, von drinnen kommt mir eine vertraute Wärme entgegen und so schließe ich die Tür und atme zum allerersten Mal für heute auf. Ich hasse diesen Tag so sehr, heute jährt er sich bereits das dritte Mal in Folge und trotzdem werde ich mich nie an den Schmerz und die Leere gewöhnen, die er mit sich bringt. Steif vor Kälte ziehe ich langsam meine Regenjacke aus und hänge sie mir über den Arm. „Schön, dass du noch gekommen bist“, begrüßt mich Mrs. Abernathy. Sie steht in der Tür zu ihrer kleinen Wohnung, die direkt gegenüber vom Eingang der Bibliothek liegt. Ihre grauen Haare sind in einem lockeren Zopf zusammengebunden, ihre braunen Augen leuchten warm und ich freue mich so sehr, sie heute zu sehen. „Ich wurde vom Regen überrascht und etwas aufgehalten, aber ich wollte auf jeden Fall kommen“, antworte ich und lächle sanft. Den ganzen Tag über waren meine Lippen steif aufeinandergepresst und ich habe weder ein Wort gesagt noch im Entferntesten gelächelt. „Komm erst mal herein mein Kind, ich habe Tee gekocht und du kannst deine Jacke trocknen“, die Bibliothekarin winkt mich in ihre Wohnung. Diese kenne ich mittlerweile so gut wie unsere eigene. Es gibt einen kleinen Flur, von dem führt gleich links eine Tür in die Küche und in das Wohnzimmer, schräg gegenüber liegt ein kleines Schlafzimmer und ganz am Ende des Flurs befindet sich das Bad. Ich liebe diese Wohnung – sie ist so gemütlich. Auch heute prasselt im Wohnzimmer bereits sanft der Kamin und es riecht nach warmem Tee. Wir setzen uns gemeinsam aufs Sofa und ich schaue einfach nur den Flammen dabei zu, wie sie immer wieder aufzüngeln und höre das Knistern des Holzes während von draußen laute, große Regentropfen gegen die Fensterscheiben prallen. Der Tee wärmt mein Inneres und lässt mein schweres Herz ein wenig leichter werden. Trotzdem kann ich mich nicht dazu bringen, etwas zu sagen oder eine Frage zu stellen. Konversation erscheint mir für heute als zu große Hürde und genau deshalb bin ich auch hergekommen: bei Mrs. Abernathy muss ich nicht reden, wenn ich es nicht möchte. Oft komme ich einfach nur her und verbringe meine Zeit in einer ruhigen Ecke der Bibliothek. Das hier ist mein Rückzugsort und es ist der einzige, den ich habe. Zu Hause sind meine Schwestern Fina und Kora – sie sind erst fünf Jahre alt und noch dazu Zwillinge. Da bräuchte es an den meisten Tagen weitaus mehr als nur eine Zimmertür zwischen uns, um überhaupt einen klaren Gedanken fassen zu können. Hier kann ich das und deshalb komme ich jeden möglichen Tag nach der Schule her und mache Hausaufgaben, lese oder trinke Tee mit Mrs. Abernathy. Inzwischen seit drei Jahren – auf den Tag genau. Damals hat sich alles geändert und es ist etwas Schreckliches passiert, was mich und mein Leben für immer beeinflussen wird. Damals war es Mrs. Abernathy, die mich gefunden und aufgenommen hat. Sie ist die einzig Außenstehende, die von dem Geschehenen weiß. Es ist unser Geheimnis und das wird es so lange bleiben, bis ich es irgendwann schaffe, über all das zu sprechen. Doch heute ist dazu noch nicht der richtige Zeitpunkt. Heute ist nur der richtige Zeitpunkt, um hier auf dem alten Sofa zu sitzen und in die rot- orangenen Flammen zu schauen.

Kurz bevor ich mich auf den Heimweg mache, verschwindet die Bibliothekarin plötzlich in ihr Schlafzimmer und als sie wiederkommt, hält sie ein kleines Päckchen in den Händen. „Das ist für dich, alles Gute zum „Geburtstag“, mein Kind“, sagt sie und lächelt mich aufmunternd an, während sie mir das Paket entgegenhält. Ich stutze und weiß gar nicht, was ich sagen soll.

Bisher hat sie den Tag nie erwähnt und immer wie einen ganz gewöhnlichen behandelt. Mit etwas wackligen Händen nehme ich das Geschenk entgegen und bedanke mich. Als ich es gerade auspacken möchte, hält sie mich auf: „Öffne es lieber zu Hause, in Ruhe, wenn du alleine bist und falls du Fragen dazu haben solltest, wirst du deine Antworten jederzeit in der Bibliothek finden.“ „Danke, ich… ich weiß gar nicht, was ich sagen soll, aber danke, dass ich da sein durfte.“ „Komm gut nach Hause und vergiss deine Regenjacke nicht.“ Ich ziehe die Jacke an, sie ist gar nicht mehr kalt und nass, sondern angenehm warm und riecht nach dem Feuer des Kamins. Vorsichtig klemme ich das Paket unter die Jacke und setze noch die Kapuze auf, dann verlasse ich die Wohnung, verabschiede mich und trete durch die schwere Holztür zurück nach draußen. Es regnet noch immer in Strömen – eine Sache in England, an die ich mich wohl nie gewöhnen werde. Die Blätter rascheln im Wind und der gesamte Schlosspark sieht gruselig aus. Ich renne los, wieder vorbei an dem Gartenhäuschen und durch das Schlosstor hinaus. Dann stolpere ich durch die kleinen, mit Pfützen gesäumten Gassen zurück nach Hause. Schon beim Betreten des Flurs höre ich Fina und Kora und rieche Essensduft zu mir hinüber wehen. Erst jetzt bemerke ich, dass ich großen Hunger habe. Irgendwie wurde das Empfinden dafür den ganzen Tag von all den dumpfen Gefühlen verdrängt, die ihren Platz in mir gefunden hatten. Doch jetzt, als sich dieser scheußliche „Geburtstag“ endlich dem Ende nähert und ich

merke, dass ich es überlebt habe, kommt auch mein Hungergefühl zurück. Doch bevor ich in die Küche gehe und mich dem Familienchaos stelle, gehe ich schnell die Treppe nach oben in mein Zimmer. Zuerst verstecke ich dort das Päckchen in meinem Kleiderschrank, dann ziehe ich mir trockene Kleidung an und rubbele meine Haare mit einem Handtuch etwas trocken. Langsam beginne ich, meine Finger wieder zu spüren, und ich wage für heute einen ersten Blick in den Spiegel. Meine grünen Augen sind so kalt wie der Wind, der draußen durch die Straßen zieht und den Oktober ankündigt. Meine braunen, kurzen Haare locken sich aufgrund der Feuchtigkeit und ich erinnere mich selbst an einen Pudel. Meine Wangen leuchten rot, während meine Lippen trocken und brüchig aussehen.
„Du hast es geschafft", flüstere ich meinem Spiegelbild zu, dann verlasse ich mein Zimmer und gehe nach unten in die Küche. Dort sind meine Mum, mein Dad und meine beiden kleinen Schwestern. Sie freuen sich alle, mich zu sehen, doch ich gehe geradewegs auf meine Mum zu und umarme sie. Sie erwidert die Geste, und ich lasse für ein paar Minuten nicht mehr los, da ich mir schon den gesamten Tag über nichts Sehnlicheres gewünscht habe.

Das Essen und der Abend sind still verlaufen, wofür ich sehr dankbar bin. Nur den Wunsch meiner Eltern, im Wohnzimmer zu bleiben und den Abend gemeinsam zu verbringen, habe ich unerfüllt gelassen. Stattdessen sitze ich jetzt in meinem Zimmer auf dem Boden, hinter meinem Bett. Es brennt lediglich die kleine Lampe auf meinem Nachttisch, ansonsten liegt der Raum in vollständiger Dunkelheit. Ich habe probiert zu lesen, konnte mich allerdings nicht konzentrieren, da meine Gedanken immer wieder zu dem kleinen Päckchen in meinem Schrank gewandert sind. Schließlich gebe ich nach, stemme mich vom Boden und gehe zu meinem Kleiderschrank. Das Paket liegt zwischen meinen Pullovern, eingepackt in hellbraunem Papier und zugebunden mit einer Kordel aus Strick. Vorsichtig nehme ich es aus dem Schrank und trage es an die Stelle hinter meinem Bett, wo ich bis eben gesessen habe. Als ich es gerade öffnen möchte, geht meine Tür einen Spalt breit auf und meine Mum kommt herein. Schnell schiebe ich das Paket unter mein Bett und stehe auf. „Gute Nacht, schlaf gut und wenn du willst, könnten wir am Wochenende mal wieder etwas unternehmen – also nur wir beide“, sagt sie mit gedämpfter Stimme. „Ja, gerne, schlaf du auch gut“, antworte ich und wir umarmen uns – sie setzt mir einen sanften Kuss auf die Stirn, dann gibt sie mich frei und schließt die Tür hinter sich. Auf meinem Gesicht breitet sich ein kleines Lächeln aus, denn ich freue mich schon jetzt darauf, Zeit nur mit ihr zu verbringen. Früher gab es immer nur uns beide – und meine Oma. Wir haben zu dritt in Deutschland gelebt. Es war wundervoll, ich erinnere mich so gern an die Zeit. Doch dann ist meine Oma gestorben und Mum war nicht länger an

Deutschland gebunden, also hat sie endlich das Jobangebot angenommen, was schon so lange im Raum stand und wir sind nach England gezogen. Hier hat sie meinen Dad kennengelernt, Milan. Er ist auch ein deutscher Auswanderer und zusammen haben sie meine Schwestern Fina und Kora bekommen. Seitdem gibt es wenig Zeit nur für Mum und mich. Es ist nicht so, als wäre ich ihr wegen irgendetwas böse, ich liebe meine kleinen Schwestern und auch Milan. Er war von der ersten Minute an für mich da und hat mich wie seine eigene Tochter behandelt, weshalb ich niemals in Frage stellen würde, dass er mein richtiger Dad ist. Meine Familie bedeutet mir alles und England ist okay, aber manchmal vermisse ich Deutschland und meine Freunde, am allermeisten aber vermisse ich meine Oma. Sie war die wichtigste Person für mich und immer da, wenn Mum gearbeitet hat. Von ihr habe ich so viel gelernt und sie hat mir immer die besten Geschichten erzählt. Bis heute weiß ich nicht, welche Teile davon sie selbst erlebt und welche sie sich bloß ausgedacht hat. Aber ich weiß, dass mich ihr unerwarteter Tod vor sechs Jahren sehr getroffen hat. Wahrscheinlich war es die richtige Entscheidung meiner Mum, dass wir danach sofort weggezogen sind und beide von vorne anfangen konnten. Trotzdem vergeht selten ein Tag, an dem ich nicht an sie denke und mir wünsche, noch einmal mit ihr reden zu können.

Nachdenklich drehe ich das braune Päckchen in meinen Händen hin und her und weiß gar nicht, warum ich so aufgeregt bin, es zu öffnen. Vielleicht, weil Mrs. Abernathy so ein großes Geheimnis darum gemacht hat? Vorsichtig beginne ich, erst die Schleife und dann das Papier zu entfernen, als auf einmal etwas Metallenes zu Boden fällt und vor mir landet. Ich strecke meine Hand aus und greife danach – es ist ein Schlüsselring und nicht irgendeiner, sondern der von Mrs. Abernathy. Mein Herz schlägt höher und ich freue mich so sehr, denn das heißt, dass ich unbegrenzten Zugang zu meinem Lieblingsort haben werde, zu meinem zweiten Zuhause. Doch es ist noch etwas in dem Päckchen: ein Buch. Der Einband ist schon alt, dennoch in gutem Zustand, die Seiten hingegen sind spröde und ich habe Angst, ich könnte sie zerbrechen, wenn ich sie nur zu lange ansehe. Sanft drehe ich das Buch in meinen Händen umher, es ist schwer und dick, aber sehr klein. „Medusa", steht vorne auf den Einband gestickt. Ich gleite mit meinen Fingern darüber und fahre die Buchstaben nach, bevor ich es ganz behutsam aufschlage und mir der vertraute Geruch von altem Papier entgegenkommt. Ich atme tief ein, schließe dann das Buch und lege es in eine Schublade meines Schreibtisches. Meine Augenlider sind schwer und ich merke, wie sich die Müdigkeit über meinen Körper legt, weshalb ich das Lesen und Durchblättern des Buches auf morgen verschiebe. Ich greife nur noch nach dem Ring mit den drei Schlüsseln daran und verstecke ihn in meinem Schmuckkästchen.

Dann gehe ich zum Fenster und öffne es, der Regen hat aufgehört und die Luft ist kalt und schwer. Die Blätter fallen träge zu Boden – die gesamte Szenerie wird von den Straßenlaternen schwach beleuchtet. Ich halte die Luft an und schaue auf meinen Handybildschirm, es ist 23:56 Uhr. Mein Blick heftet sich darauf und ich warte die nächsten vier Minuten nervös ab, selten kam mir eine so kurze Zeitspanne dermaßen endlos vor. Als es endlich Mitternacht ist, atme ich auf und lege mein Handy beiseite. Ich habe es geschafft, der Tag ist vorbei. Von jetzt an habe ich wieder ein Jahr, in dem ich alles dafür tun kann, diesen Tag und seine Grausamkeiten zu vergessen. In der Dunkelheit und umgeben von der Stille dieser Nacht schwöre ich mir, mein Geheimnis weiterhin gut zu behüten. Dann atme ich ein letztes Mal die kühle Nachtluft ein, bevor ich mein Fenster schließe und schlafen gehe. Zumindest versuche ich es, aber egal wie ich mich hinlege und wie oft ich mich hin- und herdrehe, ich kann nicht einschlafen. Es bringt mich um den Verstand und die ganze Zeit ist da dieser eine Gedanke, der meinen Kopf beschäftigt: warum hat mir Mrs. Abernathy ihre Schlüssel zur Bibliothek geschenkt? Als ich diese zu Beginn ausgepackt habe, hatte ich mir nichts weiter dabei gedacht, doch jetzt sickern die Fragen zunehmend tiefer in meinen Kopf und werden immer lauter: Warum würde sie mir einfach so ihre Schlüssel schenken? Bisher war sie immer da und konnte mich in die Bibliothek und ihre Wohnung lassen, somit gab es keinen Grund dazu, dass ich je eigene benötigt hätte. Wenn ich aber jetzt selbst Schlüssel besitze, heißt das, dass ich dauerhaften Zugang zur Bibliothek habe – auch wenn sie nicht da sein sollte – bisher ist das jedoch nie vorgekommen. Ist es möglich, dass irgendetwas nicht stimmt? Sie meinte heute zu mir, dass ich das Geschenk lieber erst zuhause in Ruhe öffnen sollte. Und wir waren auch gar nicht in der Bibliothek, sondern lediglich in ihrer Wohnung. Jetzt sitze ich aufrecht im Bett, mein Herz pocht und mein Kopf ist hellwach. Ein Blick auf mein Handy verrät mir, dass es bereits zwei Uhr ist. Kurz rechne ich nach, wie viele Stunden Schlaf ich noch bekommen würde, wenn ich jetzt auf der Stelle einschlafen würde. Doch dann schlage ich mir diesen Gedanken wieder aus dem Kopf und fokussiere mich auf Mrs. Abernathy. Ich versuche im Kopf durchzugehen, ob mir bei meinen letzten Treffen irgendetwas Merkwürdiges oder Untypisches aufgefallen ist. Aber es kommt keine spezifische Erinnerung hoch. „Verdammt“, flüstere ich und stemme den Kopf in meine Hände, dann stehe ich schließlich auf und schleiche zu meinem Kleiderschrank. Ich ziehe mir eine weite Jeans an sowie zwei Pullover und ein paar dicke Socken. Dann suche ich im Dunkeln nach meiner Taschenlampe und stecke mein Handy und die Schlüssel ein, bevor ich auf Zehenspitzen das Zimmer verlasse. Auf halbem Weg durch den Flur höre ich ein Rascheln aus dem Zimmer von Fina und Kora. Mein Herzschlag verdoppelt sich, ich habe das Gefühl, er ist für das gesamte Haus hörbar geworden. Plötzlich öffnet sich die Zimmertür einen Spalt breit. Ich halte die Luft an und stehe einfach nur da, unfähig, mich in irgendeiner Weise zu bewegen. „Lydia, was machst du hier?“, im Türrahmen steht Kora. Ich atme deutlich aus, richte meinen Blick auf das kleine Mädchen, das in ihrem verrutschten Schlafanzug und mit ihrem Teddy in der Hand vor mir steht. Dann presse ich mir den rechten Zeigefinger vor die Lippen und bedeute ihr, leise zu sein. Sie kommt auf mich zugelaufen und ich ziehe sie mit mir ins Badezimmer, wo ich die Tür hinter uns schließe und nur meine Taschenlampe aufleuchten lasse. „Lydia, was machst du? Warum hast du eine Jeanshose an?“, sie versucht, so gut sie kann, zu flüstern, was ihr allerdings nur bedingt gelingt. Ihre piepsige Stimme klingt durch die Frage hindurch. „Ich… ich habe was in der Schule vergessen“, lügen war noch nie meine Stärke und auch unter dem müden Blick meiner zwölf Jahre jüngeren Schwester bekomme ich es nur schlecht hin, „und deswegen will ich es holen gehen, bevor die Hausmeister anfangen zu arbeiten. Die sehen das nämlich nicht so gern, wenn Schüler außerhalb des Unterrichts in der Schule sind.“ „Ok, soll ich Mum Bescheid sagen, damit sie dich zur Schule bringen kann, es ist doch so dunkel draußen?!“, ich greife nach ihrer rechten Hand und atme tief durch. „Nein, du darfst auf keinen Fall Mum wach machen, die ist ganz müde von der Arbeit und braucht Schlaf. Außerdem bekomme ich das hin und du musst jetzt auch wieder schlafen gehen, okay?“ „Ich bleibe so lange wach, bis du wieder zurück bist.“ Verdammt, Kora meint es ganz schön ernst mit meinen Nerven. „Ich bin morgen früh wieder da, versprochen. Geh du jetzt erst mal weiterschlafen“, ich streiche ihr eine Strähne hinters Ohr und beuge mich noch ein Stück näher zu ihr, „und das hier ist jetzt unser kleines Geheimnis, okay? Niemandem erzählen, auch nicht Fina.“ Meine kleine Schwester nickt und umarmt mich, während ich am gesamten Körper zittere. Dann treten wir ganz leise in den Flur und ich warte noch, bis sich die Zimmertür hinter Kora wieder geschlossen hat, und ich keine Geräusche mehr aus ihrem Zimmer hören kann. Die einzigen Geräusche, die ich jetzt noch höre, sind mein rasselnder Atem und mein sehr lauter Herzschlag. Doch mein Entschluss ist gefasst und ich habe sowieso schon viel zu viel Zeit verschwendet.

Zweites Kapitel

Henry

Mein Herzschlag ist jetzt schon so verdammt hoch, dass ich es nicht mehr länger aushalte, im Bett zu liegen. Die gesamte Nacht über habe ich schlecht und nur streckenweise geschlafen, war immer wieder wach und habe nachgedacht. Ich habe die Angst gespürt, dieses furchtbare Gefühl, was mich schon seit Tagen nicht mehr loslässt und welches jetzt an seinen Höhepunkt gekommen ist. Heute ist *der* Tag, mein erster Tag an der Seite meines Dads. Alles in mir wehrt sich dagegen, denn ich hasse, was er tut, was ihn auszeichnet und wie er ist. Ich hasse meinen Dad. Trotzdem bin ich ab heute einer von ihnen, ab heute bin ich Teil der B.O.S.C. – der British Organisation of Supernatural Cases. „Junior, beeil dich. Unsere Arbeit ruft!", mein Dad. Ich habe ihm im Laufe der letzten drei Jahre mindestens zweitausend Mal gesagt, dass er aufhören soll, mich Junior zu nennen und hatte Hoffnung, dass er es vielleicht ab heute wirklich machen würde. Heute – an diesem komisch bittersüßen Tag, der mein sechzehnter Geburtstag und doch gleichzeitig auch der Start meiner Karriere als skrupelloser Mensch ist. Aber nein, ich bekomme nicht mal ein „Happy Birthday", sondern den bloßen Auftrag, mich zu beeilen. Schweiß klebt an meinen Händen, Schweiß läuft mir kalt den Rücken hinab, er ist überall. Ich bin panisch, mein Körper zittert, aber es passiert alles nur in meinem Inneren. Meinem Spiegelbild ist nicht die leiseste Spur von all dem anzuerkennen. „Immerhin", denke ich, denn wenn ich mich unter Kontrolle habe, ist mein Dad stolz und wird Sätze sagen wie: „Das ist mein Sohn und ab heute ein richtiger Mann!" Ich hasse ihn für alles, was er ist, hasse ihn und seine angebliche Männlichkeit. Ich hasse, was er arbeitet, und, dass ihm hundert Menschen blind vertrauen und Befehle von ihm entgegennehmen. Doch was ich am allermeisten hasse, ist, dass ich ab heute einer davon bin. Dass ich ab heute auch Befehle von ihm entgegennehmen werde und sogar muss. Mein Spiegelbild starrt mich an und ich empfinde Ekel gegenüber dem Jungen, den ich vor mir sehe. Andere haben tausend Möglichkeiten, ich hatte immer nur diese eine und auch wenn ich lange dagegen angekämpft habe, stand doch von Anfang an fest, dass ich Teil der B.O.S.C. und dafür verantwortlich sein würde, die Ordnung in den magischen Welten herzustellen, alles im Gleichgewicht zu halten. Eventuell würde ich eines Tages sogar einmal Hüter der Bibliothek werden. An manchen Tagen, wenn alles aussichtslos ist, und ich einfach nur in meinem Bett liege und über all die falschen Dinge nachdenke, die mein Dad mit dem Wort „Gerechtigkeit" begründet, stelle ich mir die Bibliothek vor. In meinem Kopf ist es ein schöner, ruhiger Ort, an dem sogar *ich* ein gutes Leben führen könnte. Eines ohne seine permanente Anwesenheit und eventuell eines mit Freunden und Büchern. Denn egal, wie sehr mein Dad es immer probiert hat, er konnte mein Interesse an Geschichten nie auslöschen, konnte es nie mit seinen gruseligen Erzählungen oder den Reden über „Männlichkeit“ überschatten. Wie oft habe ich schon darüber nachgedacht, einfach vor ihm wegzulaufen?! Doch tief in meinem Inneren weiß ich, dass es nichts nützt. Hundert Menschen hat er unter seiner Kontrolle; nur ein Schnips mit dem Finger und sie würden mich suchen. Suchen und finden – schneller als ich verschwinden könnte. Außerdem ist er trotzdem meine Familie, er hat mich erzogen und es gab immer bloß uns beide. Mich und ihn. Egal was ich versuche, ein Teil von ihm, bin immer auch ich und egal, wie sehr ich ihn hasse, ich liebe ihn auch. Das ist wohl mein Schicksal – der kleine, schwache Henry, für immer im Bann seines Dads. „Junior, schneller, wir haben nicht ewig Zeit!“ Der Schweiß klebt noch immer an meinen Fingern und vielleicht wird das von heute an für immer so sein. Trotzdem setze ich jetzt einen Fuß vor den anderen und gehe aus dem Bad zu meinem Dad in die Küche. Unser Apartment ist groß, mit drei Schlafzimmern, zwei Bädern und einem offenen Küchen- und Wohnbereich. Aber alles hier ist kalt und ungemütlich, genau wie man sich die Wohnung eines schlechten Mannes vorstellen würde. „Alles Gute zum Geburtstag, Junior!“ „Danke Dad, kannst du bitte aufhören, diesen Namen zu verwenden, ich bin nicht mehr zehn!“ „Dennoch bist und bleibst du mein Sohn, Henry“, seine Stimme ist so viel stärker als meine und seine Augen brennen ein Loch in mein Herz. Ich verdrehe die Augen und wünsche mir, er könnte mich jemals auch nur für eine Sekunde vergessen lassen, dass ich *sein Sohn* bin. Manchmal glaube ich, niemals eine eigene Person werden zu können, sondern immer nur seine Marionette, eben sein Sohn zu sein.

Mein Puls schießt erneut in die Höhe und diesmal habe ich das Gefühl, meine Beine würden jeden Moment unter mir zusammenbrechen und ich würde ins Unendliche fallen und nie wieder nach oben zurückkommen. Wir stehen vor dem Eingang zur U-Bahnstation *Piccadilly Circus* und alles in mir wehrt sich dagegen, auch nur einen Millimeter weiterzugehen. „Junge, steh nicht so im Weg“, faucht mich eine ältere Frau im Vorbeigehen an. Der strenge Blick meines Dads ruht auf mir und ich sollte wirklich weiterlaufen. Als ich schließlich auf seiner Höhe ankomme, legt er seinen Arm um meine Schultern. Es sieht nach einer netten Geste aus, ist jedoch nur seine Art und Weise der Machtverdeutlichung. Die Treppe weiter nach unten, dann nach links in eine kleine Ausbuchtung. Mein Dad holt eine Schlüsselkarte heraus, schaut sich nicht einmal mehr um, sondern zieht sie einfach durch einen Schlitz neben einer Tür. Eine Tür, von der ich schwören könnte, dass sie hier eben noch nicht war. Jetzt schwingt sie leise zur Seite und ich werde unsanft nach innen geschubst. Meine Beine sind wacklig und ich weiß, dass es kein Zurück gibt. Ein Teil von ihnen, ein Teil von ihm. Für immer. „Guten Morgen, Boss“, mein Dad wird von allen Seiten begrüßt, während wir durch einen endlosen und hell erleuchteten Gang laufen. Zu beiden Seiten befinden sich in regelmäßigen Abständen Türen, manche stehen offen und ich kann junge Männer sehen, die dort hinter Computern sitzen. Andere Türen sind zu, wieder andere haben Schilder daran, auf denen „Betreten verboten“ steht. Doch egal, wo wir langgehen, überall wird mein Dad gegrüßt, teilweise freundschaftlich, doch meist eher ehrfürchtig, so als hätten die Männer Angst. Ich kann das verstehen, ich habe schon mein ganzes Leben lang Angst vor dem Mann neben mir (gehabt). Angst davor, dass ich auch einmal dieser Mann sein werde. Mit Betreten seines Quartiers habe ich jedenfalls den ersten Schritt in diese Richtung gesetzt und ich hasse mich dafür, mein Körper hasst mich dafür. Ich kann kaum atmen, die Luft kommt mir so unheimlich dünn und stickig vor. Nach ewigem Laufen kommen wir an einer großen Tür an, die mein Dad erneut mit seiner Schlüsselkarte öffnet, dort befindet sich sein Büro: ein riesiger Raum, mit mehreren Bildschirmen und einem großen Regal an der Wand, in dem sich Akten stapeln. Ansonsten noch ein großer Schreibtisch und zwei Stühle, einer für ihn und einen für Besucher, für Menschen, die mutig genug sind, mit ihm unter vier Augen zu reden. „Sieh dich ruhig um, ist ja später sowieso alles mal deins", er lacht so unfassbar selbstgefällig, dann geht er durch eine kleinere Tür in einen anderen Raum und ich höre das Geräusch einer startenden Kaffeemaschine. Natürlich – kein Boss ohne Kaffee. Ich schaue mich um, der Druck auf meiner Brust ist noch immer vorhanden, das Rasen meines Herzens wie immer unkontrollierbar. Alles mal meins. Will ich das wirklich? Was wäre, wenn ich seinen Teil der Organisation einfach untergehen lassen würde? Nein, dumme Idee, dann wären die höheren Bosse hinter mir her. Denn auch mein Dad hat Menschen, vor denen er sich fürchtet und denen er es recht machen muss. Ein Gedanke, der mich ein bisschen aufmuntert und eine lustige Vorstellung für schlechte Tage ist – mein Dad mit Angst über das ganze Gesicht geschrieben. Ich lache kurz und auch nicht viel oder laut, doch er sieht es trotzdem. Ich höre sofort auf, wische das Gefühl weg. „Gefällt dir, was? Wusste ich doch. All der Widerstand in den letzten Jahren umsonst. Ich habe immer Recht, ich weiß, was gut für dich ist!" Oh, ich hasse ihn so sehr.

„Boss", ein Mitarbeiter rennt über den Flur und stürmt hektisch in sein Büro, „Boss, es ist etwas passiert!" Der Mann ist vollkommen außer Atem, er stützt sich die Hände in die Rippen, versucht Luft zu holen und als er beginnt zu sprechen, überschlagen sich die Worte und keiner seiner Sätze ergibt ansatzweise Sinn. „Reißen Sie sich zusammen und reden sie gefälligst langsamer, ich kann nichts verstehen!", mein Dad ist einfach immer so höflich. Ich stehe in einer Ecke seines Büros, in Nähe des großen Regals und sehe mir die Szene an. „Mrs. Abernathy, die durchgeknallte Bibliothekarin, sie hat eines der Bücher an ein Mädchen verschenkt, zusammen mit dem Schlüssel zur Bibliothek. Sie hat ihren Job als Hüterin abgetreten, an dieses Mädchen, ein einfaches Mädchen“, der Mann ist noch immer außer Atem und auch, wenn er wirklich versucht, langsamer zu sprechen, ist die Geschwindigkeit, mit der die Wörter seinen Mund verlassen, noch immer wahnsinnig hoch. „WAS?“, meinem Dad fällt das selbstgefällige Lachen aus dem Gesicht, die Arroganz fällt hinterher. Dadurch bleibt nur noch ein einfacher Mann übrig, ein Mann, der in diesem Moment von einer unfassbaren Panik davongetragen wird, „Nein, das kann nicht sein! Die Alte macht mich krank. Sitzung! Sofort! Im Saal zwei!“ Der Mann nickt nur und rennt direkt zurück, seine Füße überschlagen sich genauso wie zuvor seine Worte. Ich schaue zu meinem Dad, er setzt sich auf seinen Stuhl, stützt den Kopf in die Hände und fährt sich nervös durch die Haare. Fast fühlt es sich wie ein kleiner persönlicher Triumph an, ihn endlich mal mit Emotionen zu sehen. Der Moment hält jedoch nur für den Bruchteil einer Sekunde an. Sofort hat mein Dad wieder seine Größe und Macht zurück, stützt sich aus dem Sessel und fordert mich dazu auf, ihm zu folgen. Meine Beine gehorchen mir zwar nicht, doch mein Kopf gehorcht meinem Dad und deshalb laufe ich hinter ihm her, zurück den langen Flur entlang. Von überall strömen Männer aus den verschiedenen Türen, und überall sind Stimmen. Chaos, das Quartier ist das reinste Chaos. Saal zwei, in dem wir uns mit allen treffen, ist voll, und alle reden durcheinander. Ich kann nichts auffassen, weil alles zu einer undurchdringbaren Masse verschwimmt. „Die Lage ist ernst“, mein Dad schafft es ohne Mühe, für Stille zu sorgen, alle sehen ihn an und sind ruhig, ich habe das Gefühl, manche der Männer trauen sich nicht mal mehr, zu atmen. Dabei ist ihr „Boss“ nicht mal angsteinflößend, er ist durchschnittlich groß, dafür aber recht breit. Sein Kreuz ist mindestens das Doppelte von meinem, aber das vermutlich Gruseligste an ihm ist sein Gesicht. Es ist schmal und blass, mit einem spitzen Kinn und Augen, die wie Schlitze aussehen, dennoch tief in ihren Höhlen liegen. Er schafft es, seine Augenbrauen sprechen zu lassen, und sein Blick kann einen zu Eis gefrieren, außerdem spricht er klar und fordernd; seine Stimme ist tief. Er benutzt nur wenige Worte und trotzdem hat er sofort alle unter Kontrolle und alle in seinem Bann: „Mrs. Abernathy war mir schon immer ein Dorn im Auge und jetzt hat sie es tatsächlich geschafft und gedacht, sie kann uns hintergehen. Sie hat einem Mädchen eines der Bücher geschenkt, gemeinsam mit dem Schlüssel zur Bibliothek. Wir ihr alle wisst, dürfen die Bücher niemals ihren Platz verlassen und auch sollte niemals irgendeine dumme Göre den Zugang zur Bibliothek haben“, alle Augen ruhen auf meinem Dad. Er steht in voller Größe hinter einem der Tische, die in U-Form im Raum stehen, seine Hände zu Fäusten geballt und auf den Tisch gestemmt, seine Augenbrauen angespannt: „Wir haben jetzt zwei Aufgaben: zuallererst muss die Bibliothekarin für ihren Verstoß gegen die Regeln zahlen und wir müssen sie aus dem Weg räumen. Danach müssen wir uns um das Mädchen kümmern, sie hat die Schlüssel und somit ist sie ab jetzt *unser* Schlüssel. Wenn wir die Kontrolle über die Bibliothek zurückwollen, ist das die Möglichkeit. Wir müssen den Schaden von Mrs. Abernathy beheben und die Götter wieder auf unsere Seite ziehen, mit unseren Methoden!“ Die Luft im Saal kann jetzt mühelos in Scheiben geschnitten werden. Alle wissen sofort, worum es hierbei geht. Alle, außer mir. Einige der Männer stecken die Köpfe zusammen und flüstern sich gegenseitig Dinge zu, andere stehen einfach nur da und sehen so aus, als würden sie gegen das Umfallen ankämpfen. Ich schaue mich weiter um, dann sehe ich zu meinem Dad, seine Hände noch immer in Fäusten auf dem Tisch ruhend, nur seine Augenbrauen wieder etwas entspannter: „Zwei Leute, um die Alte zu töten, das sollte ausreichen. So stark ist sie nicht, jetzt nicht mehr. Ohne die Bibliothek als rettenden Ort hat sie nichts mehr. Für die Verfolgung des Mädchens überlege ich mir mehr. Morgen steht der Plan und egal, wie ich entscheide, wenn sich nur einer von euch dem entgegenstellen sollte, ist er auch tot! Hierbei geht es um den Fortbestand unserer Organisation, und ich kann es mir nicht leisten, die Kontrolle über die Bibliothek zu verlieren! Und jetzt geht zurück an die Arbeit, unsere beiden Spezialisten machen sich auf den

Weg.“ Als mein Dad seine Ansprache beendet, merke ich sofort, wie viele der Angestellten aufatmen und fluchtartig den Saal verlassen, so als könnten sie sich nichts Schlimmeres vorstellen, als zu solchen Besprechungen einberufen zu werden und ihm zuhören zu müssen. Auch erkenne ich sofort, wer mit dem Begriff „Spezialisten“ gemeint ist, da diese zwei Männer jetzt direkt auf meinen Dad zusteuern und sich mit ihm besprechen. Als ich sie ansehe, läuft mir ein Schauer über den Rücken, beide sind im Gegensatz zu ihrem Boss sehr groß und nochmals breiter als er. Der eine hat eine Narbe am kahlen Hinterkopf, und ich möchte wirklich nicht wissen, wovon. Doch die eigentliche Angst packt mich, als sie jeweils mit einer Pistole ausgestattet, den Saal verlassen und den Gang entlanglaufen. In Richtung Bibliothek, in Richtung dieser Mrs. Abernathy und irgendwie verspüre ich das dringende Bedürfnis, sie zu warnen, ihr zu sagen, sie solle weglaufen. Auch wenn ich weiß, dass man vor der B.O.S.C. nicht einfach so weglaufen kann, da sie einen früher oder später immer finden und aus dem Weg räumen würde. Doch auch, wenn ich das weiß und schon so oft Geschichten davon erzählt bekommen habe, tut es mir diesmal besonders weh. Vielleicht weil die Bibliothek in meinem Kopf immer mein Rettungsring war und wenn sie jetzt diese unschuldige Frau töten, dann wird auch dieser letzte schöne Platz von den dunklen Spuren meines Dads überschattet werden. Mein Herz schnürt sich zu, doch die beiden gruseligen Männer haben das Quartier bereits verlassen. Es ist zu spät, eins zu null für meinen Dad, mal wieder. „Junior, komm her, ich habe eine Aufgabe für dich!“ Mein Magen dreht sich um, ich möchte keine Aufgabe, möchte kein Teil dieses Plans werden. Die Stimme in meinem Kopf schreit mich an und befiehlt mir, wegzulaufen, doch meine Beine tragen mich zurück in den Saal, wo mein Dad sitzt. Zurück in den Saal, wo wahrscheinlich schon so viele schlimme Entscheidungen getroffen worden sind, und ich gehe hinein, stelle mich vor den Tisch und sage: „Ja, ich bin da.“

Drittes Kapitel

Lydia

Langsam und auf jeden meiner Schritte bedacht gehe ich die Treppe hinunter in den großen Hausflur und taste mich an der Wand entlang, bis zur Garderobe kurz vor der Haustür. Meine Taschenlampe lasse ich aus, da meine Angst, von meiner Mum erwischt zu werden, viel zu groß ist, und ich genau weiß, dass sie beinah alles mitbekommt und auf Lichter und Geräusche reagiert wie ein Soldat. Ich schlüpfe in meine Schuhe und versuche, sie bestmöglich zu binden, dann drücke ich so leise wie nur möglich den Türdrücker hinunter und verlasse das Haus. Draußen weht noch immer ein kalter, kräftiger Wind, er fährt mir unsanft durch meine kurzen, strubbligen Haare und hinterlässt eine Gänsehaut auf meinem gesamten Körper. Ich laufe los und folge dem matten Schein der Straßenlaternen, es fährt kein Auto mehr und alles ist still. Es ist angsteinflößend und ich hinterfrage zum ersten Mal, warum ich losgegangen bin. Doch dann konzentriere ich mich wieder auf die Fragen um Mrs. Abernathy und mein Körper füllt sich mit neuer Energie. Etwa zehn Minuten brauche ich von meiner Haustür bis zum Beginn des Schlossparkes. Dieser ist der gruseligste Abschnitt auf meinem Weg. Der Park liegt vollständig in der Dunkelheit und ich höre das Knacken von Holz und aufeinandertreffenden Baumstämmen. Schon tagsüber ist es hier mystisch, mit dem Anblick auf das große Gelände und die alten, massiven Gemäuer des Schlossgebäudes. Ich lasse meinen Handybildschirm aufleuchten: es ist bereits 2:30 Uhr. Jetzt krame ich in den Taschen meiner Jeans nach der Taschenlampe und lasse mir den schmalen Weg leuchten, der direkt durch das kleine Wäldchen bis hoch zum Schloss führt. Zuerst zwinge ich mich dazu, langsam und normal zu gehen und leuchte immer mal wieder in die Dunkelheit hinein. Doch irgendwann höre ich ein lautes Knacken und auch wenn ich weiß, dass es vermutlich bloß der Wind ist, beginne ich zu rennen, bis ich schließlich völlig außer Atem oben am Schloss ankomme. Ich traue mich nicht, mich noch einmal in Richtung Wald umzudrehen, sondern laufe vom Haupteingang aus direkt nach links. Der linke Schlossflügel, in dem die Bibliothek und Mrs. Abernathys Wohnung liegen, ist genauso in Dunkelheit gehüllt wie alles andere auch. Ich bleibe stehen, lehne mich vorsichtig gegen die Hauswand und erlaube mir ein paar tiefe Atemzüge, da ich befürchte, dass mir mein Herz bei nächster Gelegenheit aus der Brust springt und vor meinen Füßen zerplatzt. Als ich wieder genügend Kraft habe, umklammere ich mit meiner linken Hand den Schlüsselring in meiner Hosentasche, richte die Taschenlampe auf die schwere Holztür vor mir und versuche, diese so leise wie möglich zu öffnen.

Im nächsten Moment schreie ich. Es ist ein erstickter Schrei, da meine Luft kaum ausreicht, aber ich schreie und mein Herzschlag springt so plötzlich in die Höhe, dass meine Brust wehtut. Ich habe das Gefühl, auf der Stelle zu sterben, und ehrlich gesagt wäre es mir lieb. Direkt hinter der Tür, in der Dunkelheit des kleinen Flurs, liegt Mrs. Abernathy auf dem Boden, um sie herum hat sich eine Blutlache gebildet, die direkt von ihrem Kopf ausgeht. Das Gesicht meiner Freundin ist blass. Wo noch vor wenigen Stunden Leben und Farbe war, ist jetzt nichts mehr. Sie liegt starr da, bewegt sich nicht und zeigt keine Spur eines Lächelns mehr. Dabei ist es das gewesen, was mir in den vergangenen Jahren immer wieder so viel Kraft geschenkt und mich durch all die grauen Tage gebracht hat. Ich zittere am gesamten Körper und Panik überkommt mich: Was ist hier passiert? Das kann doch nicht wahr sein! Oder? Ich war doch nur wenige Stunden weg?! Meine Knie sacken ein und ich gehe zu Boden, bin nun direkt neben dem Körper der Bibliothekarin. Ich versuche, mir in Erinnerung zu rufen, was man machen muss, wenn eine Person verletzt ist und lege schließlich meine zitternde Hand auf ihren Puls. Zumindest dahin, wo ein Puls sein müsste, doch als ich keinen spüren kann, überkommt mich noch mehr Panik und ich bin kurz davor, zu hyperventilieren. Sie darf jetzt nicht sterben. Mrs. Abernathy darf nicht von mir gehen, nicht auch noch sie. Das würde ich nicht verkraften. Die vergangenen Jahre waren bereits von zu viel Verlust und Dunkelheit geprägt. Was sollte ich ohne sie machen? Zu wem sollte ich gehen, wenn ich einen schlechten Tag habe? In mehreren Anläufen greife ich nach meinem Handy und ziehe es aus der hinteren Tasche meiner Jeans. Ich versuche, die Nummer des Notrufs zu wählen, jedoch zittern meine Finger so sehr, dass ich die Tasten immer wieder verfehle. Zudem zieht die kalte Luft von draußen in den Flur und bringt meinen Körper zum Zittern. Ich lasse mich gegen die Wand hinter mir sinken und möchte aufgeben. Mein Handy rutscht aus meiner Hand und fällt zu Boden. Mir laufen die ersten Tränen über mein kaltes Gesicht und die Verzweiflung ergreift Besitz von mir. Der Anblick von Mrs. Abernathy entzieht meinem Körper all seine Kraft und ich verliere meine Funktionsfähigkeit. Ich bin wie paralysiert und sitze einen Moment lang einfach nur da und starre in die Leere. Plötzlich knallt es neben mir und ein starker Windstoß schlägt die schwere Holztür zu. Ein Zucken schießt durch mich hindurch und in einem letzten Anlauf greife ich nach dem Handy neben mir und wähle die Nummer des Notrufes. Ich stelle das Mikro auf laut, dann warte ich und was nur wenige Sekunden sind, fühlt sich für mich an wie ewige Stunden puren Horrors. „Notruf, was ist passiert? Wie können wir Ihnen helfen?“, eine tiefe freundliche Stimme erklingt am anderen Ende der Leitung. Als ich zu einer Antwort ansetze, bricht meine Stimme und ich schaffe es gerade so, die nötigsten Informationen über die Lippen zu bringen: „Hier ist Lydia Castens, ich… ich möchte einen Notfall melden.“ Alle weiteren Fragen beantworte ich in einer Trance. Als ich auflege, wähle ich den Kontakt meiner Mutter und rufe sie an: „Mum“, ist das Einzige, was ich sage, in meiner Stimme kann man die Panik und den Schmerz deutlich hören. „Wo bist du?“, fragt meine Mum und ich weiß, dass sie direkt erkannt hat, dass etwas nicht stimmt. „Im Schloss.“ „Ich bin sofort da“, sagt sie und ich kann im Hintergrund hören, wie sie umher rennt. „Ich schaffe das nicht, Mum“, schluchze ich. Von dem Moment an geht alles schnell und durcheinander. Erst kommt der Krankenwagen an, kurz danach meine Mum. Eine Notfallsanitäterin kommt durch die Tür, kniet sich neben mich und sieht mich an. „Hallo, bist du Lydia?“, fragt sie und legt ihre Hand vorsichtig auf meinen Arm. Ich schrecke zusammen und sehe sie an, jedoch kann ich ihre Frage nicht beantworten und nicke bloß vorsichtig mit dem Kopf. „Kannst du aufstehen?“, fragt sie mich noch und wieder nicke ich. Dann greift sie mir unter die Arme und führt mich langsam aus dem Flur. Draußen werde ich in eine Rettungsdecke gehüllt. Als meine Mum ankommt und mich sieht, kommt sie direkt auf mich zugerannt. Ich lasse mich in ihre Arme fallen und breche zusammen. Ich kann nicht anders als zu weinen und zu schreien und muss immer wieder nach Luft ringen, da sie mir zunehmend ausgeht. Mir ist unendlich kalt und egal wie viele Decken sie mir geben würden, nichts auf der Welt wird diese Kälte je wieder vertreiben können. Sie setzt sich in diesem Moment, in dieser Nacht in mir fest und ich kann spüren, dass sie bleiben und ein Teil von mir sein wird. Die Welt um mich herum bricht zusammen, sie gerät aus den Fugen. Es fühlt sich an, wie der Tag, an dem meine Oma starb, nur noch heftiger. Als hätte jemand eine Vollbremsung gemacht und ich wäre ohne Airbag gegen das Armaturenbrett des Autos geschlagen. Ich sage nichts, ich kann gar nichts sagen. Mir sind die Worte verloren gegangen und nicht nur die – mir ist die gesamte Sprache verloren gegangen. Also weine ich einfach in den Armen meiner Mutter, während Mrs. Abernathy in den Krankenwagen eingeladen wird. Ich weiß schon jetzt, dass ich bald als Zeugin bei der Polizei aussagen und all diese Bilder und Momente des Horrors wieder hochholen werden muss. Der Gedanke betäubt mich und irgendwann bekomme ich gar nichts mehr mit. Mein Kopf wird von der Müdigkeit und Erschöpfung fortgerissen und ich habe keine Ahnung mehr, was mit mir passiert. Das Einzige, an das ich mich noch erinnere, ist, dass mir die Rettungssanitäterin eine Tablette gibt und für einen Moment alles ganz ruhig wird.

Bereits als ich aufwache, wünsche ich mir nichts Sehnlicheres, als erneut eine dieser Tabletten zu nehmen und wieder zurück in den Schlaf zu sinken. Mein Herz wiegt tonnenschwer in meiner Brust und ich kann kaum atmen. Als ich mich aufsetze, merke ich direkt Tränen über mein Gesicht fließen und obwohl mein Kopf noch nicht wieder vollumfänglich denken kann, spüre ich, dass etwas in mir kaputt gegangen ist. Etwas, das nie wieder repariert werden kann. „Du bist wach. Wie geht es dir?“, meine Mum steht neben dem Sofa und schaut mich besorgt an. „Keine Ahnung“, antworte ich und wische mir die Tränen aus den Augen. Sie setzt sich zu mir und stellt eine Tasse Tee auf dem kleinen Beistelltisch ab, dann legt sie ihren Arm um mich und ich lasse meinen Kopf erschöpft auf ihren Schoß sinken. „Ich muss dir etwas sagen…“, meine Mum atmet schwer aus und ich hebe meinem Kopf wieder von ihrem Schoß. Mein Herz beginnt, einen Marathon zu laufen. „Was?“, frage ich verzweifelt, dabei kann ich mir die Antwort beinahe denken. Meine Mum streicht mir sanft durch meine Haare und setzt endlich an: „Mrs. Abernathy ist tot.“ Jetzt gerät die Welt tatsächlich aus den Fugen und ich bin froh, auf dem Sofa zu sitzen, da ich das Gefühl habe, zu fallen. „Es tut mir unglaublich leid, Lydia.“ Ich kann ihre Stimme nicht verarbeiten und versuche nur, meine Hände in das Polster zu drücken, um nicht umzukippen und alles um mich herum zu verlieren. „Wie?“, presse ich irgendwann hervor. „Schatz… das ist doch…“ „Nein, Mum!“, unterbreche ich sie, „Ich will es wissen. Wie ist sie gestorben?“ „Mrs. Abernathy wurde erschossen.“ Ich sehe meine Mum an, in meinen Augen sammeln sich Tränen und ich lächle müde: „Sie war meine beste Freundin“, flüstere ich mit erstickter Stimme und drücke mir die Hand flach gegen meine Schlüsselbeine. Meine Mum nimmt meine Hände in ihre und streichelt sanft über die Handrücken: „Die Notfallsanitäter sind alle sehr beeindruckt von dir und die Polizei würde gern ein Interview mit dir führen. Sie haben mir bereits versichert, dass sie alles daransetzen werden, den Fall aufzuklären.“ Ich schrecke plötzlich hoch, denn mir ist gerade ein Gedanke gekommen und ich kann mich kaum noch davon abhalten, aufzuspringen: „Die Schlüssel…“, murmle ich und starre in unser kleines Wohnzimmer. „Was sagst du?“, meine Mum wirkt verunsichert. „Die Schlüssel“, wiederhole ich jetzt lauter, „die, mit denen ich die Tür geöffnet habe, sie müssen noch dort sein.“ „Ich bin mir sicher, die Polizei hat sie gefunden und du solltest die jetzt auch erst einmal wirklich nicht besitzen – die Bibliothek ist kein sicherer Ort mehr!“ „Mum, tut mir leid, aber ich muss die wirklich finden“, sage ich hastig und springe vom Sofa auf. Durch meinen Kopf fährt ein stechender Schmerz, sodass ich kurz stehen bleiben und mich festhalten muss, um nicht umzufallen. Dann wische ich mir hastig die Tränen aus den Augen, laufe in den Flur, ziehe mir Schuhe an und werfe eine Jacke über, bevor ich das Haus verlasse. Ich kann noch hören, wie meine Mum mir hinterherruft, doch ich weiß, dass es gerade nichts gibt, was mich aufhalten kann. Wenn ich die Schlüssel nicht mehr habe, verliere ich den Zugang zur Bibliothek und dann verliere ich damit alles, was ich noch besitze. Die Hoffnung, dass die Polizisten meinen Schlüsselring nicht gefunden haben, treibt mich an und ich laufe, so schnell es meine müden Beine erlauben.

Viertes Kapitel

Lydia

Das gesamte Gelände ist mit gelbem Flatterband abgesperrt und schon vom Eingang des Parks aus kann ich jede Menge Menschen erkennen, die über das Gelände laufen. Als ob der Mörder jetzt noch hier wäre – dann hätte er mich gestern Nacht doch gleich mit aus dem Weg geräumt. Ich bleibe kurz stehen und wäge im Kopf meine Möglichkeiten ab, dann schlüpfe ich unter der Absperrung hindurch und schleiche mich vorsichtig durch den kleinen Wald. Hinter dem Gartenhäuschen bleibe ich stehen und sehe mich erneut um. Von hier an bis zum Schloss wird es am kompliziertesten. Das Beste wäre, wenn ich warte, bis die Polizei verschwunden ist, doch wer weiß, wie lange das dauert und wer weiß, was sie in der Zeit alles finden?! Also warte ich bloß, bis sich alle Polizisten über das Gelände verteilt haben und niemand mehr in der Nähe des linken Schlossflügels ist, dann nehme ich all meinen Mut zusammen und verlasse mein Versteck. Meine Atmung geht unregelmäßig und so näher ich dem Eingang komme, desto schlechter wird mir. Schließlich stehe ich wieder vor der schweren Tür und öffne sie bedacht. Auf dem Boden klebt noch immer das Blut von Mrs.

Abernathys Kopfwunde. Außerdem wurden auf dem Boden ihre Umrisse nachgezeichnet, um die genaue Position ihres Körpers nicht zu verlieren. Ich versuche, meinen Blick davon fernzuhalten und mich auf die Suche nach meinen Schlüsseln zu fokussieren. Der Flur ist nicht groß, von ihm gehen zwei Türen ab – links die zur Bibliothek und rechts die zur Wohnung der Bibliothekarin, in der ich noch gestern mit ihr gesessen und dem Feuer zugesehen habe. Ansonsten ist der Flur leer und dunkel, da durch die massive Holztür kein Licht hindurch dringt. Langsam gehe ich in die Knie und taste den Boden ab, nach einigen Minuten habe ich meine Schlüssel tatsächlich gefunden. Ich weiß gar nicht, warum ich mir so sicher war, dass er noch hier ist, aber ich hatte Recht. Scheinbar waren sie mir in der Nacht aus meiner Hand gefallen, als ich versucht habe, den Ring wieder in meiner Tasche zu verstauen. Beruhigt umklammere ich ihn mit meinen Fingern und verlasse danach sofort das Gebäude. Auf dem Weg vom Gelände verstecke ich mich wieder hinter dem Gartenhaus und warte diesmal, bis alle Polizisten samt Fahrzeugen verschwunden sind. Dann renne ich los und bin in Rekordzeit wieder zu Hause, den Schlüsselring die gesamte Zeit über starr mit meinen Fingern umklammernd.

„Du kannst doch nicht einfach aufspringen und losrennen. Bitte sag jetzt nicht, dass du beim Schloss warst und nach den Schlüsseln gesucht hast“, meine Mum ist nicht wirklich gut auf mich zu sprechen, als ich wiederkomme. „Doch, habe ich, aber ich konnte ihn nicht finden, du hattest Recht, den hat scheinbar schon jemand anderes mitgenommen“, lüge ich und gehe an ihr vorbei und die Treppe nach oben, „ich möchte noch etwas schlafen, ich bin ziemlich fertig.“ Meine Mum antwortet nicht mehr darauf und folgt mir lediglich mit ihrem Blick, während ich in die obere Etage verschwinde. Ich falle direkt auf mein Bett und werde vom Schlaf eingeholt. Als ich aufwache, fühlt sich mein Körper schwer an und ein dumpfes Gefühl hat sich in meiner Brust breitgemacht. Ich weiß nicht mehr, woher ich die Kraft hatte, auf Suche nach den Schlüsseln zu gehen und zweifle für einige Minuten sogar daran, dass ich das tatsächlich getan habe. Erst als ich das Gewicht der drei Schlüssel in meiner Hand spüre, bin ich wirklich davon überzeugt. Ich drehe sie nachdenklich umher, starre sie von allen Seiten an und versuche, die Erlebnisse der letzten Nacht zu sortieren: Ich konnte wegen eines schlechten Gefühls nicht schlafen und als ich in der Bibliothek angekommen bin, war Mrs. Abernathy erschossen worden. Umso mehr ich darüber nachdenke, desto mehr Angst macht sich in mir breit und schnürt mein Herz zu. Mein Kopf ist zu schwer und zieht mich zurück in den Schlaf. Doch diesmal ist es zuerst unruhig und ich träume schlecht, bevor ich in ein tiefes, dunkles Loch falle und für viele Stunden der Welt entfliehe.

Das nächste Mal aufwachen lässt mich wünschen, für immer weiter zu schlafen. Die Welt ist kein schöner Ort mehr, denn das, was mir am liebsten war, ist dahin. Mrs. Abernathy war meine einzige wirkliche Freundin und ich weiß, dass es komisch klingt, da sie bereits eine ältere Frau war, doch sie hat mich aufgefangen, an dem Tag vor drei Jahren, als meine Welt hier schon einmal ins Stocken kam. Von da an war sie jeden Tag für mich da, einfach immer. Sie ist mein zweites Zuhause geworden und die Bibliothek mein liebster Ort auf Erden. Jetzt ist sie einfach tot und ich habe die ganze Zeit die Bilder vor Augen, wie ich bei ihr saß und ihre kalte, unlebendige Hand gehalten habe, bis die Rettungssanitäter kamen. Wie ich mir die Wunde an ihrem Kopf genau eingeprägt und wie ich ihr im Stillen versprochen habe, dass ich alles dafür tun werde, die Bibliothek weiterhin zu beschützen und nicht zuzulassen, dass Fremde irgendetwas verändern werden. Mein Kopf ist wieder klar, der letzte Rest der Tablette aus meinem Blut verschwunden. Alles, was jetzt übrig bleibt, ist scharfer, stechender und tödlicher Schmerz überall. In meinen Beinen, meinem Bauch und meiner Brust, in meinem Kopf. Ich kann mich nicht bewegen, will mich nicht bewegen. Denn die Welt ist kaputt und es gibt nichts mehr, was man dagegen tun kann, nichts mehr, was all das ungeschehen machen könnte.

Jemand klopft an meine Zimmertür, ich drehe mich demonstrativ auf die Seite. Falls es meine Mum ist, habe ich so oder so gerade keinen Bedarf, mit ihr zu sprechen. Doch dann spüre ich, wie meine Matratze einsinkt. Es ist Kora, sie krabbelt zu mir und schlüpft mit unter meine Bettdecke, dann kuschelt sie sich an mich heran. „Die Polizei war hier“, sagt sie nach einigen Minuten des Schweigens. Ich schrecke aus meinem Dämmerzustand: „Was wollten sie?“ „Die haben etwas abgegeben, einen Brief für dich. Mum wollte ihn lesen, aber Dad hat sie davon abgehalten und ihn für dich weggetan. Sie wollen, dass du nach unten kommst – du hast fast einen ganzen Tag lang geschlafen“, beendet sie und ich drücke meine kleine Schwester einfach nur ganz fest an mich. „Danke, dass du zu mir gekommen bist, Kora“, ich setze ihr einen Kuss in die blonden Haare und sie drückt mich ganz fest. Mir laufen Tränen die Wange hinab und ich weiß einfach nicht mehr, was ich machen soll, doch der Gedanke, dass ein Brief für mich abgegeben wurde, vielmehr, dass dieser von Mrs. Abernathy sein könnte, gibt mir etwas Mut und sorgt schließlich dafür, dass ich aufstehe. „Kora, ich gehe noch duschen und dann komme ich nach unten, kannst du das Mum und Dad sagen?“ Sie nickt und rennt sofort aus meinem Zimmer, wahrscheinlich ziemlich stolz darauf, dass sie diejenige ist, die es geschafft hat, mich aus dem Bett zu bewegen.

Ich steige unter die Dusche und versuche, Schmerz, Dreck und Angst der letzten eineinhalb Tage von mir abzuspülen. Dann ziehe ich mir frische Kleidung an und rubbele meine kurzen Haare etwas mit dem Handtuch trocken, bevor ich auf wackligen Beinen nach unten gehe und die Küche betrete. Meine Eltern sind beide da, meine Mum kocht eine Suppe und es stehen drei Teetassen auf dem Tisch. Als ich den Raum betrete, kommt mein Dad direkt auf mich zu und nimmt mich in den Arm. Ich lasse es zu, denn jegliche Art von Körperkontakt gibt mir ein bisschen das Gefühl, aufgefangen zu werden und hält mich über Wasser. Nachdem er mich loslässt, füllt meine Mum gerade all unsere Tassen mit heißem Wasser und bedeutet mir, mich hinzusetzen. Noch kann ich nicht ganz einschätzen, wie sauer sie auf mich wegen der gestrigen Aktion ist und setze mich deshalb still auf einen der Stühle. Meine Mum füllt mir eine Schüssel mit Suppe, dann setzen sie und mein Dad sich ebenfalls an den Tisch und sehen mir dabei zu, wie ich mit dem Essen kämpfe. Sie stellen keine Fragen und machen auch keine Kommentare. In keinem Moment war ich ihnen dankbarer, als ich es jetzt gerade bin. Meine Mum steht plötzlich einfach auf, stellt ihre Tasse in die Spüle und verlässt die Küche. „Sie ist wirklich besorgt um dich“, sagt mein Dad. Ich nicke nur zur Antwort, denn ich bin mindestens genauso besorgt, um mich und um alles, was mit der Bibliothek zu tun hat.

„Kora war vorhin bei mir und meinte…“, setze ich an, doch mein

Dad legt den Brief direkt auf den Tisch und schiebt ihn mir zu. „Den hat eine Polizistin vorhin hier abgegeben, sie haben ihn in der Wohnung von Mrs. Abernathy gefunden und es steht dein Name darauf. Deine Mum wollte ihn lesen, aber ich habe sie davon abgehalten – Mrs. Abernathy war deine Freundin und wenn sie dir einen Brief hinterlässt, dann sollst du ihn auch zuerst lesen." „Danke, Dad!" „Die Polizistin hat gesagt, sie müssten ihn eigentlich als Beweisstück behalten, doch nachdem sie ihn gelesen hat, meinte sie, er sei nicht verwertbar." Mir rutscht das Herz in die Hose, die Polizei hat meinen Brief gelesen? Ob Mrs. Abernathy damit gerechnet hatte? Ich habe so viele Fragen, doch stelle keine einzige. Ich esse lediglich die Suppe auf und trinke meinen Tee, dann verabschiede ich mich von meinem Dad und gehe zurück in mein Zimmer. In meiner Hand halte ich die gesamte Zeit über nervös den Brief, ich drehe ihn hin und her und frage mich, was dort drinsteht, wenn die Polizei ihn als „nicht hilfreich" eingestuft hat. Als Kora vorhin bei mir war und mir gesagt hat, dass ein Brief für mich abgegeben wurde, hatte ich mich so gefreut und gehofft, Antworten zu finden. Doch das kann ja jetzt kaum der Fall sein, denn sonst hätte mir die Polizei das Schreiben niemals ausgehändigt.
Ich setze mich also auf mein Bett und öffne den Umschlag:

„Lydia, denke immer an das Geschenk!"

Das war´s?! Mehr hat sie mir nicht geschrieben? Ich drehe den Zettel um, betrachte ihn von allen Seiten und werfe ihn dann wütend durch mein Zimmer, wo er irgendwo in einer Ecke zu Boden segelt. Tränen laufen mein Gesicht hinab und ich bin sauer. Sauer auf Mrs. Abernathy, sauer auf meine Mum und sauer auf die ganze Welt. Am liebsten wäre ich nicht mehr hier. Doch dann, während ich wütend in meinem Zimmer auf- und abgehe, weil ich es einfach nicht aushalte ruhig zu sitzen, beginne ich über die Nachricht nachzudenken. „Denke immer an das Geschenk!" Sie hat mir ihre Schlüssel geschenkt und... das Buch! Natürlich, das Buch! Ich gehe zu meinem Schreibtisch und öffne die Schublade, in der ich es vorgestern verstaut habe. Diesmal bin ich nur halb so vorsichtig im Umgang, da meine Hände plötzlich zittern und ich wahnsinnig aufgeregt bin. Könnte es sein, dass ich etwas übersehen habe? Schnell durchblättere ich alles. Als ich schließlich die letzte Seite umschlage, stutze ich und mein Herz setzt einen Schlag aus. An der Innenseite des Buchrückens befindet sich eine kleine Tasche, ich greife hinein und ziehe einen zusammengefalteten Zettel heraus. Als ich ihn auseinanderklappe, erkenne ich direkt, dass es der Brief ist, den ich mir erhofft habe. Mit der einen Hand halte ich den Zettel ganz fest, mit der anderen wische ich mir meine Haare und ein paar Tränen aus den Augen, dann setze ich mich zurück auf mein Bett und beginne, zu lesen.

Liebe Lydia,

Wie es aussieht, hast du meine Nachricht verstanden und den Brief gefunden, aber natürlich hast du das, schließlich bist du unglaublich clever. Gern hätte ich dir den Brief an einem Ort direkt in der Bibliothek hinterlassen, doch das war mir zu riskant. Ich wusste, dass ich nach der Übergabe des Buches an dich nicht mehr sicher darüber sein kann, was in der Wohnung passiert. Doch wo soll ich jetzt nur anfangen? Ich möchte dir alles erklären und keine Fragen übriglassen, deshalb lies in aller Ruhe und bitte – habe Verständnis für mich!

Als wir uns vor drei Jahren begegnet sind, wusste ich es direkt, deine Ankunft wurde mir angekündigt und ich wusste, dass du die Richtige für die Bibliothek bist und ich sie dir eines Tages überlassen kann, so wie sie auch mir vor vielen Jahren überlassen wurde. Ich wusste zwar nicht von vornherein, wann der genaue Zeitpunkt dazu sein würde, doch das hat sich alles mit den Jahren ergeben. Vermutlich verstehst du kein Wort von dem, was ich hier gerade schreibe, deshalb sag ich es etwas direkter: Du bist jetzt die neue Hüterin der Bibliothek, Lydia. Richtig gelesen – Hüterin, denn diese Bibliothek birgt Geheimnisse und mystische Welten in sich, von denen du ab jetzt ein Teil sein wirst. Das Buch, welches ich dir geschenkt habe, ist der Schlüssel zu einer Welt – der Unterwelt der griechischen Mythologie. Du musst es zurück in die Bibliothek und an seinen vorgesehenen Platz bringen, denn nur dann öffnet sich dir das Portal. Es besteht außerdem eine Verbindung zwischen deiner Vergangenheit und diesem dunklen Ort. Du wirst dort von jemandem erwartet, von der Person, die dich mir damals angekündigt hat. Sie hat ein ähnliches Schicksal erlitten wie du, nur, dass sie unfairerweise ihr Leben lang und auch noch nach ihrem Tod dafür bezahlen muss. Sie wird für dich da sein und ich hoffe, dass sie dir helfen kann!

Die Frage, die dich sicher am aller meisten quält, ist, warum ich sterben musste: Ich wusste, dass es passieren wird, sobald ich dir das Buch schenke und somit den Schlüssel übergebe. Du musst wissen, die Bibliothek zu behüten, hat mir immer viel Freude bereitet, allerdings war es nicht immer einfach, mit ihren Geheimnissen zu leben: Ich war an die Bibliothek gebunden und hatte als Hüterin die Möglichkeit mittels der Bücher, von denen jedes einzelne ein Schlüssel ist, zu verschiedenen Göttern und Orten der griechischen Mythologie zu reisen. Alle diese Bücher sind von unschätzbarem Wert, deshalb liegt die Bibliothek so abseits und wird von einer Hüterin, sowie von der B.O.S.C. der „British Organisation of Supernatural Cases“ bewacht. In unserer Bibliothek sind all diese Portale zur griechischen Mythologie gesammelt, es gibt noch eine weitere sogenannte „Portalbibliothek“ auf der Welt, die alle Werke der nordischen

Mythologie enthält. Die Entscheidung, Hüterin der Bibliothek zu sein, ist eine, die bis zu deinem Tod besteht, nur durch ihn besiegelt, kann die Aufgabe weitergegeben werden. Als ich mich jetzt dazu entschieden habe, meinen Posten an dich abzutreten, wusste ich, dass ich dir dazu eines der Bücher schenken muss. Denn die Bücher dürfen die Bibliothek nicht verlassen – geschieht dies doch, wird die B.O.S.C. sofort benachrichtigt. Jetzt, da ich diesen Brief schreibe, wissen sie noch nicht Bescheid, doch spätestens heute Abend, wenn du das Buch in deinen Händen hältst und nach Hause gehst, werden sie eingeschaltet. Dann werden sie jemanden aussenden, um mich zu töten, doch das ist okay. Ich habe gegen die Gesetze verstoßen, um dir die Bibliothek zu überlassen, da ich nicht länger weitermachen kann. Die jahrelange Arbeit und das Hüten aller Geheimnisse haben mir stark zugesetzt, ich habe viel gesehen und erlebt, jetzt ist meine Zeit, aufzuhören. Leider kann ich meine Arbeit nicht so normal niederlegen wie jeder andere Mensch, deshalb muss ich mich töten lassen. Doch der Gedanke, dir die Bibliothek zu übergeben, beruhigt mich und ich weiß, dass du das hinbekommen wirst. Versprich mir bloß, dass du vorsichtig bist, wenn du in die verschiedenen Welten abtauchst! Nicht alle werden dir wohlgesittet sein. Sei immer auf der Hut und vertraue nicht jedem!

Lydia, ich werde dich unendlich vermissen, dich und deine täglichen Besuche bei mir. Du bist ein zauberhafter Mensch und ein sagenhaft intelligentes Mädchen! Pass auf dich auf und erfreue dich an den Geheimnissen der Bibliothek. Ich werde dich nie vergessen und hoffe, dass wir uns irgendwann wiedersehen können!

Deine Mrs. Abernathy

PS: Die B.O.S.C. wird nun auch dich verfolgen, da du den Schlüssel zur Unterwelt hast und diesen wollen sie zurückholen und dich daran hindern, die Welt zu betreten. Außerdem wollen sie die Bibliothek an eine Person innerhalb ihrer Reihen übergeben, um die Götter zu unterdrücken und somit auf ihre Seite ziehen zu können. Ich war denen jahrelang ein Dorn im Auge und sie waren mit meiner Art und Weise der Leitung der Bibliothek nie zufrieden. Ihrer Ansicht nach können die Welten nur beschützt und geheim gehalten werden, indem die Götter unterdrückt sind. Ich dagegen war immer für eine Zusammenarbeit und habe mein Bestes gegeben, die Welten zu verstehen und kennenzulernen. Vor allem habe ich alles dafür gegeben, eine gute Beziehung herzustellen, damit ich niemals den Zorn der Götter auf mich ziehe und somit alle in Gefahr bringen könnte. Pass also auf dich auf, sie werden vor nichts Halt machen und sie verfügen über Methoden, die wir uns nicht ausmalen können.“

Der Brief gleitet mir aus den Händen und fällt leise vor mir zu Boden. Mir rutscht all mein Blut aus dem Gesicht und verteilt sich ungleichmäßig in meinem Körper. Eine unnatürlich starke Angst überkommt mich, sie packt mich und ich möchte schreien, möchte laufen – irgendetwas. Wie kann sie mir das einfach antun? Welchen Wert muss der Besuch in der Unterwelt haben, dass wir all diese Gefahren auf uns nehmen müssen? Wie soll ich mich vor jemandem in Acht nehmen und vor jemandem weglaufen, von dem ich nicht weiß, wer es ist? Ein unsichtbarer Gegner, ein magisches Komitee, das mir wahrscheinlich stets einen Schritt voraus ist. Meine Angst wandelt sich plötzlich zu etwas anderem – Wut. Ich bin wütend auf Mrs. Abernathy, dafür, dass sie mir all das nie erzählt hat, sondern in einem Brief mitteilt, den ich erst lese, nachdem sie bereits tot ist. Diese ganzen schlimmen Dinge haben bereits begonnen. Die Bibliothek, die magischen Welten und ich sind bereits in Gefahr und jetzt soll ich all das aufhalten? Es scheint mir, als sollte ich gegen einen Virus kämpfen, der einen unfassbaren Vorsprung hat. Als würde ich Rauch fangen. Ich drücke mir eine Hand auf meine Brust, irgendwie muss ich mein beschissenes Herz beruhigen. Aber es pumpt unentwegt und ich halte es nicht mehr aus. Die Kontrolle über meinen Körper entgleitet mir und klare Anzeichen einer Panikattacke überrollen mich. Ich kenne das Gefühl gut, denn in der Schule habe ich so oft Panikattacken und doch weiß ich nicht, wie ich mit mir umgehen soll. Scheinbar bin ich nicht sonderlich gut darin, mich um mich selbst zu kümmern und mache immer alles nur schlimmer, füttere die Gefühle in mir weiter an, sodass alles Negative immer mehr Raum gewinnt. An manchen Tagen besteht mein Körper nur aus Angst, sie trieft mir förmlich aus den Fingerspitzen und meine Organe fühlen sich an, als würden sie alle gleichzeitig nachgeben wollen. Genauso ist es gerade wieder. Genauso und noch schlimmer, denn ich muss nicht nur alles in Ordnung bringen und auf mich selbst aufpassen, sondern bin auch noch vollständig allein mit allem. Denn Mrs. Abernathy ist tot, verdammt nochmal tot und es ist als würde ich das jetzt gerade zum ersten Mal wirklich realisieren. Als würde diese Information jetzt in meinem Körper einziehen und sich ihren Platz aussuchen, an dem sie es sich bequem macht und dann bleibt. Sie ist wirklich tot und es gibt niemanden auf der Welt, der sie je wieder zurückbringen könnte.

Fünftes Kapitel

Henry

„Du gehst mit, du wirst einer der Männer sein, die die Kleine fangen werden. Schließlich bist du fit und brauchst zudem eine Aufgabe! Denk ja nicht, dass du das vermasseln darfst. Hast du mich verstanden, Junior?“ Eigentlich verstehe ich gar nichts mehr, ich stehe meinem Dad gegenüber, zwischen uns der Tisch und seine Arme, die er vor seiner Brust gekreuzt hat. Ich kann nicht atmen, kann mich nicht bewegen, kann nicht antworten. Aber ich muss antworten: „Ja, Dad. Ich werde dich nicht enttäuschen“, das ist alles, mehr bekomme ich nicht gesagt. Meine Kehle ist ausgetrocknet und ich bin dem Brechreiz unfassbar nah. Es gibt wirklich nichts, was ich weniger will, als mit den Männern meines Dads ein Mädchen zu jagen und Gott weiß was, mit ihr anzustellen. Nehmen wir sie fest? Tun wir ihr weh? Quetschen wir Antworten aus ihr heraus? Töten wir sie? In meinem Kopf sind tausend Fragen, ich stelle keine einzige. Mein Dad würde mir niemals auch nur eine davon ehrlich beantworten. Alles, was er tun würde, ist mir tief in die Augen zu sehen und mit einem breiten Grinsen im Gesicht zu sagen: „Vertrau mir einfach, Junge und stell nicht so viele Fragen. Wer zu viel fragt, lebt nicht lange.“ Jemand schlägt mir freundschaftlich auf die

Schulter und ich schrecke zusammen. Es ist mein Dad, er ist um den Tisch zu mir gekommen und deutet mir jetzt den Weg nach draußen in den Flur, denn für ihn ist die Konversation an der Stelle beendet. Aus seiner Sicht existieren keine weiteren Fragen, alles ist geklärt, fix gemacht – jetzt müssen nur noch alle genau das machen, was er befohlen hat. Ich gehe den langen Gang hinab und suche nach einer Toilette. Ganz am Ende, neben dem Büro meines Dads, finde ich eine. Sofort schließe ich hinter mir ab, stütze ich mich auf dem Rand des Waschbeckens ab und sehe mir mein Gesicht im Spiegel an. Den Jungen, der mir jetzt entgegenblickt, hasse ich noch so viel mehr als den von heute Morgen. Denn der Junge jetzt steht kurz davor, auf Jagd nach einem Mädchen zu gehen, was nichts Falsches gemacht hat, sondern nur durch unglückliche Zufälle in diesen ganzen Müll hineingeraten ist. Ich wollte niemals so werden wie mein Vater, das hatte ich mir vorgenommen und mir geschworen, daran festzuhalten. Egal was mein Dad für Tricks ausprobieren würde. Jetzt bin ich ihm in die Falle gegangen und pünktlich zu meinem 16. Geburtstag werde ich zu dem, den ich schon immer am meisten verabscheue. Ich werde zu meinem Dad. Nervös gehe ich mir mit der Hand durch die Haare, diesmal zittere ich sichtbar, es ist nicht mehr nur in meinem Inneren, sondern zehrt von meinem Körper. Ich lasse Wasser über meine Hände laufen und tupfe mein Gesicht damit ab, doch dann überkommt mich der Brechreiz erneut und ich renne zur Toilette. Ich hasse meinen Dad und alle, die für dieses Leid verantwortlich sind.

Diese Nacht mache ich kein Auge zu, meine Matratze fühlt sich wie ein kalter Stein an und nach ewigen Stunden unruhigen Hin- und Her- Drehens gebe ich schließlich auf. Ich steige aus meinem Bett, gehe zum Fenster und reiße es auf. Mein Gesicht wird von der kühlen Londoner Luft heruntergekühlt und ich versuche, meine Atmung zu beruhigen. Aus der anderen Ecke meines Zimmers starrt mich die ganze Zeit meine Ausrüstung für morgen an. Mein Dad hat sie vorhin dort abgelegt: „Morgen geht es los! Ich vertraue dir, Junior!“ Ich habe genickt und so getan, als sei ich beschäftigt zu lesen, woraufhin er bloß die Augen verdreht hat. Jetzt starre ich die Ausrüstung zurück an, wünsche mir, ich könnte mit meinen Augen Löcher hineinbrennen. Ich hasse alles daran und weiß, sobald die Sonne morgen früh aufgeht, ist es vorbei, dann gibt es kein Zurück in mein vorheriges Leben. Ab morgen früh würde es den Henry, den ich kenne, nicht mehr geben – nie wieder. Ab morgen bin ich einer von ihnen und mache falsche Dinge, die ich als richtig verkaufe. Sorge für eine Art der Gerechtigkeit, die niemand je wollte, nach der niemand jemals fragen würde. Der Kloß in meinem Hals schwillt weiter an, wird von den negativen Gedanken in meinem Kopf gefüttert und ich hoffe ganz leise, dass ich einfach daran ersticke. Doch natürlich ersticke ich nicht, nein, ich stehe nur weiter an meinem offenen Fenster und schaue ein letztes Mal als unschuldiger Mensch in den wolkenbehangenen Nachthimmel Londons.

Die Sonne geht vor meinem Fenster auf und die Stadt erwacht langsam wieder zum Leben. Ich klebe wie eine Fliege auf meiner Fensterbank, scheinbar bin ich doch noch für wenige Stunden eingeschlafen. Doch jetzt, da ich wieder wach bin, überfluten mich direkt all die furchtbaren Gefühle und die Angst kehrt auf ihren Platz zurück. Sie sitzt in meinem Herzen und ich presse mir eine Hand auf die Brust. Meine Zimmertür wird unsanft geöffnet und mein Dad kommt herein: „Mach dich fertig, in fünfzehn Minuten gehen wir zum Hauptquartier!“ Ich nicke; verdammt, warum nicke ich immer? Warum sage ich ihm nicht, dass das alles bescheuert ist und ich dieses Mädchen nicht jagen möchte? Nicht für hunderttausende Pfund. Die Tür fällt wieder zu und ich stehe in meinem Zimmer, habe plötzlich das Gefühl, gar nicht mehr hier her zu gehören, fühle mich fremd in mir selbst und unfassbar verloren. Doch dann gehe ich hinüber zu der Ausrüstung, die mich gestern durch die Dunkelheit hindurch angestarrt und vom Schlafen abgehalten hat. Sie besteht aus einer schwarzen Hose, einem weißen Hemd und einem langen schwarzen Mantel sowie Anzugschuhen in derselben Farbe. Dunkel; dunkel passt zu meinem Dad, passt zu den Dingen, die er tut – die ich tun werde. Ich ziehe mich an und gehe zum Spiegel hinüber. In der Kleidung sehe ich älter aus, aber auch traurige. Meine braunen Haare hängen in meinem verschlafenen Gesicht, meine Augen heben sich ebenfalls nicht ab, sie bilden nur zwei weitere dunkle Flecken an mir. Alles ist dunkel und ich kann es spüren, auch in mir drin ist alles dunkel. Auch wenn ich nicht weiß, ob es in mir jemals hell war. Bevor ich mein Zimmer verlasse, lasse ich meinen Blick ein letztes Mal über alles schweifen, denn ich werde zwar wiederkommen, aber ich werde nie wieder der sein, der ich jetzt bin. Nach dieser ersten Mission bin ich offizielles Mitglied der B.O.S.C. Kein Zurück.

Sechstes Kapitel

Lydia

Die Haustür sinkt leise ins Schloss und ich renne los. Draußen ist es dunkel und kalt, der Wind wird wohl nie wieder nachlassen. Unsere Straße ist leer, keine Autos, keine Geräusche, nur der sanfte Lichtschein der Straßenlaternen und ich. Ich, wie ich einfach nur renne und keine Ahnung habe, wohin. Das Einzige, was ich gerade weiß, ist, dass ich das Gefühl habe, zu sterben, sobald ich stehen bleibe. Also renne ich weiter, lasse unsere Straße hinter mir zurück und laufe quer durch den gesamten Ort. Meine Beine tragen mich, sie fühlen sich taub an und so, als wären sie gar kein Teil meines Körpers mehr, doch auf wundersame Weise tragen sie mich. Dann komme ich plötzlich ins Straucheln, meine Beine geben unter der Last meines trägen Körpers nach und ich falle zu Boden. Meine Hände schlagen auf dem kalten Asphalt der Straße auf und ein dumpfes Gefühl von Schmerz durchfährt meinen Körper. Ich beiße mir auf die Unterlippe, um nicht aufzuschreien, salzige Tränen strömen mein Gesicht hinab und fallen auf meine Hände. „Scheiße“, sage ich mit schmerzverzerrtem Gesicht, „Was eine verdammte Scheiße!“ Von dem Moment an kann ich meine Gefühle nicht mehr kontrollieren, breche vollständig zusammen und weine.

Ich weine und fluche immer wieder leise vor mich hin. Alles in mir tut so sehr weh und brennt und ich weiß, dass es nie wieder wirklich aufhören wird, dass nichts mehr je wieder wird, wie es mal war. In mir ist ein klaffendes Loch und mit jeder Träne reißt es ein kleines Stück weiter auf. Ich überlege, ob ich einfach hier so liegen bleiben und warten sollte, bis nichts mehr von mir übrig ist. Bis ich von dem Loch in mir aufgefressen werde. Ein Geräusch – etwas erregt meine Aufmerksamkeit. Quietschende Reifen kommen zum Stehen, ein zarter neuer Lichtstreifen erhellt die Straße. Ganz langsam und qualvoll ziehe ich meinen Körper in eine aufrechte Position und wische mir mit dem Handrücken über die Augen. Das kann nicht sein, hier kann niemand sein, ich muss es mir eingebildet haben, schließlich ist die gesamte Straße in jegliche Richtungen leer. Doch da ist es wieder – ein Klacken, wie das Schließen einer Autotür und ein kleiner Lichtpunkt, der für den Bruchteil einer Sekunde aufflackert. Mein Herzschlag springt in die Höhe und ich ziehe mich auf die Beine, komme zittrig zum Stehen und plötzlich erkenne ich etwas. Nicht weit weg von mir, in einer kleinen Seitengasse steht ein Auto, es ist schwer zu erkennen, doch es wird ganz matt von einer der Straßenlaternen angestrahlt. Meine Hände werden schwitzig und ich habe das Gefühl, mein Puls könnte mich auf der Stelle verraten. Trotzdem gehe ich so vorsichtig und kontrolliert wie möglich auf die Stelle zu. An der Ecke des letzten Hauses, vor Beginn der Gasse, bleibe ich stehen und lehne mich gegen die

Hauswand, nicht ganz sicher, was mich erwartet, wenn ich mich dazu entscheide, einen Blick auf das Auto zu werfen. Vielleicht sind es nur Anwohner? Vielleicht drehe ich schon durch? Dann höre ich Geräusche und die Neugier gewinnt: vor dem Auto kann ich Schatten erkennen. Ich schlucke meine Angst herunter, auch wenn ich das Gefühl habe, mich eigentlich übergeben zu müssen. „Wir müssen sie finden, diese Kleine darf uns nicht entkommen“, sagt einer der Männer. Er steht links, doch das ist auch alles, was ich von ihm erkennen kann. Alle sind ungefähr gleich groß und scheinen dunkle Kleidung zu tragen, da sie von der Dunkelheit fast vollständig verschluckt werden. „Wir hätten viel früher einschreiten müssen – schon vor Jahren. Es ist eine Schande, dass diese Frau solange die Oberhand über die Bibliothek hatte“, ein anderer spricht jetzt. „Deshalb sind wir ja ab heute hier: wir müssen die Kleine finden und mitnehmen. Nur dann haben wir eine Chance, die Bibliothek und den vollständigen Zugang wieder zu erlangen.“ „Aber was wollen wir mit dem Mädchen, wenn wir sie haben?“, noch eine neue Stimme, eine weitaus jüngere und höhere, eine freundlichere. Ja, die Person, die jetzt spricht, klingt unschuldig und aufgeschmissen, so als wäre sie sich nicht wirklich sicher, was das Ganze überhaupt sollte. Es folgt jedoch direkt eine klare und harte Antwort, die mein Blut gefrieren lässt: „Wir bringen sie ins Quartier und dann sehen wir mal, was wir so mit ihr machen! Und jetzt stell nicht so viele Fragen!“ In diesem Moment ziehe ich hörbar die Luft ein und schlage mir direkt eine Hand vor den Mund, hoffentlich haben sie mich nicht gehört. Angst schnürt mir die Kehle ab und ich weiß genau, wer das ist und warum sie hier sind. Sie suchen *mich* und sie werden vor nichts Halt machen. Verdammt, ich muss sofort hier weg!

So schnell ich kann, drehe ich um, schleiche mich bis ans Ende der Straße, und beginne dann zu rennen. Diesmal noch schneller als vorhin, da die Angst, sie könnten mir folgen und mich fangen, so tief in mir sitzt, dass ich an nichts anderes denken kann als an die Bewegung meiner Beine. Am liebsten würde ich zur Bibliothek rennen, doch der Ort ist der wahrscheinlich unsicherste im Moment, deshalb steuere ich Zuhause an. Als ich endlich die Tür hinter mir schließe, sinke ich zu Boden und lehne mich mit dem Rücken dagegen, vergrabe mein Gesicht in meinen Händen und ziehe meine Beine zu mir heran. Alles, was ich spüre, sind Angst und Verzweiflung. Ich habe keine Idee, wie ich es schaffen soll, vor diesen Männern zu entkommen, der Ort ist nicht groß und so werden sie nicht lange brauchen, um mich zu finden. Außerdem werden sie bei der Bibliothek suchen und eventuell dortbleiben, was bedeutet, dass es für mich kein Zurück dorthin gibt. Dabei ist es doch meine Aufgabe, die Bibliothek zu beschützen. Wie viele waren das überhaupt? Ob die Mörder von Mrs. Abernathy unter den Männern sind? Die Wut mischt sich wieder unter die Angst und ich weiß, dass ich irgendetwas machen muss. Egal wie viel Angst ich habe, ich muss zurück in die Bibliothek und das Buch über Medusa an seinen Platz bringen. Dann schaffe ich es zu ihr in die Unterwelt und vielleicht hat sie Antworten für mich. Antworten und Hilfe. Also muss ich morgen zurück in die Bibliothek, ganz egal wie, aber ich muss, und niemand wird mich aufhalten. Niemand, auch nicht diese Männer. Ich stemme mich vom Boden auf die Beine und gehe die Treppe nach oben in mein Zimmer. Ich muss jetzt schlafen und Kraft sammeln, damit ich morgen wieder klar denken kann und keine Fehler mache. Fehler kann ich mir nicht leisten und Schlaf klingt nicht nach der schlechtesten Idee. Auch wenn ich Angst vor dem habe, was mich erwartet, sobald ich meine Augen schließe.

Nach all der Aufregung des letzten Abends habe ich tatsächlich geschlafen. Doch jetzt sitze ich an meinem Schreibtisch, mit dem Medusa- Buch in der Hand und spüre, wie mich die Erschöpfung überkommt. Die Panikattacke gestern war heftig und auslaugend und der konstante Gedanke an die fremden Männer lässt mich nicht mehr los. Sie könnten überall sein. Vor meinem Haus, in der Bibliothek, im gesamten Ort. Ich habe ja nicht mal eine Ahnung, wie viele es genau sind – jedenfalls mehrere und ich bin alleine, ich habe nur mich. Nur mich und die Bibliothek, mich und Medusa. Den ganzen Vormittag habe ich heute bereits damit verbracht, das Buch über sie zu lesen und habe einen Punkt in unser beiden Biographien finden können, an dem wir ein ähnliches Schicksal erlitten haben.

Als ich davon gelesen habe, ist mein Herz kurz stehen geblieben und nach weiterem Lesen sind mir Tränen das Gesicht hinab gelaufen. Tränen, weil ich es einfach nicht glauben kann, nichts davon. Medusas Geschichte ist eine der tragischsten und unfairsten, die ich je gelesen habe und ich kann mich so gut in ihre Lage versetzen – Medusa wurde vergewaltigt, deshalb ist sie heute auch das Zeichen und oft gewähltes Tattoomotiv von Menschen, die ebenfalls sexuellem Missbrauch oder Vergewaltigung zum Opfer gefallen sind. So wie auch ich, vor drei Jahren. Mein „Geburtstag“, der keiner sein sollte, der Tag, der in meinem Kopf nicht existieren sollte. Meine Erinnerung daran ist einerseits nebelverhangen, andererseits doch auch sternenklar. Ich möchte mich nicht daran erinnern, möchte diese Grausamkeit nicht noch einmal durchleben, auch nicht gedanklich. Ich kann es nicht, deshalb ist die Erinnerung an diesen Tag gut verpackt und fest zugeschnürt in einer der hintersten Ecken meines Gedächtnisses. Sie rückt nur in den Vordergrund, wenn der Tag sich wieder jährt, wenn ich vom Kalender daran erinnert werde, dass es real ist und ich es mir nicht eingebildet habe. Auch wenn ich das für eine lange Zeit geglaubt habe: kurz nachdem es passiert ist, da hatte ich keine Ahnung, was das war. Mein Kopf konnte keine Linie zwischen Gut und Böse ziehen und konnte mir nicht sagen, ob das was mir zugestoßen war, als okay galt oder nicht. Ich habe versucht, mir einzureden es wäre okay gewesen oder gar nicht so schlimm passiert, wie ich dachte.

Schließlich war er doch meine erste große Liebe und würde mir niemals wehtun. Aber irgendwann habe ich Flashbacks bekommen, die Angstattacken haben begonnen, ich habe mich in der Nähe von Jungen und Männern, die ihm ähnlich sahen, immer unwohl gefühlt und wusste nie genau, warum. Irgendwann habe ich mir selbst erlaubt, mich einmal wirklich zu erinnern, ohne Schleier, einfach nur die klare Erinnerung und mir ist bewusst geworden, dass es nicht okay war. Das gar nichts okay war und auch nie wieder sein würde. Ein halbes Jahr nach der Tat habe ich zum ersten Mal realisiert, dass ich mit fünfzehn Opfer von sexuellem Missbrauch geworden bin und es hat mir das Herz zerrissen. Die einzige Person, die von meinem Leid wusste und mir bestätigen konnte, dass es wirklich echt war, ist Mrs. Abernathy. Sie hat mich an dem Tag gerettet, hatte gesehen, dass zwei junge Menschen ins Schloss neben der Bibliothek verschwunden und nicht mehr rausgekommen sind. Als sie dann durch die Gänge gegangen ist, hat sie mich retten können. Sie musste für den Bruchteil eines Moments Zeugin werden und ich weiß, dass es ihr immer genauso sehr wehgetan hat wie mir. Trotzdem hat sie den Tag nie mehr erwähnt, wir haben ihn zusammen weggeschlossen. Stattdessen hat mich Mrs. Abernathy mit zu sich in die Bibliothek genommen, in ihre Welt, die von da an auch meine geworden ist. Ich war ihr jeden Tag dankbar dafür, dass sie es war, die mich gefunden hat. Dass sie es war, die mich mitgenommen und meine Tränen getrocknet hat. Ich wünschte, sie wäre noch hier und ich bilde es mir nur ein, doch für einen Moment fühlt es sich so an, als würde ihre Hand auf meiner Schulter ruhen, als würde sie neben mir stehen. Mein Blick fällt auf die Stelle neben mir und selbstverständlich ist dort niemand, doch ich muss lächeln und wische mir mit dem Handrücken über das tränennasse Gesicht. „Danke“, flüstere ich und sehe dabei aus meinem Fenster in den Himmel, denn wo auch immer Mrs. Abernathy jetzt ist, bin ich mir ziemlich sicher, dass es ein himmelsähnlicher Ort sein muss.

Ein letztes Mal fahre ich mit meiner Hand sanft über den Buchdeckel, dann stehe ich auf, mein Rücken tut vom langen Sitzen am Schreibtisch furchtbar weh. Ich überlege, wann der beste Zeitpunkt ist, zurück zur Bibliothek zu gehen und entscheide mich, am späten Nachmittag zu starten. Dann habe ich die Deckung der einsetzenden Dunkelheit, es ist aber trotzdem noch hell genug, um in Sicherheit zu sein. Bis dahin muss ich meinen Rucksack packen und im Haus ein paar Dinge zusammensuchen, die ich auf meiner Reise in die Unterwelt benötigen könnte. Aber was braucht man in der Unterwelt? Ich habe mir mehrere Online-Artikel durchgelesen, alle aus irgendwelchen Mythologie-Foren. Scheinbar ist es dort steinig, kalt und dunkel, sprich: gruselig. Also eine Taschenlampe und einen Pullover, ich laufe orientierungslos durch mein Zimmer, bis mir einfällt, dass ich die Taschenlampe bereits beim letzten Gang zur Bibliothek bei mir hatte. Einen Pullover finde ich auch sofort und entscheide mich für einen schwarzen mit Kapuze. Sicher ist sicher – und wenn ich eines nicht möchte, dann ist es, aufzufallen. Ich packe außerdem noch das Buch und den Schlüsselring zur Bibliothek ein, zuletzt mein Handy und eine Wasserflasche. Ein Blick auf die Zeit – verdammt, es ist erst 15 Uhr, ich muss noch mindestens anderthalb Stunden warten, aber alles in mir ist kribbelig und mein Blut rauscht in meinen Ohren.

Unmöglich schaffe ich es, noch so lange irgendwo ruhig zu sitzen oder mich ganz und gar zu beschäftigen. In meinem Kopf schwirren noch immer die Wortfetzen der Männer umher und das panische Gefühl von gestern Abend nistet sich wieder in meinem Körper ein. Ich muss schneller sein als sie, cleverer. Ich darf keine Fehler machen, denn ich bin allein. Ich muss einfach nur besser sein, besser als diese geheime Organisation, das bin ich Mrs. Abernathy schuldig.

Endlich ist es 16:30 Uhr, die letzte halbe Stunde habe ich vollständig damit verbracht, auf meinem Bett zu liegen und den Wecker anzustarren, ihn beinah leise anzuflehen, dass die Minuten doch etwas schneller vergehen mögen. Doch jetzt ist es endlich soweit und ein Blick aus dem Fenster bestätigt mir ebenfalls, dass sich der Herbstabend über die Stadt legen möchte, dass er bereits in den Startlöchern steht. Also stehe ich auf, greife nach meinem

Rucksack und verlasse das Zimmer. Unten im Wohnzimmer läuft der Fernseher, Fina und Kora schauen irgendeine ihrer Kindersendungen. Plötzlich geht die Küchentür auf: „Wo gehst du hin, Schatz?“, es ist meine Mum, eine Augenbraue besorgt hochgezogen, ihre Mundwinkel ein müdes Lächeln. „Ich möchte nur noch eine Runde spazieren gehen, mein Kopf tut ein bisschen weh“, es ist eine so einfache Lüge, eine nicht so gravierende, wie die, die ich neulich Nacht Kora zugeflüstert habe. „Alles klar, aber sei bitte zum Essen wieder da. Dein Dad ist heute auch pünktlich zurück und wir würden gern mal wieder mit dir gemeinsam essen.“ „Ja, ich bin pünktlich zurück“, wieder gelogen und diese Lüge wiegt schwerer, da ich nicht weiß, ob ich heute Abend zurück sein werde und ebenso wenig weiß, was ich meinen Eltern erzählen soll, wenn ich es wirklich nicht sein sollte: „Ah, sorry Mum, ich war in der Unterwelt!?“ Jetzt ist keine Zeit darüber nachzudenken, ich werfe ihr ein knappes „Hab dich lieb“ zu und verlasse dann unser Haus. Das Tageslicht ist bereits am Verblassen, ich gehe ein paar Schritte von unserem Haus weg, dann hole ich meinen Hoodie aus dem Rucksack und ziehe ihn mir über, die Kapuze fällt tief in mein Gesicht. Diese Männer dürfen mich nicht bekommen, um keinen Preis und auch kein anderer, neugieriger Bewohner dieses Ortes muss wissen, dass ich in die Bibliothek gehe. Ich setze meinen Rucksack wieder auf, dann gehe ich nach links, in Richtung Ortsende. Lieber laufe ich über abgelegenere Wege, nur um ganz sicher zu gehen, dass mich wirklich niemand sieht. Das ist derzeit meine einzige Überlebensstrategie.

Siebtes Kapitel

Henry

Der Ort ist sehr klein. Von London hierher haben wir mindestens drei Stunden gebraucht, wir sind die ganze Zeit in Richtung Norden gefahren und das Wetter ist immer schlechter geworden. Jetzt haben wir bereits die erste unbequeme Nacht hinter uns. Bevor wir zum Schlafen gehalten haben, sind wir als einziger der drei Wagen aus unserer kleinen Delegation quer durch den Ort gefahren – in der Hoffnung, das Mädchen bereits irgendwo abfangen zu können. Insgesamt sind wir ein Team von 21 Männern, alle jung und fit, gut trainiert und clever. Als mein Dad die Entscheidung verkündet hat, waren nicht alle begeistert, die Reaktionen waren sehr verschieden: manche haben sich gefreut und sahen stolz aus, diese Aufgabe absolvieren zu dürfen, die anderen, zu denen auch ich gehöre, sahen panisch aus und schienen verschwinden zu wollen. Jetzt ist es so oder so zu spät, die erste Nacht ist vorbei und den unschuldigen Henry, der von der Bibliothek als friedlicher Ort geträumt hat, gibt es nicht mehr. Ich bin eingeklemmt zwischen fremden Männern, alle zwischen 18 und 25 Jahren alt. Den ganzen Tag verbringen wir schon hier, draußen regnet es immer wieder, ansonsten fallen leise

Blätter zu Boden. Die Umgebung ist hübsch, im Hintergrund steht das Schloss und ich weiß auch, dass die Bibliothek hier in der Nähe ist, es ist ein bisschen, als würde ich ihre Präsenz spüren. Doch egal, wie nah ich bin, bin ich gleichzeitig so weit davon entfernt, gefangen in diesem Transporter und warte auf die Ankunft des Mädchens. Dieses unschuldige Mädchen, das irgendwann hier auftauchen und dann von uns mitgenommen wird.

Ich schaue mich um, alle schlafen und in meinem Kopf blitzt ein Gedanke auf. Ganz vorsichtig und langsam schäle ich mich aus dem Autositz und gleite zur Tür hinaus. Die frische Herbstluft strömt in meine Lungen und meine Beine fühlen sich merkwürdig wacklig an. Aber kein Wunder, gestern die lange Autofahrt, dann die Nacht und der gesamte Tag eingequetscht zwischen Fremden. Ich mache ein paar vorsichtige Schritte vom Auto weg und sehe mich um. Der Park ist wundervoll, er hat sogar ein kleines Wäldchen und eine Gartenhütte und ganz am Ende steht das Schloss. Ein altes, massives Gebäude, zum Teil mit Efeu bewachsen. Ich versuche, meinen Blick davon abzuwenden, doch es ist verdammt schwer. Zum ersten Mal seit Tagen fällt ein klein wenig der Anspannung von mir ab und der Knoten in meinem Herzen löst sich ein winziges Stück. Vielleicht habe ich doch irgendeine Chance, meinem Dad zu entkommen. Doch jetzt gerade möchte ich mich einfach etwas bewegen und vor dieser Enge fliehen, ich muss atmen und meine Gedanken sortieren. Vielleicht muss ich mir einen Plan zurechtlegen, wie ich all das hier endgültig hinter mir lassen kann oder was ich machen soll, wenn ich dem Mädchen begegne. Mit Mädchen kenne ich mich null aus, mein Dad hat immer nur Wert auf meine Ausbildung gelegt und darauf gewartet, dass ich endlich 16 werde und ihm etwas tauge. Er selbst hatte auch nie eine Freundin oder so etwas Ähnliches, also natürlich muss er mal jemanden gehabt haben und diese Person ist meine Mum. Aber er hat sie nie erwähnt, und ich durfte auch nicht danach fragen. Für ihn zählt immer nur das, was mit seinem Geschäft zu tun hat, er steht unter unfassbarem Druck, weil ein Versagen seinerseits viele Konsequenzen nach sich ziehen würde. Wie auch immer, ich habe jedenfalls keine Ahnung, wie man mit Mädchen spricht oder überhaupt darüber, wie sie so sind. Wenn ich also derjenige sein sollte, dem sie zuerst begegnet, stehen die Chancen ziemlich gut, dass wir das alles hier vermasseln. Ich versuche, meine Gedanken umzulenken und an irgendetwas Schönes zu denken. Meine müden Beine tragen mich gemächlich durch den, im Halbdunkel des späten Nachmittags liegenden, Park. Unter meinen Schuhen bleiben die nassen Blätter kleben und ich laufe einfach ziellos umher. Mir ist egal wo ich lande. Solange ich in Bewegung bin, denke ich weniger über all die schrecklichen Dinge nach, die mit meinem Dad in Zusammenhang stehen. Irgendwann erreiche ich das Schlossgebäude, es ragt vor mir in die Höhe. Dabei wird es schwach von ein paar Laternen angeleuchtet, trotzdem reicht das wenige Licht schon aus, um mir ein Bild von der Schönheit dieses Ortes zu machen. Das Gebäude ist massiv, aus kaltem Stein erbaut und doch zu einer Anmut zusammengesetzt, dass jedem Architekten für immer das Herz aufblühen würde. Es erstreckt sich über viele Meter und hat immer wieder kleine und größere Türme, die sich in Kuppeln verlaufen. Ich schätze, das Innere ist ein Labyrinth und zu gern möchte ich hineingehen. Ohne meinen Blick auch nur für eine Sekunde von den Schlossmauern abzuwenden, spaziere ich an der Mauer entlang, immer darauf bedacht, dass mich möglichst niemand aus den Transportern heraus erkennen kann. Nach einigen Minuten erreiche ich eine Lücke im Gemäuer, ich schaue mich um, unsicher, ob ich wirklich eintreten soll, entscheide mich allerdings dafür und schlüpfe hinein. Mein Herz klopft viel zu schnell und ich befürchte, dass es mir in jedem Moment die Brust zerreißt oder mich verrät. Also gehe ich ganz vorsichtig weiter und stehe nun inmitten der Eingangshalle. Keine Ahnung, wo diese Lücke herkam, aber es ist zu dunkel, um irgendetwas Genaueres zu erkennen. Es brennen lediglich zwei kleine Lampen, die links und rechts neben mir sind, ansonsten liegt der gesamte Raum im Dunkel. Es ist etwas unheimlich und ich sollte nicht hier sein, eigentlich sollte ich dringend zurückgehen, aber ich kann einfach nicht. Irgendetwas in meinem Kopf schreit mich förmlich an, weiterzugehen. Also setze ich weiterhin einen Fuß vor den anderen, durchquere die Eingangshalle und verlasse sie schließlich. Der neue Raum, der sich vor mir auftut, ist ein Treppenhaus. Sehr groß und kalt, mit Treppen zu zwei Seiten, die sich in der Mitte zu einer Empore zusammenschließen, bevor von dort wieder mehrere kleine Treppen in verschiedene Richtungen abzweigen. Es ist überwältigend und ich stehe einfach nur da. Ich stehe da und atme und versuche, mir die Bilder so detailliert wie möglich einzuprägen, weil ich sie einfach nie mehr vergessen möchte. Wenn ich von hier wegmuss und wieder bei meinem Dad bin, möchte ich immerhin einen Ort haben, zu dem ich in meinen Träumen reisen kann.

Mein Weg führt mich jetzt die erste Treppe auf der linken Seite nach oben, von der Empore aus entscheide ich mich für eine kleine, die ins Hintere des Schlosses führt. Die gesamte Zeit über achte ich auf jeden meiner Schritte, bedacht darauf, nicht zu auffällig zu sein oder über irgendetwas zu stolpern. Die Angst in meiner Brust ist viel zu groß und laut und schnürt meine Atemwege ab, ich fange an, daran zu zweifeln, ob ich sie jemals in meinem Leben wieder loswerde. Allerdings will ich mich nicht schon wieder in dem Gedanken daran verlieren und versuche deshalb schnell, meine Aufmerksamkeit auf die Räume vor mir zu lenken. Es sind so viele Zimmer und so viele Treppen und egal, welchen Weg ich gehe, immer wieder komme ich an einer anderen Stelle heraus. Manchmal lande ich in großen Schlaf- und Gesellschaftszimmern, manchmal in Besenkammern.

Doch der allerschönste Anblick ist bei Weitem der Tanzsaal in der Mitte des Schlosses. Er ist riesig, ich kann die Größe nicht beschreiben, aber mindestens so groß, wie der Grundriss von Dads und meinem Apartment. Noch dazu sind an der einen Seite über die gesamte Länge hohe Fenster, die direkte Sicht auf den Park gewähren und den Raum nochmals größer und offener erscheinen lassen. An der oberen Kante, die Decke und Wand voneinander trennt, verlaufen weiße Ornamente, außerdem gibt es auch einen Balkon an einer der Wände, neben der Fensterfront. Ich traue mich zwar kaum, aber trete letztendlich ein und bevor ich es richtig merke, befinde ich mich mitten im Saal. Mein Mund steht offen und ich drehe mich im Kreis, versuche irgendwie, all diese Details zu verarbeiten und aufzunehmen. Dieses Schloss ist magisch und obwohl ich dachte, dass es nicht noch schöner werden könnte, wird es immer umwerfender umso mehr Räume ich mir ansehe. Dieser Saal ist Perfektion und sofort schießen mir Vorstellungen von Bällen in den Kopf, die hier früher stattgefunden haben müssen. Der Saal, gefüllt mit Musik und Menschen und Glück und unbeschwerten Stunden. Ich kann auch mich selbst hier tanzen sehen – edel gekleidet schwebe ich mit einer Tanzpartnerin über das Parkett. Mein Herz wird zunehmend schwerer und ich kann plötzlich den Regen von draußen schwer und unheimlich gegen die Fensterscheiben prasseln hören. Für einen kurzen Moment schrecke ich auf, sehe mich um und befürchte, dass jemand direkt hinter mir steht. Mein Dad, der mir wieder mal sagt, dass ich den Auftrag nicht vermasseln darf und dass alles so viel wichtiger ist, als ich nachvollziehen kann. Ich schlage mir die Hand schmerzvoll gegen meine Schläfe und versuche, die Stimme meines Dads aus meinem Kopf zu verjagen: „Geh weg, lass mich in Ruhe!“, schreie ich ihn an, doch es ist bloß in meinem Kopf. In Wirklichkeit schreie ich nicht, ich schreie nie. Auch wenn ich gern würde, nehme ich doch einfach immer alles hin und lasse es über mich ergehen. Jedes Mal wieder – immer in der leisen Hoffnung, dass ich ihm irgendwann entkommen kann. Meine Hand schlägt weiterhin gegen meinen Kopf und mir läuft eine Träne die Wange hinunter, eine Träne für mich und für die Familie, die ich nie hatte, für die Mum, die mich scheinbar nie vermisst hat und für all die Chancen auf ein Leben, die ich so gerne haben würde. Aber dann schlucke ich weitere Tränen hinunter, ich versuche, mich zusammenzureißen, auch wenn alles in mir so fürchterlich wehtut. Wenn ich könnte, würde ich mich hier einschließen, ich würde mir das kleinste Zimmer im verlegensten Winkel des Schlosses suchen und mich verstecken. Vielleicht klingt das gut, vielleicht ist Verstecken die richtige Entscheidung oder immerhin die am wenigsten schmerzhafteste. Doch es geht nicht, ich muss gehen, ein Teil von mir weiß das und diesen Teil von mir hasse ich besonders sehr. Warum? Weil er immer

gewinnt und jetzt gerade meine Beine dazu bringt, sich zu bewegen.

Ich laufe und verlasse das Schloss, mein Auge tränt immer noch, ich kann es nicht aufhalten und will es auch nicht wirklich, denn vielleicht bin das ja ich. Vielleicht ist dieser weinende Teil von mir, der in meinem Körper, der wirklich ich bin. Der Teil, den mir mein Dad nicht nehmen konnte und niemals nehmen kann. Deshalb lasse ich das Auge leise tränen, damit mir mein Dad einfach niemals meine Menschlichkeit rauben kann. Er nimmt sich jeden Tag so vieles, also muss ich muss standhaft bleiben, denn seine Skrupellosigkeit darf nicht weiter belohnt werden. Ich muss mich von ihm lossagen und anfangen, mein eigener Mensch zu werden. Erst wenn ich aufhöre standhaft zu bleiben, habe ich wirklich gegen ihn verloren.

Das Gemäuer gibt mich frei, und ich beginne zu frieren. Mein Körper zittert, ich fühle mich erschöpft. Ein letzter Blick zurück und ein kleines Lächeln. Ein Lächeln für das Schloss und dafür, dass ich es endlich gesehen habe, dass ich da war und die Möglichkeit hatte, mir alles anzusehen. Allein, nur ich. Egal, was passiert oder was irgendjemand probiert, diese Bilder bleiben jetzt für immer meine eigenen. Ich drehe mich vom Schloss weg und blicke in den jetzt vollständig dunklen Park, die Transporter stehen noch immer da, wo sie vorhin standen und ich möchte gerade dorthin zurück gehen, als ich in meinem Augenwinkel plötzlich einen Schatten sehe. Sofort drehe ich meinen Kopf nach rechts, aber es ist zu spät, der Schatten ist bereits abgetaucht – in Richtung Bibliothek. Mein Herz setzt einen Schlag aus – das Mädchen.

Teil 2

Die Reise beginnt

Achtes Kapitel

Lydia

Die Wege am Rand unseres Ortes sind wunderschön, aber im Moment bin ich nicht wirklich in Stimmung für einen angenehmen Herbstspaziergang. Eher kommt mir die Schönheit dieses Regentages wie ein Schlag in die Magengrube vor. Mit jedem Schritt in Richtung Bibliothek pocht mein Herz ein klein wenig mehr und ich bin gar nicht fähig, meine Umgebung wahrzunehmen. Dabei ist England im Herbst einer der besten Orte, an dem man sein kann. Regen, Nebel und zu Boden fallende Blätter in Kombination mit den kleinen Orten und niedlichen Häusern sind einfach wunderbar. Die Luft ist kühl und schwer, man kann Kerzen anzünden oder Lichterketten anmachen und dabei lesen. Ich liebe den Herbst, vor allem, wenn ich jeden einzelnen der dunklen Nachmittage in der Bibliothek verbringen und Mrs. Abernathy zuhören kann – zuhören konnte. Der Regen wird stärker und auf einmal hat er nichts magisches mehr an sich, sondern fällt einfach nur noch auf mich hinab, bis mein Hoodie komplett durchweicht und mein Körper in Gänsehaut gehüllt ist. Plötzlich ist der Herbst nicht mehr meine liebste Jahreszeit, weil ich diese besonderen Momente von Ruhe und Geborgenheit nie wieder zurückbekommen werde, ich kann sie bloß in meinem Kopf abspeichern. Es bricht mir das Herz und unter die Regentropfen mischen sich Tränen, die mir das Gesicht hinabströmen. Ich wische sie mir mit dem nassen Ärmel meines Pullovers weg, schließlich ist jetzt keine Zeit zum Weinen. Jetzt muss ich stark bleiben und die Bibliothek retten, ganz egal wie schwer es wird. Es ist meine Aufgabe und ich kann Mrs. Abernathy nicht enttäuschen. Also gehe ich triefend vor Nässe weiter und nehme all meine Kraft zusammen, sodass ich tatsächlich irgendwie ankomme.

Diesmal betrete ich den Schlosspark aus einer anderen Richtung als normalerweise und trotzdem kann ich sofort die Transporter sehen, die zwischen den Bäumen geparkt sind. Sofort aktiviert sich mein Gehirn und die Angst von gestern wird wieder präsent – die Männer. Ich muss an ihnen vorbei und in die Bibliothek, dann muss ich es schaffen, in die Unterwelt zu gelangen, bevor sie mich sehen und mir eventuell folgen könnten. Schnell werfe ich einen Blick nach links zu dem kleinen Gartenhäuschen, hinter dem ich mich versteckt habe, als die Polizei zur Tatortsicherung hier war. Wenn ich es schaffe, bis dorthin zu gelangen, habe ich von dort ausgehend die besseren Möglichkeiten zur Beobachtung und auch eine relativ hohe Chance, möglichst ungesehen und schnell in die Bibliothek zu kommen. Ein Blick zu den Autos: es sind drei weiße Transporter, genau die Art, bei der jedes Mädchen und jede Frau Herzrasen bekommt, weil sie die klassischen „Entführungswagen“ darstellen. Gruselig zu wissen, dass meine Entführung der exakte Grund für ihre Anwesenheit ist. Ich atme durch, dann gehe ich einige Schritte nach vorn und schleiche mich durch die Bäume, um näher an die Autos heranzukommen. Ich brauche eine bessere Sicht, sonst ist das Risiko zu hoch, einfach durch den Park und zum Gartenhäuschen zu gehen. Unter mir liegen tausende Blätter, doch dank des Regens knistern sie nicht, sondern haften an meinen Schuhen und verraten keine meiner Bewegungen. Über mir wehen die dünnen Äste der großen Bäume leise im Wind und machen gruselige Geräusche, doch abgesehen davon ist es totenstill. Somit schaffe ich es mit Leichtigkeit bis in die Nähe der Transporter. Um sie herum ist alles dunkel, im Hintergrund sind die schwachen Lichter des Schlosses zu erkennen. Ich fühle mich sicher genug und gehe im perfekten Abstand und mit schnellen Schritten durch den Park, bis ich schließlich zur Gartenhütte gelange. Hinter dieser bleibe ich etwa zwei Minuten stehen, lehne mich mit dem Rücken gegen den kalten Stein und atme ein paar Mal tief durch. In meinem Blut ist eine Menge Adrenalin, meine Hände zittern die gesamte Zeit, aber es sorgt auch dafür, dass ich funktioniere. Bevor ich mir den letzten Abschnitt vornehme, schaue ich an der Hauswand vorbei und spähe ins Dunkel. Verdammt. Da ist etwas – oder jemand. Die Augen der Person finden genau in dem Moment meine Richtung, als ich losrenne. Mein Blut kocht jetzt, es muss einer der Männer gewesen sein, was bedeutet, dass ich keine Zeit mehr habe. Sobald er Bescheid gibt, sind sie hinter mir her und dann schaffe ich es nicht. Verdammt, verdammt, verdammt. Ich renne, so schnell ich kann, der Weg ist nicht mehr weit, nur noch ein paar Meter an der Schlossmauer entlang nach links. Die Schlüssel halte ich bereits fest umklammert in meiner zitternden Hand, während ich renne und aufpassen muss, dass ich nicht ausrutsche. Ab jetzt darf ich mir keinen einzigen Fehler mehr erlauben.

„Nein, verdammt!“, fluche ich. Mir sind die Schlüssel aus der Hand gerutscht, schnell knie ich mich auf dem Treppenabsatz hin und taste nach den metallenen Stücken. Ich bin so fertig, die Angst sitzt mir im gesamten Körper und der Gedanke, die Männer würden jeden Moment hinter mir stehen, macht mich paranoid. Nach einigem nervösen Umhertasten und vielen Blicken hinter mich, schaffe ich es endlich, drücke die Tür auf und lasse sie hinter mir direkt wieder behutsam ins Schloss fallen. Dann der nächste Schlüssel, der kleinste von den drei an meinem Schlüsselbund. – Einer für die Haustür, einer für die Tür zur Wohnung und der wichtigste für die Bibliothek. Vor der Tür knie ich mich nochmals hin, nehme meinen Rucksack vom Rücken und krame nach meiner Taschenlampe. Ich stelle sie nur auf der schwächsten Stufe an und betrete dann endlich die Bibliothek. Ich greife erneut nach meinem Rucksack und hole das Buch heraus. *Medusa*, ich zeichne den Titel vorsichtig mit meinen Fingern nach. Die Bücher, die mit „M“ beginnen, müssten alle auf der zweiten Ebene stehen. Auf dieser saß ich immer. In einem der Gänge ist ganz am Ende ein großes Fenster mit einem Sessel davor – das war mein liebster Platz und wenn ich mich recht erinnere, sollten irgendwo dort in der Nähe die Werke mit „M“ stehen. Ich lasse den Rucksack von meiner Schulter rutschen und lege ihn neben der Treppe ab. Meine Taschenlampe leuchtet den großen Raum nicht mal ansatzweise aus, doch es reicht, um mich fortzubewegen, ohne irgendwo davor zu laufen. Ich könnte auch Licht anmachen, aber die Gefahr, entdeckt zu werden, wäre dann nochmal größer. Ich stolpere deshalb im Halbdunkel voran, bis zur Treppe in der Mitte des Raums, die mich auf die zweite Ebene führt. Heute Abend kommt es mir so vor, als würde jede einzelne Treppenstufe so unendlich laut knarzen, wie niemals zuvor. Obwohl das laute Geräusch auch von meinem Herz kommen könnte, was so laut pocht, dass ich es in meinen Ohren spüre. Doch mit einem Mal wird mir klar, dass es weder die Treppenstufen noch mein Herzschlag sind, sondern, dass das Geräusch von draußen kommt. Wie eingefroren bleibe ich stehen, knipse das schwache Licht in meiner Hand aus und halte die Luft an. Da ist ein Rütteln an der Tür und eine Stimme, sie ist zart, fast noch jungenhaft und irgendwie gebrochen. Sie muss zu der Person gehören, die ich eben gesehen habe. Die Person rüttelt weiterhin an der Eingangstür, versucht, hier hereinzukommen. Meine Starre löst sich und ich eile die Treppe nach oben, wobei meine Beine fast unter mir zusammenbrechen. Die Taschenlampe halte ich verkrampft in meinen jetzt schwitzigen Händen. Unter meinem Arm klemmt das Buch und ich laufe so schnell, wie mein Körper es erlaubt. Auf dem oberen Absatz angekommen, haste ich die Reihen entlang und kneife angestrengt die Augen zusammen, um die Buchstaben erkennen zu können. Tatsächlich lag ich richtig und die Reihe mit dem Fenster und dem Sessel ist die der Bücher mit Anfangsbuchstaben „M". Bevor ich in die Reihe einbiege, werfe ich einen Blick durch den Raum zurück nach unten, um mich zu versichern, dass ich noch immer alleine hier bin. Dem scheint so, also wende ich mich der Regalreihe zu und scanne sie nach Lücken ab. Mir bleibt voraussichtlich nicht viel Zeit, um herauszufinden, wo genau ich das Buch einsetzen muss. Diese Person sitzt mir im Nacken und sobald sie die Tür geknackt haben sollte, bin ich verloren. Endlich finde ich die passende Lücke, hole das Buch unter meinem Arm hervor und schiebe es behutsam an seinen Platz. Noch während meine Hand am Buchrücken festhält, werde ich in einen Strudel gezogen. Dem gebe ich mich hin und schließlich falle ich.

Neuntes Kapitel

Lydia

Mein gesamter Körper kracht zu Boden und ein scharfer, beinahe unmenschlicher Schmerz fährt durch mich hindurch. Meine Rippen tun so sehr weh, dass ich für einen kurzen Moment befürchte, nicht mehr atmen zu können. Außerdem ist es derart dunkel, dass ich kaum die Hand vor Augen sehen kann. Und ich weiß nicht, was mir mehr Angst einjagt – die Schmerzen oder das Unwissen darüber, wo genau ich bin und was mit mir passiert ist. Also natürlich weiß ich, dass ich mich irgendwo in der Unterwelt befinde, aber ich war ja noch nie zuvor hier. Ich habe keine Größendimension für diesen Ort und auch keine Orientierung, obwohl ich die womöglich auch mit besseren Vorkenntnissen nicht hätte, so dunkel wie es hier ist. Jetzt ziehe ich meinen Oberkörper hoch, immerhin so weit, dass ich mich in eine sitzende Position befördere. Dann taste ich meinen Kopf nach möglichen Wunden ab, nur um sicher zu gehen, dass ich nicht sofort verblute und innerhalb der nächsten paar Minuten nicht mehr lebe. Meine Atmung reguliert sich langsam etwas, meine Rippen scheinen demnach auch nicht gebrochen zu sein. Aber was mache ich jetzt? Ich verfüge über keinen einzigen Anhaltspunkt, habe keine

Ahnung, wie ich Medusa finden soll und auch nicht was passiert, wenn ich auf andere „Bewohner“ der Unterwelt stoße. Deshalb bleibe ich einen Moment lang einfach sitzen, ich sitze und lege meinen Kopf in meine Hände. „Denk nach“, flüstere ich mir währenddessen zu und versuche es wirklich – ich versuche, nachzudenken, aber es ist so verdammt schwierig. Mein Kopf pocht und das Adrenalin scheint langsam meinen Körper zu verlassen, weshalb ich mit einem Mal die gesamte Anspannung und Erschöpfung in mir spüre. Aber ich darf meinen Körper nicht gewinnen lassen, nicht jetzt. Ich muss das hier in Ordnung bringen, vorher gibt es keine ruhige Minute für mich.

In der Ferne erkenne ich ein schwaches Licht. Hoffnung strömt in mich hinein und ich atme auf, denn wo Licht ist, sind auch Menschen, oder naja – Götter. Ach keine Ahnung, aber jedenfalls irgendjemand, der vielleicht weiß, wo ich hinmuss. Also stemme ich mich hoch, meine Beine sind etwas schwach und der Untergrund ist alles andere als eben und einfach zum Laufen. Alles ist felsig, der Weg, auf dem ich jetzt stehe, ist ein Hindernisparcours. Ich strauchle langsam voran, einmal bleibe ich an einem Felsen hängen und reiße mir eine Wunde in mein Bein. Es brennt fürchterlich und ich würde am liebsten laut aufschreien vor Schmerz, doch stattdessen presse ich mir die Hand vor den Mund und beiße schließlich darauf, um das Bedürfnis nach Schreien auszugleichen.

Langsam und jetzt vor allem humpelnd laufe ich weiter in Richtung des Lichts, meine Kräfte werden immer geringer und erst jetzt bemerke ich, wie unglaublich kalt es hier eigentlich ist. Ein Schauer läuft über meinen Rücken und die Kälte kriecht schließlich an jede Stelle meines Körpers. Ich beginne zu zittern und irgendwann bin ich wirklich nicht mehr fähig, weiterzulaufen. Suchend taste ich meine Umgebung ab und als ich einen größeren, recht glatt beschaffenen Felsbrocken ausmache, lege ich mich darauf. Der Stein ist auch kalt und das prickelnde Gefühl klettert an meiner Wirbelsäule entlang, sodass ich kurz zusammenzucke. Doch an der Wunde an meinem Bein ist die Kälte des Felsens angenehm und verschafft Linderung. Ich fahre mir müde mit der Hand durch meine struppigen Haare und versuche, mir die gekräuselten Strähnen aus dem Gesicht zu wischen. Die Wunde beginnt, zu pochen und mir wird schlecht vor Schmerz, ich habe Angst, mich übergeben zu müssen. Also drehe ich mich auf die Seite und kräusele mich zusammen, bis ich so klein wie eine eingeschüchterte Katze bin. Meine Augen werden schwer und gewinnen schließlich den Kampf gegen meinen Kopf. Ich schlafe ein.

Zehntes Kapitel

Henry

Auch wenn sich alles in mir dagegen sträubt, folge ich dem Schatten, ich kann einfach nicht anders. Eigentlich müsste ich sofort zu den Transportern gehen und davon berichten, was ich gesehen habe, doch wenn es wirklich das Mädchen ist, dann möchte ich keinesfalls derjenige sein, der sie an meinen Dad verrät. Trotzdem muss ich wissen, ob sie es ist und möchte sie sehen. Ich will wissen, wie sie aussieht; wer sie ist. Zwar habe ich keine Erklärung, warum ich mich so fühle, aber mein Herz sagt mir, dass es der einzig richtige Weg ist und ehe ich mich versehe, folge ich ihr bereits. Naja, nicht wirklich folgen, denn sie ist schon verschwunden, aber ich laufe den Weg zur Bibliothek – den Weg, den sie vermutlich auch gegangen ist. Es kommt mir wie eine Ewigkeit vor. Immer wieder schaue ich über meine Schulter zurück zu den drei Transportern, aus Angst, jemand könnte hinausgegangen sein und mir folgen. Die Blätter unter mir schmiegen sich an meine Schuhe und bleiben kleben. Der Regen ist unaufhörlich und ich bin schon komplett durchnässt. Als ich an der Bibliothek ankomme, bleibe ich einen Moment lang am unteren Fuß der kleinen Treppe stehen und schaue einfach nur das Gebäude und die riesige Eingangstür an.

Ich bin beinahe zu ehrfürchtig, um weiterzugehen. Doch dann lenkt etwas anderes seine Aufmerksamkeit auf mich und ich drehe meinen Kopf einem der Fenster zu, die in Richtung Schlosspark zeigen und somit direkt neben der Treppe liegen. Von drinnen ist ein sanfter Lichtstrahl zu erkennen, er ist schwach und aus der Nähe dennoch sichtbar. Es ist tatsächlich jemand in der Bibliothek. Meine Beine tragen mich die drei Stufen hinauf bis zur Tür und ich ziehe und drücke daran, in der Hoffnung, sie wäre irgendwie zu öffnen. Doch es funktioniert nicht, sie ist zu und ich werfe nochmals einen Blick nach links durchs Fenster. Das Licht ist plötzlich erloschen. Verdammt, sie muss die Tür gehört haben. Ich setze mich auf die oberste Stufe und beobachte ganz still das Fenster. Nach nur wenigen Minuten geht das kleine Licht wieder an und der Lichtpunkt bewegt sich weiter nach oben. In der Bibliothek muss es also eine Treppe zu einer oberen Etage geben. Ich starre gebannt auf den sich entfernenden Lichtstrahl, solange bis er endgültig erloschen ist und auch nicht noch einmal wiederkehrt. In dem Moment weiß ich, dass sie es geschafft hat und ein Lächeln schleicht sich in meine Mundwinkel. Nachdem ich mich versichert habe, dass das Licht wirklich nicht noch einmal angeht, stehe ich auf und kehre zu
meinem Transporter zurück. Ich schlüpfe wieder nach drinnen und gehe zu meinem Platz. „Wo warst du so lange?“, es ist der wichtigste Mann in unserer Gruppe, sozusagen der Unterboss. „Ich

war draußen im Park, brauchte etwas frische Luft und hier haben außerdem alle geschlafen.“ „Du hast dich trotzdem nicht einfach zu entfernen, das ist verboten und du solltest das wissen. Wenn das noch einmal passiert, gebe ich sofort deinem Dad Bescheid – deinem Boss.“ Ich nicke – *Boss*, was ein harmloses Wort, um meinen Dad zu beschreiben. Herrscher oder Tyrann würden es dabei deutlich besser treffen. „Jetzt schlaf! Morgen brauchst du deine Kraft, wir werden uns in der Bibliothek positionieren und Wachposten aufstellen, damit wir die Kleine sofort abfangen können, sobald sie auftaucht.“ Ein Kloß sitzt mir im Hals, aber ich nicke wieder, dann verkrieche ich mich auf meinem Sitz und rutsche so tief es nur geht nach unten. Ich drücke meinen Kopf gegen die Autotür und bete dafür, dass das Mädchen es schafft, zu entkommen und wir sie nicht fangen werden. Dann denke ich an das Schloss und an den Tanzsaal und all die lebhaften Veranstaltungen, die dort stattfinden könnten und ich rette mich in diese Gedanken, bis die Müdigkeit sich endlich dazu entscheidet, über mich herzufallen. Dann träume ich von dem Mädchen und der Bibliothek, aber am meisten doch von dem Mädchen.

„Aufwachen! Alle! Jetzt ist Schluss mit Herumsitzen, bewegt euch!“, warum denken Unterbosse immer, sie wären die wichtigsten Menschen auf der Welt? Gib einem Menschen Macht und sieh dabei zu, wie er ihr verfällt. Ich schäle mich aus dem Autositz, mein

Nacken ist steif, da ich die ganze Nacht über genauso saß, wie ich gestern Abend eingeschlafen bin. Mit einer Bewegung nach rechts und links versuche ich die Wirbel knacken zu lassen, dann steige ich aus dem Wagen und strecke mich. Es ist jetzt der zweite Morgen ohne jegliche Hygiene und ich beginne, mich wirklich eklig zu fühlen. Meine regennasse Kleidung ist klebrig an meinem Körper getrocknet und meine Haare sind völlig zerstört, außerdem habe ich einen furchtbaren Geschmack im Mund. „Das ist jetzt meine Zukunft", schießt es mir durch den Kopf, doch ich lasse den Gedanken nicht zu, diesmal nicht. Jetzt konzentriere ich mich vollkommen auf die Bibliothek, heute kann ich sie endlich von innen sehen. Dann bekommt sie in meinem Kopf einen besonderen Platz und ich kann meine Gedanken endlich zu einem vollständigen Bild werden lassen. Trotzdem habe ich Angst, dass das Mädchen noch irgendwo dort ist, die Chance ist zwar gering, jedoch nicht null und wir sind einundzwanzig Männer. Ich kann bloß um ihre Sicherheit hoffen. Wir setzen uns in Bewegung, allerdings nur mein Auto, also nur sieben der Männer. Die restlichen vierzehn verteilen sich überall im Park, um wirklich jedes Gebiet abzusichern. Ich bin der Letzte aus meiner Gruppe, der Kloß in meinem Hals ist so groß, dass ich kaum schlucken kann und mir speiübel ist. Die Tür wird kurzerhand aufgebrochen und ich frage mich, aus welchem Grund sie dafür bis heute gewartet haben? Irgendwie ergibt das keinen Sinn, aber gut so, dann steht es in diesem Fall immerhin eins zu null in dem endlosen Spiel gegen meinen Dad. „Bummel nicht so, verdammt nochmal!“, die Stimme fährt mir eiskalt durch den Körper, aber dann schüttele ich sie ab und gehe hinter den anderen hinterher. Der Raum, in dem wir uns jetzt befinden, ist nicht direkt ein Raum, sondern ein kleiner Flur, von dem rechts und links jeweils noch einmal eine Tür abgeht. Die Bibliothek muss sich hinter der linken Tür befinden, denn von der Seite kam gestern Abend der sanfte Lichtstrahl. Was hinter der rechten Tür sein könnte, weiß ich nicht genau. Auch mein Boss scheint es nicht genau zu wissen und ich kann mühelos erkennen, wie sehr es ihn stört, dass sein Ziel noch immer nicht klar vor ihm liegt. Es wird entschieden, zuerst nach rechts zu gehen und so wird das Brecheisen ein weiteres Mal verwendet. Das Holz zersplittert in Fasern und Einzelteile und wir betreten zu siebt die nun erkennbare Wohnung. Der Befehl lautet, alles zu durchsuchen, falls das Mädchen sich hier versteckt haben könnte, um den richtigen Moment abzupassen und durch das Portal zu verschwinden. Mir gefällt die Wohnung, sie ist klein aber gemütlich – zumindest muss sie das einmal gewesen sein, aber das war, bevor die Bibliothekarin ermordet worden ist. Jetzt steht alles Kopf, ich komme teilweise kaum durch den Flur, geschweige denn in einen der Räume hinein. Scheinbar hat die Polizei schon alles ordentlich umgekrempelt, auf der Suche nach Hinweisen und Spuren, schließlich erscheint es sinnlos eine durchschnittlich lebende Frau einfach so zu töten. Ich gebe der Polizei und jedem, der diese Ansicht teilt, absolut Recht, denn es ergibt keinen Sinn und es hätte sicher auch andere Lösungen geben können als einen Mord. Doch all das hier trägt eindeutig die Handschrift meines Dads und mit jedem weiteren Schritt, den ich in diese Wohnung setze, verabscheue ich ihn noch mehr. Eine tote Frau – ein ausgelöschtes Leben und eine daraus folgende Tragödie für dieses Mädchen. Es ist das allererste Mal, dass ich direkt mit den Verbrechen meines Dads und seiner Organisation in Verbindung komme und es ist, als würde ich erst in diesem Moment so recht begreifen, wie verkehrt das alles eigentlich ist.

„Alle raus! Wir gehen jetzt in die Bibliothek, hier ist niemand! Raus!“, wieder diese eisige und raue Stimme, geprägt von jahrelanger Arbeit bei der B.O.S.C. sowie von Nikotin und Schnaps. Ich sehe mich noch einmal in dem Raum um, in dessen Türschwelle ich die letzten paar Minuten stand, lasse meinen Blick über das Bett und den Kleiderschrank bis hin zu dem kleinen Bücherregal schweifen. Plötzlich, als würde ich von einer unsichtbaren Kraft getragen werden, zieht es mich in das Zimmer hinein und bis zu dem Regal. Meine Finger streifen durch die Reihen und eines der Bücher sticht mir ins Auge – es scheint ein Tagebuch zu sein. Eigentlich sollte ich es an Ort und Stelle lassen, aber ich kann nicht. Solange wir hier sind, kann das Mädchen nicht zurück in diese Wohnung und irgendeine Stimme in mir sagt, dass ich für sie dieses Buch mitnehmen muss. Auf eine Art denke ich, dass ich es ihr schuldig bin. Also stecke ich das Buch in eine der Innentaschen meines Mantels, mache dann direkt kehrt und renne aus der Wohnung hinaus, an meinem Boss vorbei und stelle mich zu den anderen in den Flur. Eine Sekunde später kracht die Tür der Bibliothek zusammen und wir treten ein. Mein Herz sticht in meiner Brust und ich drücke mir nervös die Hand gegen die Rippen. „Bitte lass sie entkommen sein“, denke ich und sehe den Männern aus meiner Staffel dabei zu, wie sie sich direkt in der Bibliothek verteilen und alles absuchen. Nur ich stehe wie angewurzelt da, zum einen Teil, weil ich fasziniert von diesem Raum bin, zum anderen Teil, weil ich einfach nicht derjenige sein möchte, der sie finden könnte. Also schaue ich mich nur um und presse währenddessen meine Hand noch stärker gegen mein stechendes Herz. Die Bibliothek ist noch so viel schöner als in meinen Träumen, der Saal ist groß, mit hohen Fenstern zu zwei Seiten. Einmal zum Park hin, also die Fenster, durch die ich gestern Abend das Licht gesehen habe und einmal noch zur linken Seite, also gegenüber zur Wohnungstür. Entlang der Fenster zur Parkseite verläuft eine Holztreppe, die zur zweiten Ebene führt. Beide Ebenen sind über und über mit Büchern gefüllt, hohe Regale, die bis unter die Decke reichen. Unter den Füßen der anderen knarzen die alten Holzdielen, ich verfolge jeden ihrer Schritte und bete die ganze Zeit still vor mich hin. Mein Dad macht noch einen Gläubigen aus mir.

„Boss, das Buch ist hier im Regal – sie ist schon weg, sie muss es irgendwie an uns vorbei geschafft haben“, ruft einer der Männer und ich erschrecke mich fürchterlich. Meine Gedanken waren so weit weg von dem wahren Geschehen gewesen, da ich an nichts anderes denken kann als an dieses unbekannte Mädchen und ihre Sicherheit. „Gut, dann postiert sich jetzt jeder von euch an einer Stelle hier im Raum! Wir wissen zwar nicht wann, aber irgendwann muss sie wieder kommen, um was auch immer zu tun“, der Boss muss husten und ich habe das Gefühl, seine Lunge könnte dabei herausfallen und vor uns auf dem Boden zerplatzen. Dann werde ich postiert, leider nicht an dem Regal, wo das Portal ist, sondern unten im Raum, doch immerhin an einer Stelle, wo mich niemand der anderen direkt sehen kann, und so setze ich mich zwischen den Regalreihen auf den Boden und beginne, eines der Bücher zu lesen.

Elftes Kapitel

Lydia

Was genau mich geweckt hat, kann ich nicht ausmachen. Mein Kopf ist langsam und der Schlaf vernebelt meine Wahrnehmung etwas. Ich setze mich also hin, taste mein Bein ab und prüfe, ob ich noch etwas spüre. Es ist furchtbar kalt hier unten, aber irgendwie muss ich es ausblenden. Es ist etwas heller geworden, oder zumindest bilde ich mir das ein, gut möglich, dass sich meine Augen auch einfach nur an das Pechschwarz gewöhnt haben. Es knackt hinter mir, sofort erfasst mich eine Welle von Panik und flutet mein gesamtes Nervensystem. Ohne weiter auf Schmerz oder Angst zu achten, renne ich los – hinein in die Dunkelheit und das Unbekannte. Ich renne und renne, stolpere immer wieder leicht, weil einfach überall Felsen und kleinere Gesteine sind und stehe irgendwann mit den Füßen im Nassen. Eine eklige Kälte umgibt meine Füße und lässt mein Blut gefrieren. „Da bist du ja endlich", sagt eine Stimme hinter mir, oder vor mir? Ich weiß es nicht, jedenfalls ist irgendwo in all dieser Unheimlichkeit eine Stimme, sie ist ruhig und zischt etwas, wie eine Schlange. „Medusa?", flüstere ich in unbekannte Richtungen und drehe mich im Kreis. „Gib mir deine Hand, ich bringe dich in Sicherheit“, flüstert die Stimme wieder, aber ich zögere, schlinge meine Hände um meinen eigenen Oberkörper und versuche, das Zittern in mir zu stoppen. „Vertrau mir“, ich zögere noch immer, doch dann strecke ich meine linke Hand aus, schließlich habe ich keine wirkliche Chance. Medusa ist diejenige, die ich gesucht habe und allein werde ich hier unten wohl kaum länger überleben. Wahrscheinlich ist es ein Wunder, dass mich während meiner Schlafpause noch niemand entdeckt hat.

Hier geht jegliches Gefühl für Zeit und Raum verloren und ich weiß weder, wie lang ich schon hier bin, noch, wie lange ich jetzt schon Medusa folge. Jedoch fühle ich mich sicherer und nicht mehr so unbeholfen wie nach meiner Ankunft. Wir gehen auf einen Felsvorsprung zu und umso näher wir kommen, desto heller wird es. Zum ersten Mal kann ich wieder etwas erkennen: kann meine Hände sehen, die kleine Höhle, die sich vor mir befindet und die Gestalt, die bis eben meine Hand gehalten hat. Natürlich hatte ich mir schon Bilder angesehen und mir vorgestellt, wie es wohl sein würde, ihr gegenüberzustehen, aber all das steht in keiner Weise im Vergleich mit dem realen Anblick von Medusa: Schlangenhaare ragen aus ihrem Kopf, genau wie es überall beschrieben ist, ihre Augen blitzen grün und ihre Zähne sind spitz und gefährlich. Trotzdem ist sie wunderschön in meinen Augen, all die Entstellungen konnten ihre Schönheit nicht rauben. Ich blicke

Medusa direkt in die Augen und sehe darin nichts Böses, nichts Monstergleiches, sondern einfach nur eine Frau. Eine Frau, die furchtbar behandelt wurde und schrecklich viel Leid erfahren hat. „Du bist Lydia, richtig?“, fragt sie und schaut mich dabei genauso interessiert an wie ich sie eben. „Ja und ich bin wegen Mrs. Abernathy hier“, antworte ich und kann meine Augen noch immer nicht von ihr abwenden, irgendetwas an ihr zieht mich dermaßen in seinen Bann, dass ich ihr nahezu verfalle. „Gut. Was hast du da am Bein?“, fragt sie besorgt und zeigt auf den roten Blutfleck, der sich durch den Stoff meiner Hose ausgebreitet hat. „Ich bin heute, oder nein, gestern Nacht – ach, keine Ahnung. Jedenfalls bin ich an einem Felsen hängen geblieben, es war alles so dunkel“, versuche ich zu erklären. „Lass es mich verarzten, sonst entzündet es sich, das wäre ziemlich gefährlich“, antwortet sie, ohne auf meine Orientierungslosigkeit einzugehen und zeigt in Richtung der kleinen Höhle. Ich folge ihr hinein, es ist trocken darin, aber dennoch kalt und leer. Sie besitzt nicht viel, außer ein paar Tinkturen und einer Matratze aus Ästen und Blättern, die in der geschütztesten Ecke der Höhle liegt. Genau dorthin setze ich mich, schiebe das Hosenbein vorsichtig nach oben und lasse Medusa eine ihrer Tinkturen auftragen. „Das sieht bösartig aus, gut, dass du es bis in mein Gebiet geschafft hast, sonst hätte dich vermutlich noch jemand anderes gefunden.“ „Das wäre schlecht, nicht wahr? Wenn mich jemand anderes gefunden hätte, meine ich.“ Medusa blickt von meinem Bein zu mir auf und sieht mir durchdringend in die Augen: „Ohja, das wäre furchtbar gewesen. Du darfst nicht hier sein… niemand darf das, der nicht über den Styx von Charon hierhergebracht wurde.“ Ich schaue sie verwirrt an – Styx, Charon, alles Wörter, die ich nicht einordnen kann. Ich habe zwar einiges über die griechische Mythologie gelesen, nur mit der Unterwelt habe ich mich bisher wenig befasst. „Der Styx, das Wasser des Grauens ist der Fluss der Unterwelt, er ist sozusagen die Straße, über die du hineingelangst. Das Tückische daran ist, dass er wohl eine Einbahnstraße ist, denn wenn du einmal hier bist, gibt es kein Zurück mehr. Charon ist der Fährmann, der dich über den Fluss begleitet und schließlich bei Zerberus, dem Höllenhund, abgibt. Der bewacht die Unterwelt und sorgt dafür, dass keine unbefugten Seelen hinein- und auch keine Seelen hinauskommen.“ Ich kann sehen, wie Medusa bei dem Gedanken an all diese Dinge zittert und ihre Augen leicht flattern. Es tut mir unfassbar leid für sie und ich wünschte, ich hätte die Informationen einfach hingenommen und meinen fragenden Blick für mich behalten. „Es tut mir leid“, flüstere ich ihr zu, während sie meine Wunde mit Blättern verbindet und schließlich mein Hosenbein wieder darüber fallen lässt. Dann steht sie auf und geht durch die Höhle zur anderen Seite, lehnt sich gegen die Felswand und atmet tief durch: „Ist schon in Ordnung, ich bin hier, um dir zu helfen. Das hat dir Mrs. Abernathy bestimmt erzählt.“ „Ja, wie oft war sie eigentlich hier? Kanntest du sie gut?“, die Neugier trieft mir förmlich aus den Fingern, jetzt da sich der Schmerz an meinem Bein lindert und ich langsam wieder klare Gedanken fassen kann. „Sie war oft hier, mindestens einmal die Woche. Dann hat sie sich hier bei mir versteckt und ich habe sie am Ende immer wieder sicher zur Portalstelle gebracht und zurück in die Bibliothek reisen lassen.“ „Was war der Grund für ihre Besuche?“ „Jetzt kommen wir zu dem spannenden Teil – deine Mission. Okay also, wo fange ich an?“ Medusa sitzt mir gegenüber, ich auf dem Teppich aus Ästen und Blättern, sie einfach auf dem Boden, doch es scheint sie nicht zu stören. Ich fühle mich, als würde ich auf glühenden Kohlen sitzen, weil ich so gespannt darauf bin, mehr zu erfahren. Endlich beginnt Medusa zu erzählen und selten zuvor habe ich jemandem so gern zugehört wie ihr: „Die B.O.S.C. kennst du ja sicher und weißt garantiert auch, dass sie die Stelle in der Bibliothek immer an Leute aus ihren eigenen Reihen weitergeben?“ Ich nicke, da ich sie keinesfalls unterbrechen will. „Mrs. Abernathy stammt tatsächlich selbst aus den Reihen der B.O.S.C. Als sie die Portalbibliothek übernahm, stand diese noch am Anfang: die Organisation hatte sich gerade erst gegründet und die Beziehungen zu allen Wesen der magischen Welten wurden erst aufgebaut. Bis zum Zeitpunkt ihrer Gründung wurden wir Fabelwesen immer unterdrückt und brutal bekämpft, genau das änderte sich mit der B.O.S.C. zum allerersten Mal. Ja, ich weiß, dass hat sich inzwischen leider wieder gewandelt – der Organisation wuchs die Verantwortung über den Kopf und sie begann erneut mit der Unterdrückung und Misshandlung. Wir alle bekamen Angst und wussten ja, wie es uns davor ergangen war. Also begannen viele von uns, ihre Portalbücher, also das jeweilige Buch über die eigene Person, aus der Bibliothek zu entfernen und bei jeweils anderen zu verstecken. Somit wollten wir den Zutritt zu unseren Welten verschließen und zusätzlich der Organisation die Chance nehmen, direkt zu uns zu gelangen. Mrs. Abernathy erkannte den Wandel der B.O.S.C. rechtzeitig und spaltete sich ab. Sie machte es sich zur Aufgabe, die verschwundenen Bücher zu suchen, ihr Ziel war es, alles wieder an Ort und Stelle zu bringen und die Portalbibliothek wieder zu vervollständigen. Damit wollte sie die Chance bekommen, die Welten besser kennenzulernen. In ihrer Zeit als Bibliothekarin hat sie es beinahe geschafft, alles zurückzubringen. Aber sie war der B.O.S.C. seit ihrer Abspaltung ein Dorn im Auge und die haben über Jahre versucht, sie aus dem Weg zu räumen. Ich bewundere sie für ihre unfassbare Stärke, die sie jeden einzelnen Tag im Kampf gegen diese grausamen Männer bewiesen hat." Medusa hört auf zu reden und ich starre sie an. Mein Kopf versucht, alles aufzunehmen und aus den ganzen Informationen ein Gesamtbild werden zu lassen. „Du meintest, sie hat es bloß beinahe geschafft, was ist mit den Büchern, die noch übrig sind?" „An der Stelle kommst du ins Spiel und auch ich auf eine Art. An dem Tag vor drei Jahren, da hat sich ein Teil von dir mit mir verbunden und ich habe direkt gespürt, dass du die Richtige für Mrs. Abernathy bist. Also hat sie dich gefunden und von dem Tag an hat sie dich an alles herangeführt. Die täglichen Besuche und das entstehende Verständnis für die Besonderheit des Ortes. Währenddessen hat sie ihre Suche nach den verschollenen Büchern fortgesetzt, aber sie hat auch immer stärker zu spüren bekommen, dass ihr die Kraft ausgeht und, dass die B.O.S.C. weiter an Stärke gewinnt. Vor deinem letzten Besuch, also in der Nacht vor deinem dritten „Geburtstag“, war sie noch einmal hier und hat mich in ihren Plan eingeweiht, mir den Brief gezeigt und berichtet, dass es mein Buch sein wird, das sie an dich verschenkt. Sie hat sich verabschiedet.“ „Also soll ich die fehlenden Bücher zurück an ihren Platz bringen…“, flüstere ich vor mich hin, aber es ist laut genug, sodass Medusa es hört und mir zu nickt. „Aber wie? Ich meine, ich habe keine Ahnung, welche Bücher noch verschwunden sind, geschweige denn, wo ich nach ihnen suchen soll?!“, mein Tonfall wird panisch, denn ich habe das Gefühl, Mrs. Abernathy hat sich in mir getäuscht. Diese Aufgabe überschreitet meine Fähigkeiten um Meilen und ich denke nicht, dass ich dieser Herausforderung gewachsen bin. „Es fehlen noch vier Bücher: die von Athene, Aphrodite, Hermes und Zeus. Das von Athene habe ich – du musst es also bloß mitnehmen und an seinen Platz zurückbringen. Der Weg wird sich ergeben, du kannst das schaffen. Am Ende musst du zu Zeus gelangen, um mit ihm eine Methode auszuhandeln, wie wir die B.O.S.C. stoppen können. Im

Moment sind wir alle in Gefahr, die Organisation ist über die Jahre stärker geworden und wenn wir nicht schnell handeln, dann wird es uns alle nicht mehr geben, oder wir existieren bloß noch als gefangene und gequälte Kreaturen.“ Ich atme unruhig, diese Aufgabe wird immer schlimmer und mit jedem Satz, den sie sagt, bekomme ich mehr und mehr Angst vor diesen Männern. Doch der Gedanke, dass sie das Buch zu Athene hat, beruhigt mich ein wenig. Immerhin weiß ich dann, wie der nächste Schritt lautet.

Zwölftes Kapitel

Lydia

Inzwischen sitzen Medusa und ich vor dem Eingang zu ihrer Höhle, in meinen Händen halte ich das Buch von Athene. Sie ist Göttin der Weisheit, des Kampfes, der Künste und des Handwerks sowie Schutzgöttin der Stadt Athen. Ich drehe es unruhig hin- und her, während Medusa einfach neben mir sitzt und ins Halbdunkel starrt. Ihre Augen sind leer und das Grün ist auch kein Giftgrün, sondern eher sanft und hell. Sie sieht traurig und erschöpft aus, als würde ihr Schicksal so sehr auf ihr lasten, dass sie es über die Jahre nicht mehr geschafft hat, den Schmerz zu verstecken, sondern ihn Besitz von ihr hat ergreifen lassen. Die Schlangenhaare zischeln leise umher, aber auch sie wirken weniger angsteinflößend. „Medusa, darf ich dich etwas fragen?", ich räuspere mich, nehme all meinen Mut zusammen. Sie scheint sich vor meiner Stimme beinahe zu erschrecken, dann richtet sich ihr Blick auf mich, sie lächelt und nickt. Wieder frage ich mich, wie jemals jemand ein Monster in ihr sehen konnte. Es ist, als wären die Menschen oftmals so sehr vom Äußeren geblendet, dass ihnen die wahre Bedeutung von Dingen wie Sand durch die Finger rieselt. „Was genau ist mit dir geschehen?

Also ich habe einiges gelesen, aber verschiedene Quellen enthalten unterschiedliche Informationen und ich wüsste gerne, was genau es ist, dass uns verbindet." Ich schlucke den Kloß in meinem Hals herunter und habe furchtbare Angst vor ihrer Antwort, aber auch davor, dass sie vermutlich gar nicht antwortet, weil meine Frage unangebracht war. „Ich habe mich ehrlich gesagt schon gewundert, ob du diese Frage überhaupt noch stellst", sie lacht während sie das sagt, auch wenn das Lächeln gequält aussieht und ich befürchte, sie könnte jeden Moment zerbrechen. „Ich bin eine Gorgonin, genau wie meine zwei Schwestern. Das Besondere an mir ist, dass ich als Einzige von uns dreien sterblich war. Trotzdem war mein Leben gut, ich glaube, es war sogar besser als das meiner Schwestern, denn wenn man sterblich ist, hat das Leben mehr Wert. Sie hatten immer unendlich viel Zeit für alles und haben deshalb meist gar nichts gemacht. Ich hingegen habe jeden Tag versucht, etwas zu tun, was mich glücklich gemacht hat und ich war zufrieden mit meinem Leben. Leider gab es einen Tag, der alles verändert hat – genau wie bei dir. An diesem Tag war ich in einem Tempel von Athene – ihre Bauten sind wunderschön und ich war mehr als hingerissen von allem", jetzt unterbricht sie und atmet, es ist, als müsste sie sich selbst Mut zusprechen, um weiter davon berichten zu können und der Anblick bricht mir das Herz. „Jedenfalls wurde ich plötzlich von Poseidon überrascht, er ist der Gott des Meeres und noch dazu Bruder von Zeus, also sehr mächtig und angesehen. Bevor ich irgendwie reagieren konnte, fing er an, über mich herzufallen, mich zu berühren und mich zu vergewaltigen. Ich kannte ihn nicht und wusste auch nicht, warum er es tat. Ich weiß es bis heute nicht, auch wenn ich jede Nacht davon träume und immer wieder versuche, die Situation zu verstehen. Inzwischen glaube ich, dass ich einfach zur falschen Zeit am falschen Ort war. Doch das Schlimmste an der Situation ist, dass Athene Zeugin des Geschehens wurde und wütend auf *mich* war. Deshalb hat sie mich in das verwandelt, das ich jetzt bin und hat mich zusätzlich ans Ende der Welt verbannt. Die Verwandlung war meine Strafe und sollte bezwecken, dass sich nie wieder ein Mann in mich verlieben, geschweige denn mich ansehen kann“, sie schluchzt leise und inzwischen laufen ihr Tränen das Gesicht hinab. Durch mich hindurch fährt ein kalter Schauer und obwohl ich mich mit meinem eigens Erlebten weniger allein fühle, macht es mich unfassbar traurig, dass Frauen schon immer solche furchtbaren Schicksale erleiden mussten. Es macht mich traurig und vor allem sauer; auf einmal habe ich überhaupt kein Bedürfnis mehr danach, zu Athene zu reisen und mit ihr zu sprechen. „Das ist furchtbar und es tut mir leid, dass du all diese schrecklichen Dinge ertragen musstest…“, ich habe das Gefühl kein Satz der Welt könnte als Antwort auf das Berichtete gerecht werden. Medusa lächelt nur müde: „Das ist noch nicht alles, es fehlt noch der Teil der Geschichte, der dazu geführt hat, dass ich jetzt hier bin…“ Mein

Blut gefriert, darüber habe ich noch gar nicht nachgedacht, aber natürlich – der Fakt, dass sie in der Unterwelt ist, bedeutet, dass ihr wirkliches Leben bereits geendet hat. Ich schlucke wieder und habe diesmal das Gefühl, mein Hals ist so trocken, dass ich bald ersticke. „Perseus hat mich hierher befördert, er ist der Sohn von Zeus und Prinzessin Danaë. Ich kann ihm die Tat nicht wirklich übelnehmen, da es ihm darum ging, seine Mum zu beschützen und ich denke, das würde fast jeder von uns tun. Dass es dabei um mein Leben ging, war ein unglücklicher Zufall. An der Stelle kommt jetzt noch Polydektes ins Spiel – er hat all das in Gang gesetzt und er ist nicht mal ein Gott, sondern bloß ein unbedeutender König. Jedoch war er in Danaë verliebt, was Perseus nicht besonders großartig fand und sich daher auf die Abmachung einließ, er bringe Polydektes meinen Kopf und im Gegenzug würde dieser Danaë in Ruhe lassen. Perseus hatte Athene auf seiner Seite, die ihm einen verspiegelten Schild lieh, außerdem bekam er von Hermes geflügelte Schuhe und von ein paar Nymphen eine Tarnkappe. Mit der Ausrüstung schaffte er es leicht zu mir und während ich schlief, schlich sich Perseus an mich heran, schaute dabei bloß auf mein Spiegelbild im Schild und enthauptete mich. Damit hat er es geschafft, seine Mum zu retten und Polydektes loszuwerden – nur mich hat niemand gerettet.“ Inzwischen weint sie sehr und ich halte es nicht länger aus, also stehe ich auf, gehe zu Medusa hinüber, knie mich vor ihr hin und umarme sie. Alles in mir tut weh und jede Faser meines Körpers sträubt sich gegen diese Geschichte und gegen all die Ungerechtigkeiten, die Medusa widerfahren sind. Es ist einfach nicht fair, nichts davon und obwohl man meinen müsste, ich würde Polydektes am meisten hassen, so ist es Athene, gegenüber der ich die meiste Wut verspüre. Wie kann man so blind sein und eine Frau dafür bestrafen, dass sie vergewaltigt wurde? Vor allem wenn man selbst eine Frau ist? Ich halte Medusa weiter im Arm und habe Angst, sie jemals wieder loszulassen, denn zu allem Übel kann ich ihr nicht mal berichten, dass es heutzutage anders wäre. Nichts ist anders, es ist oftmals noch genauso und am Ende schweigen Frauen ihre Schicksale lieber tot, anstatt etwas zu sagen, denn egal welche Worte sie wählen, ihnen würde ja doch nicht geglaubt werden.

Die unfassbare Stärke von Frauen habe ich schon immer bewundert und auch jetzt werde ich wieder darin bestätigt. Medusa weint in meinen Armen, doch dann löst sie sich aus der Umarmung, wischt sich die Tränen weg und sieht mir in die Augen: „Dankeschön, Lydia. Du kannst dir nicht vorstellen welchen Wert dieser Moment für mich hat." Ich kann es mir zu gut vorstellen, weil ich weiß, wie befreiend es sich anfühlt, wenn man eine Last, die man schon lange mit sich rumträgt, endlich verringert, indem man sie teilt und darüber spricht oder auch Tränen darüber vergießt. Immer dann, wenn man sich seine Gefühle eingesteht und diese zulässt, wird man stärker. Es gibt niemand Mächtigeren auf der Welt, als denjenigen, der sich traut zu fühlen – die angenehmen, genauso wie die unangenehmen Emotionen. Deshalb werde ich nie verstehen können, weshalb man bereits kleinen Jungs einredet, es sei schwach, Gefühle zu zeigen, denn das ist es nicht. In dem Moment, in dem man sich traut, ein Stück seiner Seele darzulegen, ist man der stärkste und mutigste Mensch überhaupt und man gibt sich selbst die Chance, sich wahrzunehmen. „Danke, dass du das mit mir geteilt hast“, antworte ich und lächle Medusa an. Ich bin stolz auf sie und fühle mich bei ihr gut aufgehoben. „Du bist so viel stärker als dir bewusst ist und ich finde es beachtlich, dass du sogar Verständnis für die Tat von Perseus zeigst, das können nicht viele.“ „Wäre es meine Mum gewesen, die es zu schützen galt, hätte ich dasselbe getan und Hass bringt uns nicht weiter, er treibt uns nur auseinander. Jeder hätte Gründe irgendjemanden zu hassen, aber was bringt uns das? Ja, es ist einfach und es ist eine Emotion, aber viel schwieriger ist es doch, zu verzeihen und zu verstehen. Am Ende ist es das, was wir alle wollen – verstanden zu werden. Also verstehe ich Perseus und ich vergebe ihm, ich vergebe auch Polydektes, denn es bringt mir nichts, ihn zu hassen.“ Mit jedem weiteren Wort verstehe ich, weshalb Mrs. Abernathy wollte, dass ich Medusa kennenlerne und ich empfinde Dankbarkeit für die Möglichkeit und vor allem für das große Opfer, das sie extra für meinen Besuch hier erbringen musste. Medusa hat Recht, es bringt nichts, jemanden zu hassen. Hass ist so ein starkes Wort, so eine starke Emotion und ist dabei eigentlich nur ein Schutzmechanismus. Solange ich jemanden hasse, muss ich mich nicht damit auseinandersetzen, was ich eigentlich fühle und muss nicht reflektieren. Und am Ende hasst man sich ein Leben lang, nur um irgendwann gar nicht mehr zu wissen, was überhaupt der Grund dafür war.

Ich sehe Medusa noch einmal an, sie ist inzwischen aufgestanden und zurück zum Höhleneingang gegangen, ich sitze noch immer vor der Höhle und umklammere das Buch. Ganz langsam sammle ich alle Erkenntnisse und Eindrücke zusammen und packe sie in eine Ecke meines Kopfes, dort sind sie erst einmal sicher verstaut, sodass ich später noch einmal darüber nachdenken oder sie aufschreiben kann. „Medusa, ich glaube, ich muss weiter“, sage ich, stehe auf und gehe auf sie zu. „Ja, ja das stimmt. Auch wenn es so schön wäre, wenn du noch bleiben könntest. Ich bringe dich zurück zur Portalstelle.“ Gemeinsam laufen wir einen felsigen Weg, ich weiß nicht genau, ob es der ist, über den wir gekommen sind, dafür sieht alles hier zu ähnlich aus. Irgendwann – mein Gefühl für Zeit ist weiterhin nicht vorhanden – kommen wir an einer Stelle an. Es ist der Strand, an dem ich vor unserem Treffen mit meinen Füßen im kalten Wasser stand. Medusa erklärt mir, dass ich bis zu einer bestimmten Stelle im Wasser gehen muss und sie mich von dort zurück in die Bibliothek schickt. „Wenn das alles hier vorbei ist und ich bei Zeus war, dann komme ich zurück zu dir und besuche dich genauso oft, wie Mrs. Abernathy es getan hat – oder sogar noch öfter. Ich verspreche es dir", rufe ich ihr von dem Punkt im Wasser, an dem ich jetzt stehe, zu. „Pass auf dich auf, du schaffst das. Ich glaube an dich!", ruft sie zurück und während sich alles um mich herum zu drehen beginnt und ich aus der Unterwelt hinausgerissen werde, flüstere ich: „hoffentlich", und wische mir eine Träne aus den Augen. Als ich wieder unsanft aufkomme, spüre ich sofort: hier stimmt etwas nicht.

Dreizehntes Kapitel

Henry

Ich hatte es gerade geschafft, mich in einem der Bücher zu verlieren und beinahe ein wenig vergessen, mit wem und weshalb ich hier bin. Doch jetzt höre ich ein Knacken und schrecke auf. Das Buch fällt etwas unsanft auf meinen Brustkorb und es tut einen Moment so sehr weh, dass ich mir eine Hand auf die Brust drücke. Mit Versiegen des Schmerzes, beginnt mein Gehirn zu arbeiten, ich lege das Buch zur Seite und stehe auf. Mit wenigen, leisen und präzisen Schritten verlasse ich meine Regalreihe und sehe mich um. Draußen ist es dunkel geworden und die Bibliothek ist nur schwach beleuchtet. Es scheint das matte Licht der kleinen Lampe herein, die an der schweren Eingangstür hängt und hier drinnen brennen ein paar Lichter, die von unserer Gruppe aufgestellt wurden. Allerdings sind wir nur noch zu viert, da drei Männer abgezogen wurden und zurück nach London mussten. Es gab irgendeinen Notfall in der Zentrale und mein Dad brauchte ein paar seiner Männer. Leider brauchte er mich nicht. Nein, ich bin immer noch hier und habe noch immer große Angst vor all dem, was mir während der letzten Tage passiert ist. Ich weiß, dass ich schon jetzt nicht mehr der Henry bin, der vor wenigen Momenten unser Appartement verlassen hat. Dabei ist bisher nichts wirklich Schlimmes geschehen und trotzdem bricht es mir das Herz und ich hasse mich selbst so verdammt sehr. Ich stehe jetzt in der Mitte der unteren Etage und schaue mich um – da ist wieder das Knacken und ich kann endlich zuordnen, dass es von oben kommt. Ich nehme mir eines der Lichter und schleiche auf Zehenspitzen die Treppenstufen nach oben, während ich meine Luft anhalte und versuche, so inexistent wie möglich zu wirken. Als ich oben ankomme und vorsichtig die Reihen abgehe, erschrecke ich mich plötzlich so sehr, dass ich mir meine Hand vor den Mund drücke, um nicht zu schreien: da ist das Mädchen. Sie sitzt in einer der hinteren Regalreihen, den Kopf in die Hände gestützt. Als sie mich bemerkt, sieht sie furchtbar verängstigt aus, sie rückt von mir ab und versucht, Platz zwischen sich selbst und mir zu erzeugen. In ihren Händen hält sie ein Buch und ich muss lächeln, weil das bedeutet, dass die erste Runde an sie geht – sie hat es bereits einmal geschafft und es steht eins zu null gegen meinen Dad. Eins zu null für sie und auch eins zu null für die Zukunft der Bibliothek. Ich gehe vorsichtig einen Schritt auf sie zu, doch sie rückt nur noch weiter in die Ecke, also hebe ich meine Hände und verdeutliche ihr, dass ich weder eine Waffe bei mir trage noch, dass ich versuche ihr wehzutun. Als ich sie erreiche, sitzt sie ganz hinten im Gang, mit ihrem Rücken gegen eines der Fenster gelehnt und sichtlich schwer atmend. Ich lege den Zeigefinger auf meine Lippen und symbolisiere ihr, dass sie leise sein muss, dann setze ich mich vor ihr auf den Boden, so dass man nur mich sehen würde, sollte man die Reihe betreten. „Du hast es geschafft…“, flüstere ich ihr zu und lächele dabei. Es ist ein schmales Lächeln, von dem ich einfach nur hoffen kann, dass es echt aussieht und nicht unbeholfen oder gar pervers. „Wer bist du?“, flüstert sie fragend zurück, zieht dabei ihre rechte Augenbraue hoch und kräuselt ihre Oberlippe auf eine komische Art und Weise. „Ich bin der Sohn vom Boss der B.O.S.C. und ich muss diese Mission erfüllen, weil mein Dad das so will, aber ich will dir nichts tun, ich möchte die Bibliothek genauso gern retten wie du“, meine Stimme zittert sogar im Flüsterton und trotzdem fühlt es sich in diesem Moment so an, als würde ich endlich mal wieder aufhören, die Luft anzuhalten und stattdessen atmen. „Wieso sollte ich dir glauben?“, antwortet sie, immer noch minder beeindruckt und auch noch immer mit erhobener Augenbraue. Ich habe mir das wohl zu einfach vorgestellt, verdammt, aber ich gebe noch nicht auf. Nicht jetzt, wo ich endlich die Gelegenheit habe, mit ihr zu sprechen und eventuell doch noch etwas Gutes zu tun. „Wenn ich gegen dich arbeiten würde, hätte ich dich längst verpfiffen. In diesem Augenblick befinden sich in der Etage unter uns drei Männer, einer davon mein Boss – ein Unterboss meines Dads, ich brauche nur ein lautes Geräusch machen und sie würden dich direkt fangen.“ Bei einem weiteren Blick in ihr Gesicht kann ich erkennen, wie sich die Augenbraue langsam legt und ein etwas entspannterer Gesichtsausdruck zum Vorschein kommt. „Also willst du mir tatsächlich helfen?“, ihre Stimme verkörpert noch immer all ihren Unglauben über mein Angebot. „Ja, ich habe immer von dieser Bibliothek geträumt und ich hasse meinen Dad und das Letzte, was ich möchte, ist, diesen Ort in den Händen von ihm und seiner Organisation zu wissen“, das war sie – die richtige Antwort. Ich kann es in ihren Augen sehen, sie hellen auf, so als würde sich eine graue Wolke daraus verziehen und den Blick freigeben. Ein kleines und müdes Lächeln umspielt ihre Mundwinkel, es ist das Lächeln eines Menschen, der viel gesehen hat und eigentlich viel zu müde ist, um weiterzumachen. Es ist jedoch auch das Lächeln eines Menschen, der einen Grund beziehungsweise eine Aufgabe hat, zu bleiben und alles dafür geben würde. Einen Moment lang sehen wir uns einfach an und es kommt mir so vor, als würden wir uns schon ewig kennen, als würde ich in vertraute Augen blicken und genau wissen, was jede ihrer Bewegungen bedeutet. „Ich muss zu Athene“, sagt sie plötzlich und reißt mich aus meinen Gedanken. „Lass mich zuerst nach vorn gehen und nachsehen, ob die Reihe sicher ist und dann kommst du nach und kannst direkt wieder verschwinden.“ Sie nickt. „Ähm, wie heißt du eigentlich?“, fragt sie mich, während sie sich in eine aufrechte Position zieht und dabei das Buch in ihren Händen fest an ihren Oberkörper drückt, als würde sie befürchten, es für immer verlieren zu können. „Ich heiße Henry.“ „Ich heiße Lydia. Schön dich kennenzulernen, Henry!“ Sie sieht mich an und ich fühle mich plötzlich, als könnte ich an dieser Stelle aufhören zu kämpfen, als würde ich zu Hause ankommen, wenn ich jetzt mit ihr mitgehe. „Irgendwie kommt es mir so vor, als würden wir uns schon kennen“, flüstert Lydia mir zu, während wir die Regalreihen entlang und leise die Treppe hinab gehen, um zum Buchstaben „A“ zu gelangen. „Geht mir genauso.“ Mit rasendem Herzen und kochendem Blut stehen wir jetzt vor dem Regal zu Athenes Buch und scannen es nach einer Lücke ab. „Schau mal, hier“, flüstert Lydia auf einmal aufgeregt und mit einem nervösen Zucken im Mundwinkel, „ich glaube, das ist die Lücke.“ „Alles klar, probiere es aus.“ Bevor sie das Buch in die Regalreihe einfügt, dreht sie sich mir noch einmal zu und sieht mich an. Ihre Augen sind nur zwei dunkle Punkte im spärlichen Licht und ihre kurzen Haare hängen ihr wild ins Gesicht. Alles an ihr sieht so vertraut aus, so bekannt und so sicher. Ich versuche, mir ihre Gesichtszüge einzuprägen, weil ich dieses Mädchen nie mehr vergessen möchte. „Danke Henry, wirklich. Kannst du dafür sorgen, dass ich es beim nächsten Mal auch sicher schaffe?“, ihr Blick ist klar und ruht auf mir. „Ich werde alles versuchen, was ich kann. Versprochen.“ „Danke“, flüstert sie, dann dreht sie ihr Gesicht dem Regal zu, nimmt das Buch, setzt es in die Lücke ein und im nächsten Moment ist sie auch schon verschwunden. Ich freue mich und gleichzeitig spüre ich ein merkwürdiges Stechen im Herzen, so als wäre gerade etwas von mir verloren gegangen. Gern hätte ich mich noch weiter mit ihr unterhalten, doch jetzt stehe ich wieder allein in der dunklen

Bibliothek. Allein mit diesen Männern, die ich so sehr hasse und allein mit meinen Gedanken. Ich greife nach dem Licht, das ich neben mir auf dem Boden abgestellt hatte und schleiche zurück zu meinem Platz. Auf dem Weg dorthin stelle ich die Lampe zurück an ihre ursprüngliche Stelle. Gedankenverloren und müde kauere ich mich auf den Boden, lehne mich mit dem Rücken gegen die Regalreihe und schließe die Augen. Vor meinem geistigen Auge erscheinen sofort die Bilder von Lydia und ihrer Gesichtsausdrücke. Über diesem Gedanken schlafe ich lächelnd ein, wohlwissend, dass ich es immerhin dieses Mal geschafft habe, gegen meinen Dad zu arbeiten und wenn es einmal möglich war, dann schaffe ich es auch ein weiteres Mal. Dieses Spiel ist noch nicht vorbei und vor allen Dingen werde ich mich nicht einfach geschlagen geben. Nicht dieses Mal. Egal was er probieren wird, er kann mich nicht zerstören, vor allem jetzt nicht, da ich nicht mehr allein bin. Auf eine Art habe ich Lydia und sie hat mich.

Vierzehntes Kapitel

Lydia

Der Moment, wenn meine Füße den Boden verlassen und in diese Sphäre eintreten, in diesen Strudel hineinrutschen, ist unbeschreiblich und auch beim zweiten Mal noch genauso gruselig wie beim ersten. Alles um mich herum dreht sich und es fühlt sich an, als würde ich fallen und zugleich fliegen, als hätten sich Himmel und Hölle zur selben Zeit für mich geöffnet und Engel und Teufel würden darum streiten, auf welche Seite ich gehöre. Als ich aufschlage, ist das Geräusch dumpf und mein Körper landet unsanft. Diesmal ist es allerdings heller um mich herum und um ehrlich zu sein, ist das Licht so grell in meinen Augen, dass ich einige Minuten brauche, bis ich mich daran gewöhnt habe. Eben in der Bibliothek war es noch so dunkel und da war nur der schwache Schein des kleinen Lichts, das Henry bei sich hatte. Henry – ich kann es gar nicht glauben und hätte es für unmöglich gehalten, aber es gibt tatsächlich jemanden aus dieser abscheulichen Organisation, der mir helfen möchte. Er ist nett gewesen und irgendetwas an ihm kommt mir so bekannt und vertraut vor, als würden wir uns bereits kennen. So länger ich jedoch darüber nachdenke, umso mehr entgleitet mir der Gedanke und macht mich wuschig. Mein Kopf bleibt schwirrend und auf Hochtouren arbeitend zurück, nichts ergibt wirklich Sinn. Warum ist er so entschlossen, mir zu helfen? Ich presse mir beide Hände an die Schläfen und versuche, meinen Kopf zu beruhigen, das Gedankenkarussell anzuhalten. Irgendwie muss ich an etwas anderes denken, es gibt so viele wichtigere Dinge, auf die ich mich jetzt konzentrieren muss. Wo bin ich? Hat das Portal funktioniert? Ich stehe auf, ignoriere das Gefühl meiner Knochen, die danach schreien, irgendwo sanft abgelegt zu werden und nie wieder aufstehen zu müssen. Mit aller Kraft kämpfe ich dagegen an, denn ich weiß, sobald ich nachgebe und mich hinsetze, sollte es bloß für wenige Minuten sein, dann gewinnen Schmerz, Erschöpfung und Trauer. Also kämpfe ich und sehe mich um, versuche, mir Anhaltspunkte zu suchen, um ausmachen zu können, wo ich bin. Mir fallen Bäume ins Blickfeld, ich bin von Wald umgeben. Die Sonne brennt heiß auf mich hinab, die Blätter sind bereits gelb gefärbt und trocken, vor mir ist ein Meer aus Laub und vertrocknetem Gras. Das Sonnenlicht ist gleißend und der Grund für die Sehschwierigkeiten vorhin. Schützend halte ich mir eine Hand an die Stirn und versuche so, mich etwas von der Sonne abzuschirmen. Blinzelnd richte ich meinen Blick geradeaus und zum ersten Mal nehme ich mein Umfeld wirklich wahr. Mir stockt der Atem und ich kann den Anblick gar nicht beschreiben: ich bin auf einer Lichtung in einem Wald, der wenige Meter weiter endet und ein Blick in die Ferne offenbart mir die Schönheit Athens. Auf einem Berg über den Dächern der Stadt thront die Akropolis – der große Berg mit Festung und Tempeln. Ich habe in einigen Büchern in der Bibliothek Bilder dazu gesehen und einmal hatte mir Mrs. Abernathy explizit dazu Bilder gezeigt. Rückblickend ein Hinweis, damals hätte ich niemals geahnt, dass ich jetzt einmal mit schmerzenden Knochen und gebrochenem Herzen, verfolgt von einer geheimen Organisation, hier stehen und über diesen surrealen Anblick staunen würde. Vor mir türmt sich die Stadt auf, ich kann ein Meer aus Häusern erkennen und merke, wie meine Beine darauf warten, loszulaufen. Ich sehe mich um, etwas in Sorge, mir könnte doch jemand gefolgt sein und gehe dann los, zwar weiß ich nicht, wie und wo genau ich Athene finden soll, aber ich weiß, dass ich sie finden muss. Ganz egal wie. Also werde ich genau das tun.

Fünfzehntes Kapitel

Henry

Wie schlecht und schmerzhaft es ist, im Sitzen einzuschlafen, merkt man immer erst dann, wenn man aufwacht. So geht es mir jetzt den zweiten Morgen in Folge und schon bei der kleinsten Bewegung meines Kopfes knacken mehrere meiner Halswirbel. Mein gesamter Körper fühlt sich taub und steif an, auf meiner Brust liegt noch das aufgeschlagene Buch, was jetzt an einer Ecke ein Eselsohr mehr besitzt. Ich ziehe mich in eine halbwegs aufrechte Position, schlage das Buch zu und fahre mir mit der Hand durch die Haare. Was ist passiert, bevor ich eingeschlafen bin? Das Mädchen. Es fällt mir wie Schuppen von den Augen und sofort überspringt mein Herz einen Schlag. Auf einmal stehe ich und stürze in einigen großen Schritten in die Mitte des Saals, nur um mich zu versichern, dass ich es wirklich geschafft habe, sie in die nächste Welt zu bringen und nicht alles nur ein schöner Traum war. Aber das Buch steht an seinem Platz im Regal und das Mädchen ist weg. Lydia – ihr Name schmeckt bitter auf meiner Zunge und löst so eine unfassbare Leere in mir aus, dass ich das Gefühl habe, ich könnte sie mit Händen fassen und erdrücken. Anstelle dessen presse ich mir nur meine linke Hand aufs Herz, an die Stelle, die sich so merkwürdig leer anfühlt. Als ich zurück zu meinem Platz schleiche, höre ich, dass die anderen auch aufwachen. Ich tue so, als würde ich mich bloß interessiert in der Bibliothek umsehen. Doch plötzlich erscheint mir die Luft zu knapp im Raum und ich befürchte zu kollabieren, wenn ich nicht sofort an die frische Luft gelange. „Boss, darf ich einen der Außenposten übernehmen? Ich muss unbedingt mal an die frische Luft“, sage ich und setze das beste und unschuldigste Lächeln auf, das ich zu bieten habe. „Draußen ist es eiskalt, aber wenn du es freiwillig anbietest… schick einen anderen dafür nach drinnen, der Glückliche wird sich freuen.“ „Mach ich, danke Boss“, antworte ich, greife in meiner Regalreihe von heute Nacht nach meinem Mantel und dem Tagebuch von Mrs. Abernathy und verschwinde durch die Tür nach draußen. Lange kann ich dort nicht bleiben, da ich absichern muss, dass Lydia sicher zurückkann. Zwar weiß ich nicht, wie lange es dauert, aber die Gefahr, dass sie einem der Männer in die Arme läuft, darf ich nicht eingehen. „Einer von euch kann für zweiStunden einen der Innenposten übernehmen“, rufe ich den Männern zu, die in ihre Mäntel eingewickelt und mit starrem Blick am nächsten zum Eingang der Bibliothek stehen. Sie sehen sich an und einigen sich still darauf, wer reingehen darf. Keine Miene wird verzogen, kein Wort ausgetauscht, so ist das Arbeitsklima, das mein Dad kreiert – kalt und distanziert. Niemand traut dem anderen und am Ende hofft jeder, dass er irgendwie durchkommt und nicht für die schlimmen Dinge ausgewählt wird.

Ob es für die drinnen besser ist, als hier in der Kälte wage ich dabei anzuzweifeln, da drinnen unser „Boss" ist, während man hier über Raum und Möglichkeit verfügt, zu verschwinden und Abstand zu all den Grausamkeiten zu nehmen. Vor wenigen Tagen ist hier durch die Hände meines Dads eine Frau ums Leben gekommen, das darf man nicht vergessen und nur wenn ich daran denke, läuft mir ein eiskalter Schauer über den Rücken. Plötzlich fühle ich mich, als könnte ich keine Sekunde länger in der Nähe dieses Gebäudes arbeiten und sobald mein Ersatz verschwunden ist, wende ich mich meinem „Kollegen" zu und sage: „Ich sichere den Ausgang des Geländes ab, falls sie auf die Idee kommen sollte, wegzurennen." Er nickt zufrieden und ich setze mich in Bewegung. Als ich aus seinem Sichtfeld verschwunden bin, renne ich los – wie automatisiert tragen mich meine Beine durch den Park hindurch, bis an dessen Ausgang, von wo aus ich den Beginn des kleinen Örtchens erkennen kann. Wir sind dort nur im Dunkeln hindurch gefahren und ich weiß gar nicht, wie es aussieht, doch irgendeine Kraft in mir zieht mich in Richtung des Ortes. Ich weiß nicht, es ist mehr so eine Art innere Stimme als eine reale Kraft. Diese Stimme, die mir sagt, dass ich dorthin muss. Es lässt sich schwer beschreiben, doch so ähnlich hat es sich angefühlt, als ich in der Nacht mit Lydia gesprochen habe. Irgendetwas ist hier in diesem Ort, irgendetwas verbindet mich damit und ich möchte herausfinden, was es ist. Das muss ich einfach.

Sechzehntes Kapitel

Lydia

Athen ist wunderschön und auch, wenn ich schon Bilder gesehen und Berichte gelesen habe, kann doch nichts davon die Atmosphäre hier genaustens einfangen. Alles hier scheint magisch und verwinkelt. Gerade trete ich aus dem Waldstück hinaus, durch welches ich die vergangenen Minuten gelaufen bin und nun türmt sich direkt vor mir die Stadt auf. Ich sehe sie in voller Größe vor mir und vor meinen Augen erstrecken sich viele kleine Gassen. Alles ist verwinkelt und jede Abzweigung bringt mich in eine noch kleinere Gasse. Langsam und völlig gebannt laufe ich durch die Gassen, auf den Straßen sind Menschen, doch alle sehen sehr einfach aus. Die Gewänder, die sie tragen, sind oft nur einfache Kleider und es sieht in etwa so aus, wie wenn ich früher die Kleider meiner Mum anprobiert habe und dann darin durch das Haus gestolpert bin. Beim zweiten und genaueren Blick merke ich, dass die Menschen nicht nur einfach gekleidet sind, sondern auch, dass die Häuser meist klein und nicht mehr als zweckmäßig sind. So langsam schwirrt mir ein Gedanke durch den Kopf, ich wische ihn zunächst mit einer Handbewegung davon, als würde ich eine lästige Fliege vertreiben und laufe weiter. Die Straße unter meinen Füßen ist unbefestigt und mit jedem meiner Schritte wirbele ich eine Menge an Staub auf. Davon lasse ich mich nicht ablenken und wende meine Aufmerksamkeit weiterhin den Gebäuden zu, an denen ich vorbeigehe, während ich als großes Ziel die Akropolis ansteuere. Um dorthin zu gelangen, muss ich durch die gesamte Stadt und bergauf, ehrlich gesagt weiß ich nicht, ob ich das heute noch schaffen kann. Meine Beine tun furchtbar weh, mein Kopf brennt von der Hitze und mein Mund ist genauso staubtrocken wie der Boden. Dabei habe ich heute nicht wirklich viel Strecke hinter mich gebracht. Ich müsste etwas finden, wo ich bleiben und mich ausruhen kann, doch ich weiß nicht mal genau, welche Tageszeit gerade ist. Angestrengt versuche ich, nachzudenken und mir Details in Erinnerung zu rufen; als ich durch das Portal bin, war es nachts, aber als ich hier angekommen bin, war es schon hell. Wie lange bin ich inzwischen gelaufen? Eigentlich waren es nur wenige Minuten, oder? Ich habe absolut keine Ahnung und meine Beine geben immer weiter nach, es fühlt sich an, als würde mein Körper auf einmal mehrere Tonnen wiegen und mich zu Boden drücken. Es hat keinen Zweck, ganz egal welche Tageszeit gerade ist, ich muss mich ausruhen. „Entschuldigung, wissen Sie, wo ich etwas trinken oder essen kann? Ich bin auf Reise und schon ziemlich lange unterwegs“, spreche ich eine junge Frau an, die aus einem der Häuser aus dem Fenster schaut und mit einer speziellen Technik ihre Wäsche aufhängt. „Du kannst hereinkommen Reisende, die Tür ist offen. Warte kurz, ich komme zu dir.“ Mit so viel Gastfreundschaft hatte ich ehrlich gesagt nicht gerechnet, doch gerade kommt es mir sehr gelegen und ich denke kein zweites Mal darüber nach, sondern nehme das Angebot direkt entgegen.

Beim Betreten des Hauses beschleicht mich wieder dieser gespenstische Gedanke von vorhin, doch ich scheuche ihn erneut aus meinem Kopf – das kann einfach nicht sein, es wäre vollkommen verrückt. Das Haus ist klein, die Decken sind niedrig und die Räume eng und schmal. Obwohl ich selbst nicht wirklich groß bin, muss ich mich ducken, als ich durch die Tür in die Küche trete, beziehungsweise in das, was am ehesten wie eine Küche aussieht. Der Raum ist einfach eingerichtet, mit einem kleinen Holztisch und fünf Stühlen. Auf der gegenüberliegenden Seite ist ein Fenster und darunter eine Arbeitsfläche, auf der Töpfe stehen und an dem schmalen Streifen Wand unter dem Fenster hängen jede Menge Geräte aller Art. Insgesamt wirkt die Küche auf mich mehr wie eine Werkstatt als alles andere – der Boden und die Wände sind aus grobem Stein, es gibt nichts, was an Normalität erinnert – zumindest nicht an meine Normalität. Die junge Frau erscheint hinter mir, sie trägt ein langes Gewand und ihre langen schwarzen Haare sind mit einer Art Spange nach oben gebunden, sodass sie ihr nicht ins Gesicht fallen. Sie sieht wunderschön aus und unecht – wie eine Figur aus einem der Geschichtsbücher in der Bibliothek und der kuriose Gedanke schießt zurück in meinen Kopf. Zwar ist es hell in dem Raum, doch ich setze meinen Rucksack ab, hole meine Taschenlampe heraus und schalte sie an – ich brauche Bestätigung für meine Vermutung. Die Frau erschrickt, im Lichtkegel der Lampe kann ich erkennen, wie sich ihre Augen weiten und in dem Moment wird mir bewusst, dass meine Vermutung stimmt. Mir wird schwarz vor Augen und ich falle zu Boden, dann ist Schluss. Mein Bewusstsein schaltet sich ab.

Siebzehntes Kapitel

Lydia

Es ist mittels der Bücher also nicht nur möglich, in andere Welten zu reisen, sondern auch in andere Zeiten und ich befinde mich gerade mitten in der Antike. Diese ganze Reise und diese Aufgabe werden immer verrückter und das Schlimmste dabei ist, dass ich nicht abbrechen kann. Es gibt kein Zurück für mich und sollte ich versagen, dann ist das alles hier vorbei. Dann waren all die Jahre von Mrs. Abernathys Arbeit umsonst und das kann ich nicht passieren lassen. Ich bin so kurz davor, mein nächstes Ziel zu erreichen, doch gerade schreit alles in mir danach, aufzugeben. Ich liege auf dem Boden in einem Raum, alles ist aus Stein und der Untergrund kühlend. Es ist wohltuend nach den Stunden in der prallen Sonne. Auf meinem Kopf liegt auch etwas Kühlendes und neben mir sitzt die junge Frau. Nicht nur sie – wie es scheint, ist inzwischen ihre gesamte Familie anwesend. Drei Augenpaare kleiner Kinder starren auf mich hinab und sie sehen so unschuldig und gleichzeitig doch genauso aus der Zeit gefallen aus wie ihre Mum. „Wie lange habe ich, ähm – geschlafen?“, frage ich und sofort beginnt mein Herz zu rasen, da mich jetzt die Angst packt, dass mir die Zeit verloren gehen könnte. „In etwa einen halben Tag, es ist ganz früh am Morgen, die Sonne geht gerade auf", antwortet mir die Frau, ihre Stimme klingt sanft und ruhig, wie eine leise Melodie, die dich in den Schlaf wiegt. Aber halt – ich muss wach bleiben. Mit der linken Hand fahre ich mir unruhig durch die Haare. „Ich muss zur Akropolis", platze ich heraus und alle starren mich weiterhin an, ihre Minen verändern sich dabei kein bisschen. Es ist, als wäre es für sie vollkommen normal, dass ein Mädchen aus der Zukunft in ihrem Haus auf dem Boden liegt und einfach nur wirre Fragen stellt oder panische Feststellungen macht. „Wie lange brauche ich bis dorthin?" „Wir wohnen ziemlich am Rand der Stadt, die Akropolis bildet das Zentrum, wenn du jetzt losgehst, solltest du in etwa einer Stunde dort sein. Ich würde dir ans Herz legen, jetzt loszugehen, dann gerätst du nicht in die Hitze des Mittags, denn die gilt es wirklich zu vermeiden. *Wir* leiden schon darunter und ich kann mir nicht vorstellen, wie unerträglich sie für jemanden sein muss, der nicht von hier ist." „Danke", sage ich und ziehe mich vom Boden auf meine Beine, sie sind etwas wacklig und meine Kleidung ist eingestaubt, aber das macht mir nichts aus. Ich möchte nur noch diese Aufgabe hinter mich bringen und das nächste Buch finden. „Wir möchten dir Wasser mitgeben und ein Brot, du brauchst Essen, du bist krank und erschöpft. Eigentlich solltest du unter keinen Umständen allein weiterziehen", ihr Ton ist besorgt und sie hat diesen Blick in ihren Augen, den nur Mütter besitzen. Dieser Blick, der sagt, dass sie sich Sorgen machen und lieber selbst leiden würden, bevor sie dich auch nur im Geringsten in Leid sehen müssen. „Danke, Brot und Wasser nehme ich sehr gern, aber Sie müssen sich wirklich keine Sorgen um mich machen, mir geht es gut und ich schaffe das“, versichere ich ihr, was wahrscheinlich etwas unglaubwürdig wirkt, da ich bis eben schlafend und ausgeknockt auf ihrem Boden lag. Trotzdem lässt sie mich gehen, gibt mir allerdings zusätzlich noch ein Tuch, was ich mir um den Kopf binden kann, um mich von der Sonne abzuschirmen. Ich bedanke mich mehrmals, dann verlasse ich das Haus und trete hinaus in die Morgenluft des antiken Athens. Es ist nicht so romantisch, wie man es sich ausmalen würde, auf den Straßen riecht es nach menschlichen Ausdünstungen und Tieren und um diese Zeit sind viele Dienstboten unterwegs, die Besorgungen für ihre Familie tätigen. Es ist ein seltsames Gefühl und von überall bekomme ich fragende und kritische Blicke zugeworfen, denn ich bin ein junges Mädchen – eine Frau, allein am Morgen in den Gassen Athens. Mein Aussehen sticht heraus und das, obwohl ich meine eigene Kleidung unter einem langen Gewand versteckt habe, welches mir die junge Frau noch gegeben hat. Mit meinem Ziel vor Augen und das im wörtlichen Sinne, lasse ich mich nicht allzu sehr beirren und laufe, so schnell es mein müder Körper zulässt durch die Gassen und immer weiter in die richtige Richtung.

Irgendwann komme ich am Fuß der Treppe an und schaue ehrfürchtig nach oben – die Akropolis. Ich kann nicht ansatzweise in Worte fassen, was dieser Anblick in mir auslöst. Nie zuvor habe ich etwas ähnlich Imposantes gesehen. Mein Atem stockt und meine Beine hindern mich fast daran, die Stufen hinaufzugehen. „Ein Fuß vor den anderen“, läuft als Sinnspruch wiederholend durch meinen Kopf. Immer nur einen Fuß vor den anderen und dann komme ich irgendwann an. Dann kann ich diese Reise irgendwann beenden, den Kampf gegen die B.O.S.C. gewinnen. Ich konzentriere mich also ausschließlich auf das, was vor mir liegt und das bedeutet im Moment, Athene zu finden und mir das nächste Buch geben zu lassen. Endlich komme ich oben an, die Morgensonne steht inzwischen um einiges höher am Himmel und besitzt schon jetzt eine unfassbare Kraft, mit der sie auf mich hinabstrahlt und meine Gedanken zermalmt. Ich sehe mich um und erkenne die Säulen des Haupttempels, die sogar in meiner zukünftigen Gegenwart noch überall ein bekanntes Bild sein werden. Ansonsten ist es felsig um mich herum und sollte ich aus irgendeinem Grund fallen, dann würde ich nie mehr lebend unten in der Stadt ankommen, sondern höchstwahrscheinlich von den scharfen Kanten des Gesteins aufgeschlitzt werden. Sowohl um den Haupttempel herum als auch unterhalb der Felsen sind noch kleinere Gebäude, die ebenfalls alle prachtvoll aussehen und im Morgenlicht glänzen.

„Das hat aber gedauert, so unscheinbar ist mein Reich doch gar nicht“, sagt plötzlich eine Stimme hinter mir. Ich fahre schreckartig herum und sehe, dass Athene direkt neben mir steht. Ich habe weder gehört, wie sie an mich herangetreten ist, noch hätte ich erwartet, dass sie so direkt Kontakt mit mir aufnimmt. Vollkommen perplex und überfordert stehe ich einfach nur da und sehe sie an. Ihre Stimme klingt klar und fordernd, fast schon bestimmend, ihre Erscheinung dagegen ist eher zart und sie sieht so makellos perfekt aus, dass mich beinah das Gefühl beschleicht, sie wäre nur ein Gespinst meines Hirns. Irgendwie schaffe ich es dann doch, mich einigermaßen zu sammeln, sodass ich nach Ewigkeiten des Starrens auch eine Antwort formuliert bekomme: „Ich wurde von der Hitze zu einer Pause gezwungen.“ „Jaja, Athen ist eben nichts für jedermann“, sagt sie beiläufig, dreht sich um und geht in Richtung des großen Tempels direkt vor uns. Ihre braunen langen Haare fallen ihr seidenglatt über die Schultern, als sie sich von mir abwendet, und ihre lange Robe flattert im sanften Wind, der hier oben weht. Ich stolpere hinter ihr her und versuche, nicht sofort Unmengen an Hass für sie zu empfinden. Ein Blick in ihr Gesicht und alles, an das ich denken kann, ist Medusas Geschichte. Doch ich weiß, was Medusa meinte – Hass bringt uns nichts und sie hat Recht damit. Hass bringt nichts, vor allem nicht jetzt, wo ich endlich so kurz davorstehe, das nächste Buch in meinen Händen zu halten. Also versuche ich angestrengt, mit der Göttin Schritt zu halten und schaffe es gerade noch so, hinter ihr durch eine schwere hölzerne

Tür in den Tempel zu schleichen. Kaum fällt die Tür hinter mir ins Schloss, dreht sich Athene zu mir um und sieht mich erneut an. Diesmal liegt keine Gehässigkeit in ihrem Blick, sondern eine Mischung aus Interesse und Belustigung: „Du kommst also von Medusa – und, wie hat dir die Unterwelt gefallen?“ Ich schlucke, bevor ich antworte, der Kloß in meinem Hals schwillt gerade auf die Größe der Felsen draußen an: „Dieser Ort ist furchtbar“, krächze ich schließlich, „und ich kann einfach nicht verstehen, wie man es verantworten kann, eine unschuldige Frau dorthin zu schicken.“ „Jeder hat ein Schicksal und das ist das Ihrige, darum solltest du dir keine Gedanken machen und vor allen Dingen solltest du dich nicht einmischen. Was soll das alles hier überhaupt? Wozu sammelst du die Bücher wieder ein? Wir haben die damals nicht grundlos entfernt, wir wollten uns schützen und ich verstehe nicht, weshalb wir jetzt etwas daran ändern sollten?“ Ich schaue sie an und versuche, all die Stärke in mir zusammenzunehmen und sie nicht erkennen zu lassen, dass ich fertig und ausgelaugt bin und auch keine Kraft dazu habe, mit ihr zu diskutieren oder mir Vorwürfe machen zu lassen. Schließlich antworte ich: „Mrs. Abernathy wurde im Auftrag der B.O.S.C. getötet – erschossen, um genau zu sein. Jetzt ist die B.O.S.C. hinter mir her, sie wollen die Schlüssel zur Bibliothek und mich ausschalten. Sie wollen die Kontrolle über die Götterwelten zurück – also über dich und auch alle anderen. Meine Aufgabe ist es, die verschwundenen Bücher zusammenzusammeln und die Götter davon zu überzeugen, mir zu trauen. Ich bin der Ersatz für Mrs. Abernathy, sie hat mir diese Aufgabe übertragen. Wenn ich es nicht schaffe, alle Bücher zurückzubekommen und in die Bibliothek zu bringen, bevor die B.O.S.C. Zugang zu euren Welten erlangt, dann werden sie euch einnehmen und unterdrücken. Also kannst du mir entweder helfen und versuchen, dass ich meinen Wettlauf gegen die Zeit und nebenbei gegen die gefährlichste und größte magische Organisation gewinne, oder du stellst dich quer und bist weiterhin unfreundlich zu mir. Dann ist von deinem Leben, so wie du es bisher kennst, bald wahrscheinlich nicht mehr viel übrig." Athenes Augen verlieren ihr Licht und sie ist so blass, dass ich befürchte, sie könnte jeden Moment umfallen. „Das tut mir leid, ich… ich weiß gar nicht, was ich sagen soll", beginnt sie, „ich habe eines der Bücher, folgst du mir, bitte?" Ich nicke und atme auf, das Stechen in meiner Brust lässt ein klein wenig nach und wie automatisiert folge ich ihr weiter ins Innere des riesigen Tempels. Er ist wunderschön, Medusa hat auf keinen Fall gelogen und wenn alles nach Plan läuft, dann habe ich hoffentlich schon bald die Gelegenheit, ihr davon zu berichten.

Achtzehntes Kapitel

Henry

Inzwischen laufe ich schon eine Stunde lang blind durch diesen kleinen Ort, das Schloss habe ich längst hinter mir gelassen und gerade bilde ich mir ein, dass ich niemals dahin zurückkehren müsste. Ich weiß natürlich, dass es absoluter Schwachsinn ist und ich in spätestens einer Stunde wieder zurück sein muss, damit ich den Posten drinnen wieder übernehmen kann und niemandem auffällt, dass ich weg war. Meine Beine tragen mich durch die regennassen Straßen. An sich ist der Ort nicht wirklich spannend, überall stehen kleine Häuser und die meisten Straßen sind holprig und aus altem Kopfsteinpflaster angefertigt. Trotz dieser Normalität und der Unscheinbarkeit dieses Dorfes lässt mich das Gefühl von vorhin nicht los und ich würde am liebsten hier versinken, weil ich nur dann dem Gefühl wirklich nahekommen und es vor allem nie wieder verlieren würde. Es lässt sich für mich nicht in Worte fassen, was genau es ist. Vielleicht sind es die Stille und Geborgenheit hier, die doch einen großen Kontrast zu der Geschäftigkeit und Hektik Londons bilden. Vielleicht liegt es auch daran, dass mein Dad und seine Männer gerade alle nicht um mich herum sind und mir für einige Minuten nichts antun können. Ja, vielleicht ist es die Freiheit, die sich so anfühlt und verlockend auf meiner Haut und in jeder Zelle meines Körpers prickelt. Plötzlich sehe ich eine Haustür aufgehen und verstecke mich hastig hinter einer Hecke. Vollkommen meinen Gedanken nachhängend, habe ich vergessen, aufzupassen. In meinem Aufzug – mit dunkler edler Kleidung, vor allem dem langen Mantel, bin ich hier ungefähr so auffällig wie ein bunter Vogel. Mich darf niemand sehen, dann wäre die ganze Mission dahin und die Folgen, die das Versagen für mich und jeden anderen Beteiligten hätte, wären unvorstellbar schlimm. Aus der Tür tritt eine Familie heraus, ein Elternpaar mit ihren drei Kindern, es geht chaotisch zu, alle sprechen durcheinander und der Begriff „Mum" fällt innerhalb einer Minute mindestens acht bis zehn Mal. Trotzdem hält diese Menschen etwas zusammen, wie eine Art Zauber – sie sehen glücklich aus und die Kinder halten ihre Eltern an den Händen. Sie gehen genau auf mich zu und ich versuche panisch, noch etwas weiter in dem kleinen Busch zu versinken. Ich bilde mir ein, dass mein Herz so laut schlägt, dass es sogar die Männer im Schlossgarten gehört haben könnten. Die Familie geht an mir vorbei, die Kinder lachen und die Eltern versuchen, sich über das Chaos hinweg zu unterhalten. In mir breitet sich ein Stechen aus und es fällt mir schwer, diesen Anblick zu ertragen. So sehr ich mir Freiheit wünsche und hoffe, meinen Dad nie wieder zu sehen, so sehr habe ich mir doch auch immer eine Familie gewünscht, mit

Eltern, die mich lieben und einem richtigen Zuhause. Noch bevor ich mich der Brutalität dieses Gedankens hingebe, schiebe ich ihn beiseite und konzentriere mich darauf, dass ich es jetzt schaffen muss, schnellstens und ungesehen zurück zum Schloss zu gelangen. Ich schlage den Weg ein, auf dem ich gekommen bin, nur laufe ich jetzt um einiges schneller. Mein langer Mantel weht dramatisch im Wind und meine Haare sind ständig in meinen Augen und versperren mir die Sicht. Der Gedanke an die Familie drückt von innen schmerzend gegen mein Herz und trotzdem fokussiere ich mich nur auf mein Ziel. „Lächerlich, wer sich von der Vergangenheit einholen lässt oder Dingen nachtrauert, die er nicht haben kann. Lieber sollte man an dem arbeiten, was möglich ist", die Stimme in meinem Kopf gehört nicht mehr mir selbst, sondern meinem Dad und ich sehe sein hämisches, hässliches Grinsen vor mir, während er mit Sätzen wie diesem um sich wirft. Hätte ich eine Wahl, wäre ich sofort umgekehrt und zurück in den Ort gerannt. Ich hätte an einer Tür geklingelt und gefragt, ob mich jemand aufnehmen könnte, ich wäre weggelaufen. Allerdings habe ich keine Wahl, manchmal scheint es zwar so, aber ich hatte noch nie die Wahl und das wird immer so bleiben. Henry, „Junior" und für immer die Marionette meines Dads.

Als ich ankomme, ist der Schlosspark leer und liegt still im schwachen Licht der Nachmittagssonne. Oh, was ich dafür geben würde, einmal die Sonnenstrahlen des Südens zu spüren und nicht in England zu sein. Jetzt gehe ich aber so schnell wie meine Beine mich tragen in die Bibliothek und sehe alle versammelt. Sofort überkommt mich eine Welle der Panik. Es reden alle durcheinander und ich habe Angst, was wohl als nächstes passieren wird. Ich merke jedoch schnell, dass es nur eine allgemeine Besprechung ist, da mein Dad sich gemeldet und gefragt hat, wie es läuft. Ein peinlicher Moment und somit Anlass genug, die Strategie für die nächsten Tage zu besprechen. Eine Strategie, die hinfällig bleibt, solange Lydia nicht wieder auftaucht. Der Gedanke ist noch nicht zu Ende gedacht, als ich ihn schon zutiefst bereue.

Neunzehntes Kapitel

Lydia

Wir durchqueren einmal den gesamten Tempel, bis wir zu einer Tür kommen, hinter der sich eine Treppe befindet. Diese gehen wir hinab und von dort aus spalten sich immer wieder kleinere Treppen ab, sodass wir schlussendlich in ein undurchsichtiges Kellerlabyrinth gelangen, von dem ich weiß, dass ich ohne Athene wohl nie wieder herausfinden würde. Sie geleitet mich durch ihre geheimen Gänge und sagt dabei kein Wort. Auf meiner Brust lastet die gesamte Zeit über der Schmerz Medusas. Sie ist mein einziger Gedanke und irgendwann halte ich es nicht mehr aus. Athene läuft einige Meter vor mir durch die schmalen unterirdischen Gänge, ich habe nicht die geringste Ahnung, wo wir sind, doch ich spüre, dass jetzt der richtige Moment ist, sie damit zu konfrontieren. „Warum hasst du Medusa so sehr?“, frage ich und habe für einen Moment das Gefühl, die Frage würde einfach an ihrem Rücken abprallen und vor meinen Füßen auf den sandigen Boden fallen. Doch dann antwortet sie tatsächlich: „Sie hat mein Heiligtum zerstört, hat es entweiht, so als wäre ich eine unbedeutende Person. Ein Nichts.“ In ihrer Stimme schwingt Wut mit und Hass – ein Hass, der so stark ist, dass ich genau weiß, welchen Ausdruck ihr Gesicht angenommen hat und das, ohne ihre Gesichtszüge überhaupt erkennen zu können. Mir läuft ein Schauer über den Rücken und dann rauscht ein neues Gefühl durch mein Blut – es ist ebenfalls Wut. „Sie wurde vergewaltigt, überrumpelt und ausgenutzt. Das ist dir bewusst, oder? Du bist dir klar darüber, dass sie das nicht wollte und, dass sie dich verehrt hat?“ Athene bleibt plötzlich stehen und dreht sich zu mir um, ihre Augen sind eiskalt und leer, darin ist weder Mitgefühl noch Einsicht zu erkennen. Doch ich versuche, mich davon nicht aus der Bahn werfen zu lassen. Ich möchte Medusa helfen, genauso wie ich mir helfen möchte und deshalb muss ich anfangen, für sie einzustehen – für uns und für alle anderen Betroffenen, die immer und immer wieder zu Schuldtragenden gemacht werden, obwohl sie in Realität die Opfer sind. „Du hast sie verbannt, wegen eines Fehlers, der nicht von ihr ausging. Sie musste dafür erst mit ihrem Aussehen und anschließend mit ihrem Leben zahlen – findest du nicht, dass das ungerecht ist?“ „Sie hatte es verdient und ihre Schönheit zu verlieren hat ihr einfach nur mal gezeigt, wie das ist, wenn einem nicht mehr alle bedingungslos zu Füßen liegen“, zischt sie unter zusammengepressten Lippen, dann dreht sie sich erneut um und läuft weiter. Ich muss ein wenig rennen, um

hinterherzukommen und als ich wieder nah genug an sie herangetreten bin, sage ich: „Du warst eifersüchtig, kann das sein?“

Athene fährt sich mit einer Hand nervös durch die Haare und die Geste reicht mir als Bestätigung. „Du warst eifersüchtig und hast sie deshalb zu dem gemacht, was sie ist…“, es ist weniger ein Vorwurf als eine Bestätigung für mich selbst. Ich brauche das, damit die Gedanken in meinem Kopf verknüpft werden können und das hier ist wirklich schwer zu verstehen: Eine Göttin wie Athene es ist – mächtig und selbst wunderschön – verbannt eine Unschuldige und macht ein Monster aus ihr, weil sie eifersüchtig ist. Wir kommen zum Stehen, Athene öffnet eine Tür und ich trete hinter ihr in einen Raum. Erst jetzt bemerke ich, dass es in den Kellern hier unten ziemlich kalt ist und sich eine Gänsehaut auf meinem Körper ausgebreitet hat. Der Raum ist mehr eine Kammer als ein wirkliches Zimmer. Die Decke hängt tief und ich kann kaum aufrecht stehen. Ich blicke umher und bemerke den Schrank in der Wand, vor dem Athene jetzt steht und etwas herausholt. Es ist ein Buch und es ist nicht irgendeins, sondern das von Aphrodite – der Göttin der Schönheit. Ein Wunder, dass sie die nicht auch in ein Schlangenwesen verwandelt hat, denke ich. Als sich Athene zu mir umdreht, ist nichts mehr von ihrer Stärke und ihrem Anmut zu erkennen, sie sieht dagegen eher gebrochen aus. Falls ich es mir nicht einbilde, kann ich sogar eine Träne erkennen, die auf ihrem Gesicht hinabfließt. „Ich bin nicht stolz auf das, was ich getan habe. Du hast Recht, ich war eifersüchtig auf sie und ich bereue es. Sie wollte mir nichts nehmen, sie brauchte meine Hilfe und ich habe sie ihr verwehrt…“, sie wischt sich über das Gesicht, „wenn das stimmt, was du erzählst und die B.O.S.C. wirklich auf dem Vormarsch ist, dann solltest du dich lieber beeilen und ich möchte dich nicht weiter aufhalten. Bitte rette unsere Welten, ich möchte das Leben nicht verlieren.“ Es fällt mir zwar schwer zu glauben, doch irgendwie empfinde ich trotzdem etwas Mitleid gegenüber Athene. Ich gehe also einen Schritt auf sie zu und umarme sie. Die Göttin weint und Tränen strömen ihre Wangen hinab, sie erscheint mir in diesem Moment sehr menschlich. „Wenn du Medusa wiedersiehst, dann sag ihr, dass es mir leidtut. Dass es mir leidtut und das jeden einzelnen Tag.“ „Das mache ich.“ „Und jetzt nimm das Buch und ich zeige dir, wo es hier herausgeht. Du hast wahrscheinlich schon viel zu viel Zeit verloren.“ Sie hat ihre Stärke zurück, das Zittern in ihrer Stimme ist wieder dem starken und klaren Ton gewichen und sie hat ihre Größe wieder eingenommen. „Danke Athene, ich werde deine Hilfsbereitschaft nicht vergessen“, sage ich und meine es ernst. „Ich mochte deine Mrs. Abernathy und wenn sie dich ausgesucht hat, dann wohl aus gutem Grund. Du kämpfst für das Richtige und wirst es hoffentlich schaffen!“ Jetzt muss ich sogar etwas lächeln, dann umklammere ich das Buch fest mit beiden Händen. Athene geleitet mich durch viele kleine Geheimgänge nach draußen und bringt mich zum Portal. Diesmal nicht im Wasser, sondern im Schatten einer hohen, schlanken Zypresse. Kaum stehe ich am richtigen Ort, werde ich auch schon aus der Antike heraus und zurück in die Bibliothek befördert. Zurück nachhause.

Zwanzigstes Kapitel

Henry

Unmittelbar neben uns ist ein Aufprall zu hören. Alle Männer schauen sich sofort an und mir rutscht das Herz bis in die Magengrube, denn es ist in diesem Moment, da ich weiß, dass Lydia wieder da ist. Und dieses Mal stehen ihre Chancen, in die nächste Welt zu gelangen, furchtbar schlecht. Die ersten Männer rennen bereits in die Nähe des Geräusches und ich denke nicht weiter nach, sondern rufe nur: „Lydia, pass auf!“, dann sprinte auch ich hinterher, den puren Terror in den Augen und Schlingen um meine Brust geschnürt. In meinem Kopf spüre ich meinen Puls und die ganze Zeit ist da das Versprechen, was ich ihr gemacht habe, dass ich versuchen werde, sie sicher in die nächste Welt zu bringen. Ich sehe mich um, dann sehe ich Lydia und unsere Blicke treffen sich, die Angst steht ihr in den Augen und trotzdem lächelt sie mich müde an, so als würde sie mir sagen wollen, dass alles gut wird. Die Männer meines Dads sind noch in einer falschen Regalreihe und so renne ich schnell zu ihr, wir umarmen uns hastig, auch wenn ich sie am liebsten nicht mehr loslassen würde. „Ich habe das Buch“, flüstert sie mir ins Ohr und ich kann ein Lächeln in ihrer Stimme hören. „Du musst hier weg", sage ich und löse unsere Umarmung, um sie ansehen zu können. Ihre Haare stehen wild in alle Richtungen ab und ihr Puls ist so hoch, dass sie am gesamten Körper zittert. Wir laufen also los und versuchen, das richtige Regal zu finden, damit Lydia hier wegkann. Als wir die Reihe gefunden haben, hören wir die Stimmen der Männer näherkommen und noch bevor wir an der richtigen Lücke angekommen sind, erreichen sie uns. Einer greift nach mir, zieht mich weg und hält mich fest. „Verräter", schnaubt er wütend und ich schaue einfach nur zu Lydia. Der Mann zieht meine Arme hinter meinen Körper und ein Schmerz schießt bis in meine Schultern. Ich beiße mir auf die Lippe, dann schreie ich: „Geh", du musst hier weg!" Der Mann packt noch fester zu und furchtbare Schmerzen fluten jetzt meinen gesamten Körper. Tränen sammeln sich am unteren Rand meiner Augen und ich versuche, mich aus dem Griff des Mannes zu befreien. „Aber was ist mit dir?", ruft Lydia und sieht mich an. Die Angst steht ihr ins Gesicht geschrieben und mein Herz bricht als ich sie ansehe: „Jetzt geh schon!", schreie ich wieder, bevor mir der Mann brutal die Hand vor den Kehlkopf schlägt und meine Stimme erstickt wird. Mir bleibt die Luft weg und aus meinem Mund kommt ein komisches Krächzen. Ich gehe zu Boden und versuche, irgendwie zu atmen. Lydia läuft noch immer nicht und ich kann aus dem Augenwinkel sehen, das von der anderen Seite der Regalreihe drei weitere Männer dazukommen. Ganz knapp, bevor sie diese erreichen können, setzt sie das Buch ein und verschwindet. Doch es reicht nicht, das Portal bleibt noch einen Moment lang geöffnet. Ich hebe den Kopf und will ihr hinterherrufen, sie warnen oder irgendetwas tun, aber die Worte können meinen Mund nicht verlassen. Ich spüre noch immer den Handabdruck des Mannes auf meinem Kehlkopf und seinen Klammergriff um meine Handgelenke. Für den Bruchteil einer Sekunde sehen sich die Männer an, dann springen sie ebenfalls durch das Portal. Mein Herz bleibt stehen und entgegen den Schmerzen in meinem Körper schmeiße ich mich mit aller Kraft in Richtung des Portals. Die Bewegung ist so abrupt, dass der Mann hinter mir nicht darauf vorbereitet war und so schaffe ich es, auch uns in aller letzter Sekunde mit durch das Portal zu befördern. Durch die Wucht des magischen Wirbels verliert er mich und ich bin frei von ihm und auch wenn mein Kehlkopf wehtut und ich ab jetzt in jedem Moment meines Lebens von denen gejagt werde, bin ich bereit zu kämpfen. Jetzt geht es nicht mehr nur um mich, sondern auch um Lydia. Besonders um Lydia.

Einundzwanzigstes Kapitel

Lydia

Mein Herz pocht unentwegt und ich kann kaum atmen. Als ich endlich auf dem Boden aufkomme, würde ich mich am liebsten dort zusammenrollen und für immer liegen bleiben, denn alles in mir brennt und ich habe absolut keine Kraft mehr, diesen Kampf weiterzukämpfen. Aber ich kann nicht liegen bleiben, ich muss aufstehen und mich verstecken. Ich weiß, dass manche der Männer es hinter mir durchs Portal geschafft haben und ich weiß, dass jetzt nicht nur ich, sondern auch die Bewohner der Götterwelten in Gefahr sind. Meine Beine tragen mich kaum, der Boden unter meinen Füßen ist staubig und die Sonne brennt hier genauso wie zuvor in Athen. Ich presse mir eine Hand auf die Brust, um mein Herz zu beruhigen und versuche, so normal wie möglich zu atmen. Mit aller Kraft schleppe ich mich von der freien Fläche Land, auf der ich mich gerade befinde, bis hin zu einem Waldstück. Es sind hauptsächlich Fichten, die dort wachsen, was den Wald dunkel macht und vor der Sonne, aber auch vor anderen Gefahren schützt. Ich laufe ein Stück hinein, nehme immer mal wieder kleinere Wegabzweigungen, bis ich schließlich selbst nicht mehr weiß, wo ich bin – und lasse mich hinter einem umgefallenen Baum nieder.

Die Rinde ist trocken und blättert ab, aber ich kann mich gut daran anlehnen und in meinem Körper ist auch kein einziges bisschen Kraft mehr, sodass Weiterlaufen keine Option ist. Sobald ich sitze, laufen mir Tränen das Gesicht hinab. In mir tut alles so furchtbar weh und ich muss die ganze Zeit an Henry denken. Ob er es auch durchs Portal geschafft hat? Was machen diese Männer jetzt wohl mit ihm? Ich habe so viele Fragen und auf keine weiß ich eine Antwort oder irgendetwas, das mich beruhigen könnte. Außerdem habe ich versagt und die B.O.S.C. direkt in die Welt der Götter geführt, ich hätte vorsichtiger sein müssen, hätte besser aufpassen müssen. Jetzt sind sie hier und hinter mir her, aber gleichzeitig können sie jetzt auch den Göttern Schaden zufügen. Ich hatte *eine einzige* Aufgabe und ich habe versagt. Meine Augen brennen und meine Lippen schmecken salzig, ich lasse meinen Kopf unsanft gegen den Baumstamm prallen und atme zittrig. Ich kann das hier nicht, Mrs. Abernathy hat sich in mir getäuscht, ich mache alles kaputt, zerstöre die ganze Welt. Alles, was sie aufgebaut hat, ist durch mich in Gefahr, wobei es *meine* Aufgabe ist, alles in Ordnung zu bringen. Die Panik rauscht durch meinen Körper und ist Teil meines Blutes. Ich koche innerlich und habe jegliche Kontrolle über mich verloren. Es ist einfach alles zu viel, zu schwer und ich vermisse Mrs. Abernathy und nichts in der Welt wird sie je wieder zu mir zurückbringen. Also sitze ich da und lasse es wehtun, ich sitze da und warte, dass der Schmerz vergeht. Vielleicht wird er das nie, aber dann ist es auch okay. Ich möchte nicht weitermachen, ich möchte diese Last nicht mehr tragen. Über der Erschöpfung und all den schmerzhaften Gedanken, die wie ein Bienenschwarm durch meinen Kopf jagen, schlafe ich ein und es ist das erste Mal seit dem Schlaf in der Hütte in Athen. Nur mit dem Unterschied, dass mir diesmal niemand etwas gegen die Schmerzen geben kann.

Zweiundzwanzigstes Kapitel

Henry

Der Aufprall ist hart und unsanft. Ich kann noch immer den festen Griff des Mannes an meinem Körper spüren und kann außerdem kaum schlucken. Mein Kehlkopf fühlt sich an, als würde er gegen meine Speiseröhre drücken und dafür sorgen, dass sich meine Eingeweide umdrehen. Ich ziehe mich trotzdem direkt auf die Beine und sehe mich vorsichtig um. Die Männer liegen etwas entfernt von mir und noch ehe ich diese Information richtig verarbeiten kann, ist der Entschluss schon gefasst und ich renne los. Keine Ahnung wohin, aber ich renne und es fühlt sich furchtbar an. Mein Körper steht kurz vor einem Kollaps und sollte ich einmal stolpern, dann würde ich es definitiv nicht mehr schaffen, noch einmal aufzustehen. Der Himmel über mir ist blau und wolkenlos, die Sonne scheint kräftig und taucht alles um mich herum in gleißend goldenes Licht. Der Boden dagegen ist aschgrau und trocken, mit jedem meiner Schritte wirbele ich Dreck auf und der feine Staub setzt sich in meiner Lunge fest, sodass meine Atemwege anfangen zu brennen. Auf meiner Stirn stehen Schweißtropfen und meine Beine werden immer wackliger. All der Stress der letzten Zeit, die

Aufregung und Angst, der wenige Schlaf – all das holt mich jetzt ein. Jetzt wo es darum geht, zu rennen und Lydia zu finden. Ich hasse meinen Körper und ich hasse meinen Dad. Wäre er nicht, müsste ich all das hier nicht machen und könnte einfach ein normales Leben führen. Vielleicht hätte ich dann sogar Freunde und eine Mum. Mein Herz schmerzt und reiht sich damit in die Reihe der versagenden Körperteile ein. Im nächsten Moment stolpere ich über meine eigenen Füße und falle zu Boden. In meinen Mund gelangt eine viel zu große Menge Staub und ich fange an zu husten. Beim Versuch wieder aufzustehen, versage ich und schließlich habe ich keine andere Wahl, als liegen zu bleiben. Liegen zu bleiben und darauf zu warten, von den Männern gefunden zu werden. Der Gedanke frisst mich auf. Ich krümme mich zusammen, eingenommen von Schmerz und Angst, und hoffe einfach nur, zu sterben, bevor sie mich finden.

Dreiundzwanzigstes Kapitel

Lydia

Mein Schlaf ist unruhig, ich träume von Henry und Mrs. Abernathy und davon, dass ich die Kontrolle über die gesamte Mission verliere. Als ich aufwache, fühle ich mich ausgelaugter als zuvor. Mein Kopf und meine Gliedmaßen fühlen sich schwer an, in meinem Bauch ist ein klaffendes Loch. Ich bleibe an dem Baum sitzen und lasse meinen Blick umherschweifen, die Sonne verschwindet schon langsam hinter dem Wald und die Luft ist wesentlich kälter als zuvor. Auf meinen Armen bildet sich eine Gänsehaut und ein Windstoß bringt meinen Körper zum Zittern. Ich öffnc meinen Rucksack und nehme den Pullover heraus, den ich bereits in der Unterwelt getragen habe. Daneben finde ich außerdem meine Taschenlampe und die Schlüssel zur Bibliothek. Beim Gedanken an diese gefriert direkt mein Blut und ich erinnere mich daran, dass ich unbedingt weiterkämpfen muss. Egal wie, auch wenn ich keine Kraft mehr habe, ich muss es versuchen und die B.O.S.C. aufhalten. Also werfe ich mir den Pullover über, dann atme ich ein letztes Mal tief durch und verlasse schließlich meinen Schlafplatz. Ich muss es vor der Dunkelheit aus dem Wald schaffen und möglichst in die Stadt gelangen. Sonst bin ich viel zu leichte

Beute und außerdem weiß ich nicht genau, wie viele der Männer es durch das Portal geschafft haben. In jedem Fall sind sie jedoch mehr als ich, stärker als ich und ich bin nur so lange im Vorteil, wie sie mich nicht finden.

Mein Weg führt mich die kleinen Wege und Abzweigungen zurück, die ich vorhin genommen habe. Auch wenn es riskanter ist, auf einem der Hauptwege zu laufen, ist dort die Chance größer, dass ich aus dem endlosen Gewirr von Bäumen und Gestrüpp herausfinde. In meinem Kopf laufen alle möglichen Szenarien ab und immer wieder ist es Henry, an den ich denke. Wenn ich doch immerhin wüsste, ob er auch hier ist. Ich möchte mir gar nicht ausmalen, was sie ihm wohl dafür antun werden, dass er mir geholfen hat. Ich habe bisher nur wenig von diesen Männern mitbekommen und trotzdem reicht es aus, um mir eine Vorstellung davon zu verschaffen, wie sie wohl mit Fehltritten und Verrat umgehen. Schon bald nimmt die Sorge um Henry meine Gedanken vollständig ein und ich habe Probleme damit, mich überhaupt auf den Weg vor mir zu konzentrieren. Die einzelnen Bäume verschwimmen zu einer großen Masse und im Augenwinkel sieht es so aus, als würden sie tanzen und sich in verschiedene Richtungen bewegen. Währenddessen wird auch mein Schatten immer länger und schon bald ist die Sonne vollständig verschwunden. Die Dunkelheit legt sich über mich und lässt Schauer über meinen Rücken laufen.

Ständig bilde ich mir ein, etwas knacken oder rascheln zu hören und drehe mich im Kreis, um meine Umgebung abzusuchen. Wo ich auch hinsehe, erkenne ich rot funkelnde Augenpaare, die jedoch verschwinden, sobald ich blinzle. Sollte ich nicht bald aus diesem Wald herauskommen, werde ich vollständig paranoid - so viel steht definitiv fest. Endlich türmen sich Lichter vor mir auf und ich erkenne Rhodos. Mein Herz sinkt bis in meine Knie und ich spüre erst jetzt, in welchem Tempo es schon die ganze Zeit schlägt. Meine Hände fühlen sich schwitzig und kalt an, dasselbe Gefühl prickelt in meinem Nacken. Meine Haare kleben an mir und trotz all dem fühle ich mich heute zum ersten Mal wieder hoffnungsvoll, denn vor mir ist Rhodos und dort ist Aphrodites Tempel. Jetzt muss ich nur noch zu ihr und das nächste Buch in meinen Besitz bringen, oder?

Vierundzwanzigstes Kapitel

Henry

Sie haben mich gefunden und doch lebe ich noch, zumindest existiere ich. Mein Körper schmerzt mehr als zuvor, nur weiß ich nicht genau wovon. Genauso wenig weiß ich, wo genau ich mich befinde. Ich kann nur spüren, dass meine Hände hinter meinem Rücken zusammengebunden wurden und, dass ich auf dem Waldboden sitze. Als ich meinen Kopf vorsichtig nach oben bewege, zieht ein Stechen bis in meine Beine und ich beiße mir auf die Lippe, um nicht laut aufzuschreien. Das Blut läuft mein Kinn hinab und tropft auf mein Shirt, doch es ist egal, denn der Schmerz nimmt mich vollständig ein. „Er ist wach“, höre ich einen der Männer sagen und direkt setzt Panik ein. Jemand beugt sich zu mir hinab, kommt mir mit dem Gesicht so nah, dass ich seinen fauligen Mundgeruch direkt einatme und am liebsten in Ohnmacht fallen würde. „Du dummer Junge. Dachtest du ernsthaft, du würdest davonkommen? Wolltest du etwa zu deiner Freundin, der kleinen Mistgöre von Mrs. Abernathy?“ „Sie ist keine Göre“, stoße ich hervor, doch meine Stimme ist viel zu schwach und ich klinge weder böse noch überzeugend, sondern einfach nur gebrochen. Mein Gegenüber lacht selbstgefällig und hohl, dann packt er mich am Stoff meines Shirts und zieht mich noch näher zu sich heran: „Pass mal auf Junge, wenn du denkst, du kannst Spielchen mit uns spielen, dann hast du dich getäuscht. Entscheide dich, auf welcher Seite du stehst. Und glaub mir, du möchtest uns nicht als deinen Feind – und erst recht nicht deinen Dad!“ „Lass mich los“, zische ich wieder und versuche, seinem Blick Stand zu halten, „ich würde lieber sterben, als euch dabei zu helfen, die Welt zu zerstören!“ „Wie lange hilfst du dem Mädchen schon? Antworte mir!“, er schreit mir direkt ins Gesicht, doch ich schweige und halte einfach nur weiterhin seinen Blick. Seine Augen sind dunkel und liegen tief in ihren Höhlen. Seine Gesichtskonturen sind scharf, aber alles in seinem Gesicht ist eingefallen und er sieht unfassbar müde aus. Der Griff an meinem Shirt ist jedoch weiterhin fest und sein Atem stechend, beinahe toxisch. „Sei nicht so dumm, Junge. Denkst du wirklich, sie würde dich akzepticren und dir vertrauen? Du bist einer von uns, von der B.O.S.C. und du bist ihr Gegner. Sie wird dir niemals trauen, du hast nur uns. Also sei nicht so stur!“, seine Worte verätzen meine Eingeweide und schmerzen mehr als jede andere meiner Wunden. „Ich weiß, dass sie mir vertraut, und ich werde sie finden“, presse ich hervor und spucke ihm ins Gesicht. Dumme Idee, im nächsten Moment spüre ich seinen Handrücken gegen meine linke Gesichtshälfte schlagen und meinen Kopf zur Seite fallen. Ich schlage gegen irgendetwas Hartes und sinke zu Boden. Alles um mich herum verschwimmt. „Nichts wirst du tun“, schreit er mich an und tritt mir mit seinem Fuß in die Magengrube. Ich schreie auf und ein markerschütternder Schmerz flutet meinen Körper. Wieder krümme ich mich auf dem Boden zusammen, meine Lippe schmeckt blutig und die Welt verschwimmt. Ich falle in ein tiefes schwarzes Loch und verliere alles Licht um mich herum. „Lydia retten“, ist der letzte Gedanke in meinem Kopf, bevor ich das Bewusstsein verliere.

Fünfundzwanzigstes Kapitel

Lydia

Es wird immer dunkler um mich herum und meine Umgebung wirkt bedrohlich. Ich traue mich kaum, weiterzulaufen. Auch wenn ich Rhodos schon vor mir gesehen habe, ist der Weg bis zum Eingang der Stadt doch noch länger als gedacht. Ich fürchte mich vor jedem Geräusch, jedem Baum, jedem Busch, aber am meisten fürchte ich mich vor mir selbst. Von all den gruseligen Orten, an denen ich war und bin, ist mein Kopf derzeit der angsteinflößendste. Endlich kommen die Häuser und schwachen Lichter Rhodos´ in Sichtweite und ich betrete die Stadt mit zitternden Beinen und flachem Atem. Gerade setzt die Freude darüber ein, dass ich es bis hierhergeschafft habe, da höre ich ein Knacken hinter mir. Mein Herz setzt einen Schlag aus, ich drehe mich um und sehe zwei Männer auf mich zugehen. Mir ist sofort klar, wer sie sind und es gibt nur einen einzigen Reflex in mir, der gerade wirkt – Flucht. Ohne weiter nachzudenken, renne ich los. So schnell wie ich kann, immer wieder in kleinere Gassen und um möglichst viele Ecken herum. Ich renne so schnell, wie ich noch nie zuvor in meinem Leben gerannt bin, doch meine Beine sind schwer und ich komme immer wieder ins Stocken. Das Kopfsteinpflaster und die unebenen Staubwege sind meine größten Feinde, doch ich lasse mich nicht aufhalten. Der kalte Abendwind pfeift mir um den Kopf und fegt durch meine Haare. Ich spüre mein Herz in meinem Kopf pulsieren und meine Augen tränen vom Wind. Trotz all dem versuche ich, mich ausschließlich auf die Bewegung meiner Arme und Beine zu konzentrieren. Ich spüre auch keine Erschöpfung, Adrenalin hat jede Zelle meines Körpers erobert und stellt alle anderen Gefühle und Empfindungen hinten an. Für diesen Moment der Flucht zählen nur zwei Gedanken – Henry und die Bibliothek. Henry und die Bibliothek. Henry und die Bibliothek. Henry. Die Bibliothek. Ich falle, der Boden bricht weg oder andersherum, ich breche über dem Boden weg. Am Ende macht es keinen Unterschied – ich liege, meinen Kopf auf das grobe Gestein gepresst. Ich spüre nichts und weiß auch nicht, weshalb ich hingefallen bin, meine Gedanken sind vernebelt und Nachdenken bereitet mir Schmerzen. Vorsichtig taste ich meinen Kopf ab und führe meine Hand dann zu meiner Nase und meinem Mund. Ich blute, irgendwo direkt über meinem linken Auge muss eine Wunde sein. Verdammt, ich muss weiterlaufen, meine Verfolger können nicht mehr weit von mir entfernt sein. Mit aller Kraft versuche ich, mich auf die Beine zu bringen, doch als ich meinen linken Fuß aufstelle, zieht ein Schmerz durch meinen Körper. Scharf und stechend, sodass er sofort auch einen Nerv in meinem Gehirn trifft. Ich bin kurz davor, laut aufzuschreien, presse mir jedoch meine Hand vor den Mund und beiße schließlich darauf, während ich warte, dass diese Welle des Horrors an mir vorüberzieht. Anschließend probiere ich, mit dem anderen Fuß aufzutreten und der Schmerz ist wesentlich geringer, also ziehe ich mich hoch und humple zur nächstgelegenen Hauswand. Aus der Ferne höre ich Stimmen und Rufe, gefolgt von schweren Schritten. Sofort kommt das Adrenalin zurück und betäubt meine Angst, ich weiß plötzlich wieder ganz genau, was ich machen muss und worauf es ankommt. Ich setze beide Füße auf den Boden und der Schmerz schneidet mir beinahe die Luft ab, doch ich renne los, der Wind pfeift erneut um meinen Kopf und hinterlässt das getrocknete Salz der Tränen auf meinen Wangen. Ich renne um viele Hausecken und die Gassen werden immer kleiner, bis ich schließlich ein Loch im Weg sehe. Ohne zu wissen, ob ich dort unten aufgespießt oder gefressen werde, springe ich hinein, denn alles erscheint besser, als von der B.O.S.C. geschnappt zu werden. Der Boden ist hart, aber ich lebe und alles andere ist sowieso egal. Meine Hände wandern über den Untergrund und tasten ihn ab, irgendwann finde ich so etwas wie einen Kartoffelsack und lehne mich schließlich daran an. Jetzt sitze ich im Dunkeln und presse mir die Hand auf die Brust, um die Panik in mir zu beruhigen und warte darauf, was draußen passiert. Um mich abzulenken, beginne ich zu zählen, als ich bei vierundfünfzig bin, höre ich über meinem Kopf wieder dieselben schweren Schritte wie vorhin und halte den Atem an. Die Schritte kommen erst immer näher, dann höre ich für einen langen Moment gar nichts mehr und male mir bereits aus, wie gleich jemand vor mir landet und mir wehtut. „Hier ist sie nicht“, ruft die Person über mir auf einmal und ich zucke zusammen. Eine Hand habe ich weiterhin auf meine Brust gedrückt, die andere vor meinen Mund. Ich bin nicht hier, ich bin nicht hier, ich bin nicht hier. Wenn ich mir das oft genug sage, glaube ich vielleicht selbst daran und vielleicht kann ich es dann auch alle anderen glauben lassen. „Lass zurückgehen!“, höre ich jetzt eine andere Stimme, diese kommt von weiter weg, klingt dafür jedoch bedrohlicher. „Was sollen wir dem Chef sagen?“, fragt wieder die Stimme direkt über mir. „Wir sagen, dass wir sie noch nicht gesehen haben. Wenn du auch nur ein Wort über die Verfolgung verlierst, werde ich persönlich dafür sorgen, dass es die letzte war, die du jemals erlebt hast!“ Die Schritte von dem Mann über mir verflüchtigen sich und werden eins mit meinem Herzschlag, eins mit dem Adrenalin, eins mit den pochenden Wunden an meinem Kopf und meinem Fuß und eins mit der pochenden Angst um Henry. Irgendwann sind die Schritte weg, doch das Pochen bleibt und ich frage mich, ob es jemals wieder vergehen wird.

Das rettende schwarze Loch der letzten Nacht ist in Wahrheit ein Keller. Hier werden Lebensmittel und Weinfässer gelagert. Der Kartoffelsack, an den ich mich gelehnt hatte, ist einer aus einem hohen Turm von Kartoffelsäcken und diese sind wiederum nur ein Bruchteil der Masse an Essen, die hier gelagert wird. Gern würde ich aufstehen und mich umsehen, schließlich muss ich hier auch wieder raus und weiter zu Aphrodites Tempel, doch eine kleine Bewegung meines Fußes sagt mir, dass ich verloren bin, sollte mich nicht bald jemand finden und verarzten. Ich beuge mich vor und versuche, mir den Schuh auszuziehen, doch auch das bereitet mir unfassbare Schmerzen und schließlich lasse ich es und sinke mit dem Rücken zurück in den Haufen Kartoffelsäcke hinter mir. Der Schweiß prickelt auf meiner Stirn und die Zeit rinnt mir aus den Händen wie Sand, trotzdem bin ich so hilflos wie nie zuvor und habe keine Ahnung, wie ich auf mich aufmerksam machen soll. Zeit ist ein komisches Konstrukt, manchmal vergeht sie kaum, manchmal ganz schnell und manchmal verliert man sie vollständig. Man existiert zwar in ihr, hat aber trotzdem keine Chance, sie zu begreifen und ist auch kein Teil mehr von ihr. An diesem Punkt ist sie wie ein Parasit, weil sie dir deine Lebenszeit nimmt und sie verstreichen lässt, du aber im Gegenzug nicht die Gelegenheit hast, diese zu nutzen. Ich frage mich, wie lange ich schon hier sitze und die Weinfässer und Lebensmittelsäcke sehen immer weniger aus wie diese, sondern eher wie Männer in dunkler Kleidung. Männer, die mich verfolgen. Männer, die mich angreifen wollen. Schmerz, ein heller Lichtstrahl, ein Mann. Ich sitze auf dem Kellerboden, die Kartoffelsackmänner starren mich an und lachen mich aus und direkt vor mir ist jetzt auch einer von ihnen. Ganz nah, ganz nah, zu nah. Ich reiße die Augen auf oder tue das, von dem ich denke, dass es Augenaufreißen ist. Mir ist heiß und kalt und alles schmerzt und mein Herz sticht, nein es pocht, aber es sticht auch. Mein Blick ist so unscharf, alles wackelt und die Männer lachen und dann wird auf einmal alles dunkel, doch ich falle nicht, denn irgendjemand hält mich fest.

Sechsundzwanzigstes Kapitel

Henry

In jeder wachen Sekunde denke ich an Lydia, denn nur so schaffe ich es, den Schmerz und die Angst, mit denen ich lebe, einigermaßen von mir fernzuhalten. So kann ich mich daran hindern, den Verstand zu verlieren. Jetzt komme ich so langsam wieder zu Bewusstsein, doch wie lange ich ausgeknockt war, weiß ich nicht. Fakt ist, egal wie lange es war, kann es niemals lang genug gewesen sein. Jedoch muss es den Männern ausreichend Zeit gegeben haben, um den Ort zu wechseln, denn ich bin nicht mehr an diesen Baum gekettet und generell sieht meine Umgebung jetzt ganz anders aus als zuvor. Wir müssen irgendwo in der Stadt sein, überall sehe ich Häuser und der Boden unter mir ist steinig. Ich stehe auf und gehe ein Stück auf die anderen Männer zu, die etwas entfernt von mir sitzen und sich unterhalten. Als ich näher herantrete, kann ich hören, worüber sie sich unterhalten, ich ducke mich hinter einem kleinen Mauerüberrest ab, damit mich niemand bemerkt: „Wir haben sie noch nicht finden können, sie muss irgendwo im Gemenge der Stadt verschwunden sein", sagt einer. Der Chef der Truppe holt aus und schlägt ihm ins Gesicht, ich zucke zusammen und spüre im selben Moment den Handrückenabdruck auf meiner eigenen Wange. Beinahe reflexartig streiche ich mir über die Stelle und spüre einen Kratzer sowie getrocknetes Blut. Dieses kommt jedoch von meiner Schläfe, denn die ist ebenfalls aufgerissen. Ich versuche trotzdem, mich weiterhin auf das Gespräch zu konzentrieren: „Ihr Idioten, wenn ihr dieses Mädchen nicht findet, dann läuft sie schnurstracks zum Tempel von Aphrodite und holt das nächste Buch. Wir brauchen das Mädchen, das ist euch bewusst? Geht mir aus den Augen und kommt erst zurück, wenn ihr sie gefunden habt. Ist mir egal wie, und wenn ihr sie tot hierherbringt…“ Mein Atem stockt und Wut steigt in mir auf, ich hasse diese Männer so sehr und ich muss hier weg. Diesmal richtig, diesmal überdachter und dann muss ich Lydia finden, bevor sie es tun. Ich muss die Götter warnen und auf Lydias Seite ziehen; ich muss zu Zeus. Mein Entschluss steht fest, wir müssen ihn erreichen, bevor es die B.O.S.C. schafft und ihn auf unsere Seite ziehen, damit wir gegen meinen Dad und seine Organisation gewinnen können. Leise schleiche ich mich von dem Mauerrest um eine Hausecke und setze mich hin. Als ich mich umschaue, erkenne ich, dass hier der Lagermittelpunkt ist. Es gibt etwas Essen und ein paar Waffen. Ich habe nichts zum Verstauen, greife mir jedoch so viel, wie in meine Hosen- und Manteltaschen passt und finde noch eine Taschenlampe. Umso weniger ich bei mir habe, desto besser, denn so bin ich schneller und es fällt nicht so bald auf, dass etwas fehlen könnte. Ein Blick um die Hausecke: alle sind beschäftigt und sprechen miteinander; die Männer, die eben Bericht erstattet haben, sind bereits wieder unterwegs. Jetzt kann ich auch zum ersten Mal sehen, wie viele es durchs Portal geschafft haben und muss mir diese Zahl unbedingt noch einprägen, damit ich Lydia davon berichten kann. Oh Gott, Lydia. Allein bei dem Gedanken an sie bekomme ich so viel Angst und gleichzeitig so viel Hoffnung und ich weiß nicht, was es ist, dass ich bei dem Gedanken an sie spüre, aber ich weiß, dass es stark ist. So stark, dass ich jetzt die Truppe für sie zähle – der Boss und vier weitere sitzen dort vorne, zwei sind weg. Sieben. Sieben, sieben, sieben. Mir war es zuvor in der Bibliothek nicht aufgefallen, doch scheinbar müssen sie unsere Truppe mit vier Männern aus einem der anderen Transporter aufgefüllt haben. Ich wiederhole die Zahl jetzt immer wieder und wieder, während ich mich umdrehe und wegschleiche. Ich wiederhole sie auch, als ich beginne zu rennen und diese Grausamkeit hinter mir lasse und werde sie so oft wiederholen, bis ich Lydia erreicht habe und mit ihr gemeinsam einen Plan schmieden kann.

Der Weg ist lang, aber als hätte ich einen inneren Kompass, verlaufe ich mich kein einziges Mal. Unterwegs versuche ich außerdem, mir alles in Erinnerung zu rufen, was ich jemals über Gottheiten gelernt habe – denn ich werde zu Aphrodites Tempel gehen. Aktuell fehlt mir jeder Anhaltspunkt von Lydia und somit wird Aphrodite meine beste Chance sein. Mein Wissen über Gottheiten ist begrenzt, aber immerhin fällt mir ein, dass es gern gesehen ist, wenn man eine Gabe mitbringt. Also pflücke ich unterwegs einen Granatapfel und hoffe, dass dieser ausreichend ist. Das erste Mal Laufpause an diesem Tag mache ich schließlich als sich der Tempel vor mir aufbaut und ich weiß, dass es ab jetzt einen Ort gibt, an dem ich hoffentlich Sicherheit und Schutz finden kann. Ich bin noch immer mitten in der Stadt und somit angreifbarer als je zuvor und ehrlich gesagt habe ich Angst vor Aphrodite. Für Lydia ist das einfach – sie schafft es irgendwie, die Gottheiten von sich zu überzeugen und mit ihnen zu sprechen. Vielleicht ist Lydia keine von uns, doch ich bin ein einfacher Sterblicher und habe keine Ahnung, was mich erwarten wird. Trotzdem betrete ich den Tempel und tue einfach so, als wäre ich mutig und stark. Wahrscheinlich macht das einen Menschen aus, dass man lange genug so tut, als wäre man unverwundbar, bis man es irgendwann wirklich ist. Im Tempel sind überall Menschen, alte Griechen, die zur Göttin der Schönheit und Liebe beten und entgegen meiner eigentlichen Überzeugung werde auch ich hier auf die Knie gehen und sie anbeten müssen. In meiner Tasche befindet sich zudem der Granatapfel, den ich als Gabe an Aphrodite spenden werde – alles in der Hoffnung, ihre Hilfe zu bekommen. Nie zuvor habe ich etwas getan, bei dem ich mich ähnlich komisch und bescheuert gefühlt habe, aber Lydia ist der einzige Gedanke, den ich zulasse und solange das so bleibt, kann ich darüber hinwegkommen. Ich bete also zur Göttin der Schönheit, zur Göttin der Liebe. Zwar opfere ich kein lebendiges Wesen für sie, doch ich versuche ganz fest daran zu glauben, dass es funktioniert. Also bete ich und darauf folgt das Warten, erst unruhig umherlaufend, später sitzend und mit dem Rücken an die kalte Steinwand gelehnt. Irgendwann kommt die Müdigkeit, die Menschen werden immer weniger und ich kann sehen, wie die Sonne ihre Reise langsam beendet und feuerrot am Horizont steht, bevor sie verschwindet. Auch in der darauffolgenden Dunkelheit sitze und warte ich immer noch, denn ich kann nirgendwo hin und so bleibt mir nichts anderes übrig. Auch wenn ich Aphrodite in meinem Kopf dafür verfluche, dass sie mich so lange warten lässt und die ganze Zeit denke, dass sie mein Leid doch spüren müsste. Ich warte also wütend weiter und schlafe auch nicht ein, dafür habe ich zu viel Angst vor meinem Unterbewusstsein.

Siebenundzwanzigstes Kapitel

Lydia

Jetzt sind es nicht nur Männer sondern auch Frauen, die um mich herumstehen. Die Schatten sind weg, die Kartoffelsackgestalten auch und ich fasse mir an den Kopf. Jemand hat meine Wunde versorgt, ein kaltes Tuch liegt darüber und der Duft von Kräutern und Tinkturen sitzt in meiner Nase. „Mein Fuß", ist das Erste, was ich sage. Alle um mich herum atmen auf, so als hätten sie nur gewartet, dass ich etwas sage und ihnen ein Lebenszeichen gebe. Die meisten wenden sich zum Gehen und nur zwei Frauen bleiben zurück. Ich lächle sie an und bedanke mich, dann kniet sich die eine hin und widmet sich meinem Fuß. Unter größten Schmerzen befreit sie mich aus dem Schuh und auch aus meiner Socke und betrachtet ihn. Allein die kleinste Berührung tut furchtbar weh. „Was ist dir passiert?", fragt sie und ich schlucke. „Ich bin gerannt und dann hingefallen, anscheinend bin ich umgeknickt. Ich bin allerdings nochmal weitergelaufen, als der Fuß schon wehtat", antworte ich verlegen. „Dein Knöchel ist gebrochen und es ist Dreck in der Wunde, das kann sich entzünden. Wir werden uns darum kümmern, aber es wird einige Zeit dauern." Das Einzige, was ich höre und von ihren Aussagen aufnehme, ist, dass ich nicht „einige Zeit“ habe. Ich muss fit sein und weiterkämpfen, damit dieser Schrecken irgendwann ein Ende findet und ich nicht die Götter und alle die, die in ihrem Land leben, in Gefahr bringe. Trotzdem nicke ich und beiße mir auf die Lippe, um den Schmerzen Stand zu halten und nicht erneut das Bewusstsein zu verlieren. Ich muss jetzt wachsam bleiben und das unter jeglichen Umständen. Ich muss wachsam bleiben und einen klaren Blick haben, sonst bin ich schneller tot als mir lieb ist und ich kann nicht sterben, bevor ich Henry noch einmal gesehen habe. Wo auch immer er gerade ist, ich wünsche mir einfach nur, dass es ihm gut geht und er nicht in Gefahr schwebt. Es fühlt sich an, als wäre er ein Teil meiner selbst und als würde all der Schmerz, der ihm widerfährt, auch Teil meines eigenen Schmerzes werden. Bevor diese Reise begonnen hat, dachte ich, ich würde Schmerz kennen und berechnen können. Ich habe mich getäuscht, denn egal wie schlimm alles Bekannte bisher war, nichts reicht an die Verzweiflung heran, die ich seit Mrs. Abernathys Tod spüre. Nicht der Tod meiner eigenen Oma, nicht der Anlass, der mich zu meiner Bibliothekarin geführt hat, nichts. All das erscheint in der Retrospektive zu verblassen und an dessen Stelle bleibt nur noch die Sorge um Henry und die Götterwelt sowie die Dunkelheit in mir.

Achtundzwanzigstes Kapitel

Henry

„Mutiger Junge“, sagt eine Stimme zu mir, eine Stimme aus der Dunkelheit. Ich laufe meine hundertste Runde durch den Tempel, weil ich nicht mehr ruhig sitzen kann und kurz davor bin, aufzugeben. Auf der Stelle drehe ich mich um und suche im Dunkeln nach der Stimme, nach einem Schatten, nach irgendetwas, was mein menschliches Auge greifen kann. „Ich bin hier“, wieder die Stimme und ich setze meine Beine in Bewegung. „Aphrodite?“, frage ich in die Stille hinein, doch es bleibt ruhig und ich bekomme keine weitere Antwort. Natürlich nicht, sie ist eine Göttin. Sie hat nichts zu verlieren, sie kann Spielchen spielen und das solange sie will. „Ich brauche deine Hilfe“, probiere ich es noch einmal und versuche dabei, nicht jämmerlich und verzweifelt zu klingen. Obwohl das wahrscheinlich keinen Unterschied mehr macht, weil sie mich garantiert die letzten Stunden über beobachtet hat. Ich fahre mir mit der Hand durch die Haare und streiche mir durch den Nacken. All das hier ist ein gottverdammtes Spiel, von Anfang an, und immer wieder denke ich für einen Moment, mich frei zu bewegen, nur um im nächsten Augenblick zu bemerken, dass ich bloß eine Spielfigur bin, die so umhergeschoben wird, wie es gerade passt. „Bitte, ich brauche wirklich deine Hilfe“, scheiß aufs Verzweifelt- Klingen, „es geht um die Götterwelt.“ Ich schließe meine Augen und bleibe im Dunkeln stehen, die Hände über dem Kopf zusammengefaltet. Um mich herum wird es hell, so hell, dass ich die Veränderung sogar durch meine geschlossenen Augen wahrnehme. Bedacht öffne ich sie und blinzle mehrmals, es ist viel zu hell und ich habe Angst zu erblinden. Schließlich halte ich mir schützend eine Hand an die Schläfe, um meine Augen ein wenig vor der Helligkeit zu schützen. Dann reißt der große Lichtkegel mit einem Mal wieder ab und ich stehe im Dunkeln, oder immerhin im beinahe Dunklen. Vor mir steht jetzt jemand – eine leuchtende Gestalt. Scheinbar menschlich und zugleich doch das Magischste, was ich jemals gesehen habe. Gehüllt in ein wunderschönes weißes Gewand, welches ganz sanft ihre Konturen umspielt und doch beinahe so aussieht, als wäre es bloß Illusion und dazu langes goldenes Haar. „Aphrodite“, keuche ich vollkommen erstaunt. Ich bin nicht mehr Herr meiner eigenen Worte, vermutlich starre ich einfach nur, aber etwas anderes ist auch gar nicht möglich. Wer auch immer sie zur Göttin von Schönheit und Liebe gemacht hat, wusste, was er tut. „Henry, du hast es lange ausgehalten“, antwortet sie mir, und ich weiß nicht, ob sie dies schon vor Minuten gesagt hat oder erst gerade eben, denn noch immer stehe ich in ihrem Tempel und habe alles um mich herum vergessen. Schmerz, Leid, meine

Mission. Meine Mission, meine Mission. „Ähhh… ja, natürlich. Ich benötige Ihre Hilfe“, presse ich endlich hervor und schaue ihr direkt in die Augen. „Ich weiß, das sagtest du bereits in deiner Verzweiflung, ich habe nur gewartet, um zu sehen, ob es dir wirklich ernst ist. Du musst wissen, viele Menschen kommen täglich hierher und ´brauchen meine Hilfe´, wenn du verstehst, was ich meine“, sie grinst mich wissend an und ich nicke nur. Dann macht sie eine leichte Kopfbewegung und deutet mir, ihr zu folgen. Nur diese kleine Bewegung löst einen Lufthauch aus, der zu mir hinüberweht und eine Gänsehaut auf meinem gesamten Körper verursacht. Ich muss mich jetzt aber zusammenreißen und jedes Detail berichten, denn allein finde ich Lydia niemals in diesem Labyrinth von Stadt und mich überkommt das Gefühl, dass sie dringend Hilfe benötigen könnte. Also konzentriere ich mich und folge der magischen Gestalt hinaus aus dem Hauptsaal des Tempels und durch eine Tür hinaus ins nächtliche Rhodos. Ohne dass ich frage, antwortet sie mir: „Mach dir keine Sorgen, die Menschen können uns weder sehen noch hören. Ich verschleiere uns hinter einem Glanz, so können wir ungestört miteinander sprechen und während wir alles sehen und hören können, sind wir für die Außenwelt unsichtbar.“ Ich nicke nur und beginne dann meine Erzählung: „Vor kurzem ist die Wächterin der Welten, Mrs. Abernathy, von der B.O.S.C. ermordet worden, weil sie den Schlüssel und die Geheimnisse der Bibliothek an eine Nachfolgerin übergeben hat – Lydia. Diese hat von ihr die Aufgabe bekommen, die verlorenen Bücher der Gottheiten zurückzubringen und die Welten somit vor der B.O.S.C. zu schützen, doch natürlich ist diese sofort aus London angereist, um ihre Mission zu verhindern. Lydia hat es schon zu Medusa und zu Athene geschafft, jetzt ist sie auf dem Weg zu dir. Auf dem Weg hierher haben es einige Männer der B.O.S.C. ebenfalls durchs Portal geschafft und ich habe Lydia verloren…" Aphrodite starrt mich ungläubig an, bevor sie mich unterbricht: „Wenn ich fragen darf, wie stehen du und Lydia in Verbindung?" Ich hole tief Luft und überlege kurz, ihr eine Lüge über mich zu erzählen, doch schließlich entscheide ich mich für die hässliche Wahrheit. „Ich bin der Sohn des Chefs der B.O.S.C. aus London und wurde mit diesem Vorfall in meine erste Mission im Namen der Organisation berufen. Jedoch verachte ich meinen Dad und seine Arbeit und habe Kontakt zu Lydia geknüpft, habe versprochen, ihr zu helfen und mich gegen meinen Dad und seine Männer gestellt. Genau deshalb bin ich hier, ich bin auf der Flucht und gleichzeitig auf der Suche nach Lydia.", Aphrodite ist im Schock, also falls Gottheiten solche Emotionen spüren können, worüber ich mir nicht wirklich sicher bin. „Mrs. Abernathy ist also tot?", fragt sie schließlich nach einer ewigen Stille. „Ja, sie haben sie erschossen und Lydia hat sie gefunden…", mir bleibt der Rest meines Satzes im Hals stecken, weil ich nur von der Vorstellung unbegreiflich traurig werde und mir gar nicht ausmalen möchte, wie es gewesen sein muss. „Wow, sie war die beste Hüterin, die wir jemals hatten, ich… das tut mir leid. Standen sie und Lydia sich nahe?“ „Ich weiß es nicht genau, aber ich glaube schon.“ Erneut legt sich Stille über uns, eine unruhige Stille, denn ich merke, wie Aphrodite nach Worten und Gesten sucht, um sich mitzuteilen. Beruhigend zu wissen, dass selbst Gottheiten nicht alles wissen. „Wie kann ich dir helfen?“, ich atme auf. „Zuerst muss ich Lydia finden, damit du ihr dein Buch geben kannst und sie es zurück in die Bibliothek bringt und dann muss ich zu Zeus. Er muss wissen, dass die B.O.S.C. hier ist, die Götter müssen alle gewarnt werden und sich zusammentun. Diese Männer werden nicht stoppen, bevor sie alles hier unter ihre Kontrolle gebracht haben und ich kenne meinen Dad, er ist einer der grausamsten Männer dieser Welt“, ich wische mir nervös übers Gesicht, denn alle meine Muskeln sind so angespannt, dass es sich anfühlt, als würde ich auseinanderreißen. „Wir finden Lydia und werden sie zunächst sicher zurück in die Bibliothek bringen, dann sehen wir weiter. Du bleibst bei mir, du darfst nicht noch einmal von denen gefunden werden… ich kenne deinen Dad auch aus früheren Zeiten und ich habe vor wenig Angst, aber…“, sie schaut in die Ferne und wechselt schließlich das Thema: „Lass mich dich zu Asklepios bringen, deine Wunden müssen unbedingt versorgt werden.“ Völlig verwirrt von dem abrupten Ende ihres Satzes frage ich nur: „Wa…was?“ „Asklepios, der Gott der Medizin. Ich bringe dich in seinen Tempel, gib mir deine Hand.“ Ich bin kurz davor, es zu tun, doch dann kommt ein Gedanke an Lydia in meinen Kopf und ich habe auf einmal ein komisches Bauchgefühl. Ein Gefühl, das mir sagt, Lydia braucht ebenfalls Hilfe und ich ziehe meine Hand zurück. „Bitte, lass uns Lydia suchen. Ich glaube, sie braucht auch Hilfe“, sage ich flehend. „Du glaubst?“, Aphrodite schaut skeptisch. „Ich glaube, genau wie ich zuvor an dich geglaubt habe und ich weiß, es ist nur ein Glaube, nur ein Gefühl, aber es ist stark. Bitte.“ Sie nickt mir anerkennend zu und läuft weiter, so als wüsste sie ganz genau, wo wir hinmüssen. „Glaube ist gut, wichtig sogar. Ohne Glaube gäbe es mich nicht und auch keinen einzigen Tempel. Ohne Glaube gäbe es diese Welt nicht. Deshalb hör niemals auf zu glauben, egal woran. Jetzt komm – ich weiß, wo wir Lydia finden.“

Neunundzwanzigstes Kapitel

Lydia

Inzwischen liege ich schon so lange, dass ich nicht mehr weiß, ob ich noch Muskeln habe. Generell weiß ich sehr wenig, denn mein Kopf ist vollkommen benebelt und ich bekomme nichts mit. Alles zieht wie ein stockender Film an mir vorbei, ständig rauscht alles, dann wird es um mich herum dunkel und dann ist da die Stille. Wenn ich dann etwas sehe, kann ich nichts sagen, denn nur wenn ich dazu ansetze, steht der Schweiß auf meiner Stirn. Ich spüre so viel Schmerz, er ist überall, nicht nur in meinem Fuß, auch in meinem Bein, meiner Hüfte und meinem Arm. Alles tut weh und ich weiß wenig, doch ich weiß ganz genau, dass dies kein gutes Zeichen ist. Das Rauschen um mich herum gehört zu den Menschen, die immer mal wieder bei mir sind, doch ich habe das Gefühl, dass ich immer mehr Zeit im Dunkeln verbringe. In diesem Dunkel wartet mein größter Horror, denn ich sehe die Männer und die tote Mrs. Abernathy, ich sehe Henry und wie ihm wehgetan wird. Ich sehe den Schmerz in Medusas Augen und den Jungen, mit dem ich im Schloss war – den Jungen, der mich so verletzt hat. Ich sehe eine Mischung aus all den schlimmsten Erinnerungen und Gedanken meines Lebens und versuche immer wieder, mich aus ihnen heraus zu kämpfen. Meine Kraft wird jedoch stetig weniger, meine Sprache kommt nicht zurück und der Schmerz breitet sich aus. Er umrankt mich wie eine Rose und drückt seine Stacheln tief in meine Haut. Ich frage mich, wie lange er das noch tun wird und wünsche mir, es wäre bereits vorbei. Inzwischen hat sich neues Rauschen unter das bisherige gemischt. Meine Augen gehen kaum mehr auf, aber ich spüre die Anwesenheit eines vertrauten Menschen und hoffe so sehr, dass es Henry ist. Jemand berührt meine Hand und hält sie fest. Jemand unterhält sich, zumindest glaube ich das. Doch dann kommt das Rauschen wieder und Bewegung – zu viel Bewegung. Sie zieht mich wieder zurück ins ewige Schwarz und neben dem Schmerz ist da jetzt noch ein Gefühl. Dieses sagt mir, dass die Schwärze endgültig ist.

Dreißigstes Kapitel

Henry

Aphrodite hat es geschafft und uns auf direktem Weg zu Lydia geführt. Wir befinden uns in dem hinteren Flur einer kleinen Taverne. Die Wirtsleute haben Lydia vor einem Tag in ihrem Keller gefunden, dort soll sie gesessen haben. Sie hatte eine Verletzung am Kopf, direkt über dem Auge und noch eine Verletzung am Fuß. Mir stockt der Atem, als ich all das höre. Ich sehe mich um, in dem Hauptraum hinter uns stehen zwei längere Holztische mit Bänken zu beiden Seiten und einem Ausschank. In dem Raum, in dem ich stehe, hängen Bilder von Gottheiten. Zur einen Seite führt eine Treppe hinab, ich nehme an in den Keller und auf der anderen Seite ist ebenfalls eine Tür. Ich blicke zu Aphrodite, die zwar weiterhin hinter ihrem magischen Schleier verhüllt, jedoch trotzdem für mich sichtbar ist. Sie begegnet meinem Blick und legt mir eine Hand auf die Schulter. „Wo ist Lydia? Wie geht es ihr?“, frage ich schließlich und hatte noch nie in meinem Leben mehr Angst vor einer Antwort als jetzt gerade. Die Wirtsleute schauen sich zuerst gegenseitig an, dann blicken sie betroffen zu Boden. Mein Herz beginnt, ein Wettrennen gegen sich selbst zu führen und wäre die Hand Aphrodites nicht auf meiner Schulter und würde mich stützen, so würde ich auf der Stelle umfallen. „Deine Freundin, sie… ihr Fuß ist gebrochen und der Bruch war offen. Sie meinte zu uns, sie sei hingefallen und trotz Schmerzen noch einmal aufgestanden und weitergelaufen. In die Wunde ist Dreck eingedrungen. Wir haben zwar versucht, sie zu behandeln, aber über die letzten Tage hat sie sich entzündet. Als wir sie in unserem Keller gefunden haben, war sie kaum noch bei Sinnen…“, der Wirt stockt und holt tief Luft, „Ich glaube, ihr Blut ist dabei zu vergiften. Wir haben versucht, es zu stoppen und zu heilen, doch unsere Kräutertinkturen haben nicht ausgereicht…“ Ich höre nicht mehr zu, stürze stattdessen kopfüber in die Panik und renne auf die Tür zu meiner linken zu. Mit voller Wucht reiße ich sie auf und da liegt Lydia, beziehungsweise das, was von ihr übrig ist. Sie ist blass, ihre Augen sind geschlossen, ihre Lippen sehen aus wie Sandpapier und ihre Atmung ist flach. Neben ihr hängt der linke Arm aus dem Bett und als ich mich hinsetze und die Decke zur Seite schlage, entdecke ich den roten Faden, der von ihrem Fuß ausgehend an ihr heraufklettert. Ich halte ihre Hand und streiche mit meinen Fingern sanft über deren Innenseite. Eine Berührung ihrer Stirn, sie ist eiskalt und schwitzt trotzdem. Ich beginne zu weinen und es gibt nichts, was meine Tränen stoppen kann. Die gesamte Zeit hatte ich dieses komische Gefühl, dass irgendetwas nicht stimmen könnte, und ich hatte Recht. Mir ist speiübel und die Gedanken schlagen wie Blitze in meinen Kopf ein, sodass ich damit zu kämpfen habe, nicht zusammenzubrechen. Ich halte ihre Hand so fest ich kann und wiederhole immer wieder ihren Namen. Lydia, Lydia, Lydia. Unsanft stolpere ich über die Buchstaben und ich habe solch eine Angst. Ich fühle ihren Puls, er ist noch da. Dann drehe ich mich um und sehe Aphrodite hinter mir. Hastig nicke ich der Göttin zu – sie kommt einen Schritt auf uns zu, berührt uns beide und wir werden in einen Strudel gezogen. Ich lasse Lydia nicht eine Sekunde lang los und schwöre mir, dass ich das nie wieder tun werde. Wenn sie das hier nicht übersteht, dann möchte ich ebenfalls gehen. Bevor ich sie kannte, war meine ganze Welt ein schwarzes Loch und ich habe immer nur Wut, Schmerz und Hass gespürt. Gegenüber mir, gegenüber meinem Dad und gegenüber allen anderen, die glücklicher waren als ich. Schon als ich sie das erste Mal gesehen, das erste Mal in den Arm genommen habe, wusste ich, dass wir eine Verbindung haben. Keine Ahnung welche, aber wir haben eine und diese ist verdammt stark. Genau deshalb muss ich jetzt stark für sie sein und auf sie aufpassen, heute und für immer. Sie darf nicht sterben, das darf sie nicht. Das dürfen wir nicht.

Irgendwann endet der Strudel und wir sind in einem neuen Tempel. Lydia liegt am Boden, ich knie neben ihr und halte ihre Hand. Aphrodite sagt zu mir: „Ich hole Asklepios, warte hier mit ihr. Ich bin gleich zurück.“ Ich nicke und wende mich zu Lydia. „Alles wird gut, du bist in Sicherheit und gleich wird dir geholfen und dann wird alles gut. Ich verspreche es dir, okay? Ich verspreche es dir!“, ich wiederhole es immer wieder und weiß gar nicht, ob ich es wirklich ihr verspreche oder mir selbst. Wie auch immer es ist, ich halte sie fest und lasse sie nicht aus den Augen. Starre die ganze Zeit auf ihren Brustkorb und die leichten Hebungen und Senkungen sowie auf den roten „Faden“, der beinah an ihrem Schulterblatt angekommen ist. Auch wenn ich mich mit medizinischen Notfällen nicht sonderlich gut auskenne, weiß ich, dass es zu spät ist, sollte dieser an ihrem Herzen ankommen. Mein eigener Körper lässt immer mehr nach und als Aphrodite nicht zurückkehrt, lege ich mich neben Lydia. Immer noch versuche ich, sie im Blick zu behalten, damit mir nichts entgeht, doch dann fallen meine Augen zu und ich verliere den Kampf gegen die Erschöpfung. Ich bin einen Moment lang unaufmerksam und verliere im nächsten das Bewusstsein.

Einunddreißigstes Kapitel

Henry

Gestorben bin ich nicht und ich liege auch nicht mehr auf dem Tempelboden, sondern in einem Bett. Das Stroh der Matratze piekst mir leicht in den Rücken, ich nehme mich selbst und meine Anwesenheit wahr, dann starre ich an die Decke und versuche, die Ereignisse zusammen zu sammeln. Plötzlich sitze ich kerzengerade im Bett und mein Herz beginnt, sofort wieder zu rasen und unruhig in meiner Brust zu tanzen. Lydia. Ein Wort, ein einziger Gedanke, doch ich weiß plötzlich ganz genau, was alles passiert ist. Mir wird auch bewusst, dass meine eigene Wunde so schlimm gewesen sein muss, dass sie mir das Bewusstsein geraubt hat, dabei hatte ich sie eigentlich die gesamte Zeit über gar nicht mehr gespürt. Ich stehe auf, meine Beine funktionieren, nur mein Kopf fühlt sich noch etwas schwer an. An der Wand gegenüber des Bettes ist ein Spiegel angebracht, in dem ich mich jetzt betrachte: seit ich London verlassen habe, ist es das erste Mal, dass ich mich selbst sehe. Der letzte hasserfüllte Blick galt mir an meinem Geburtstag, doch mit diesem Jungen habe ich nicht mehr sehr viel gemeinsam. Er war angsterfüllt und gefangen in sich selbst, feige, weil er sich nie getraut hat, gegen seinen Dad anzukämpfen. Das bin ich nicht mehr, jetzt bin ich auf der Flucht und zum ersten Mal in meinem bisherigen Leben tue ich etwas, von dem ich wirklich überzeugt bin, dass es das Richtige ist. Als ich mich jetzt ansehe, kann ich mir sogar selbst in die Augen schauen und ich erkenne den Kratzer auf meiner Wange. Die Wunde an meiner Schläfe ist verbunden und das Blut ist weg, der Schmerz pocht noch leicht, aber das sind Vergänglichkeiten. Was jetzt wirklich zählt, ist Lydia und deshalb verlasse ich mein Zimmer. Vor meinen Augen erstreckt sich ein langer, dunkler Gang mit vielen Türen zu beiden Seiten. Ganz am Ende ist ein großes Fenster, durch welches Sonnenlicht hineinscheint. Mit einem mulmigen Gefühl im Bauch gehe ich den Gang entlang, bleibe an jeder Tür stehen und lege mein Ohr daran, in der Hoffnung, ein Lebenszeichen von Lydia zu hören. Letztendlich bleibe ich vor dem Fenster stehen und schaue für einen Moment den Vögeln am Himmel zu.

„Du bist wach, das ist gut“, ich fahre herum und mir gegenüber steht ein Mann, es ist Asklepios, der Heiler. „Ja, danke“, sage ich, „können Sie mir sagen, wo Lydia ist?“ „Ich konnte mir denken, dass du nach ihr fragst, nicht umsonst geht ein Junge jede Tür ab und lauscht aufmerksam in die Stille hinein“, er lächelt, „komm doch bitte mit.“ Er leitet mich den gesamten Gang zurück, vorbei an der Tür zu meinem Zimmer und durch den Tempel hindurch auf die andere Seite. Dort erstreckt sich ein ähnlicher Flur, nur mit weniger Türen. Vor einer bleibt er stehen und sieht mich an: „Sie ist noch nicht wach und ich weiß auch nicht, wie lange es dauern wird. Die Vergiftung ist behandelt, der Bruch auch. Du musst also noch Geduld haben, kannst aber gern bei ihr sein. Es ist sicher gut, wenn sie jemanden Vertrautes sieht, sobald sie aufwacht.“ Ohne nachzudenken, umarme ich den Gott. „Danke, tausend Dank!“, sage ich und er streicht mir mit einer sanften Handbewegung über den Kopf. Dann lasse ich ihn los und schaue nur mit großen Augen zu ihm auf. „Entschuldigen Sie“, stammle ich und noch bevor er etwas antworten oder mich aus seinem Tempel werfen kann, drücke ich den Türdrücker nach unten und betrete den Raum.

Zweiunddreißigstes Kapitel

Lydia

Licht und Wärme – nicht um mich herum, sondern in meinem Inneren. Das sind die ersten Gefühle, die ich wahrnehme, als ich wieder zu mir komme. Vorerst öffne ich nicht meine Augen, weil ich Angst davor habe, was mich erwarten könnte. Ich fokussiere mich also erst auf meine anderen Sinne und teste, ob sie funktionieren: angestrengt lausche ich und nehme neben meinem eigenen noch einen fremden Atem wahr, außerdem spüre ich etwas relativ Weiches unter mir und schmecke etwas Salziges, als ich mit meiner Zunge über meine Lippen fahre. Es riecht nach Lavendel und Kräutern und ein Lächeln breitet sich in mir aus. Meine Sinne funktionieren, ich bin also nicht gestorben. Ganz vorsichtig öffne ich meine Augen und blinzle ein paar Mal, damit ich mich an das Licht um mich herum gewöhnen kann. Es funktioniert und ich schaffe sogar, meine Augen offen zu lassen. Im Augenwinkel kann ich Umrisse erkennen und drehe meinen Kopf auf dem Kissen zur Seite. Dafür werde ich leider mit Schwindel bestraft, doch ich muss trotzdem wieder lächeln und diesmal wirklich, denn die Umrisse gehören zu Henry. Er steht am Fenster gegenüber meines Bettes und schaut hinaus. Er ist hier und soweit ich das ausmachen kann, geht es ihm gut. „Henry“, krächze ich – meine Stimme ist lädiert, aber immerhin funktioniert sie. Nur zu leise, denn er hat es nicht gehört, also ein zweiter Versuch: „Henry…“, diesmal bewegt er sich. Henry dreht sich um und unsere Blicke treffen sich, sofort läuft er auf mein Bett zu und setzt sich auf die Kante, nimmt meine Hand und schaut mich einfach nur an. Jetzt aus der Nähe muss ich feststellen, dass er einen Verband um den Kopf trägt und einen riesigen Kratzer auf der Wange hat. Ich hebe meine Hand und lege sie behutsam an die Stelle der Wunde. Für einige dunkle Momente dachte ich, dass ich ihn niemals wieder sehen würde, doch er ist da und bei mir. Meine Ungläubigkeit darüber ist noch immer groß und ohne, dass ich es bemerke, fließen Tränen mein Gesicht hinab. „Ich dachte, ich hätte dich verloren…“, sagt Henry und der Schmerz in seiner Stimme ist greifbar. „Das dachte ich auch und es war der schlimmste Gedanke, den ich jemals ertragen musste.“, flüstere ich ihm zu. Es ist ernst gemeint und sein Blick sagt mir, dass er das weiß. Es herrscht Stille und wir sehen uns an, ich lasse meinen Kopf tief in das Kissen unter mir sinken. „Henry, könntest du schauen, ob es irgendwo Wasser gibt, mein Hals ist so trocken.“ Sofort steht er auf, verspricht mir aber schnellstmöglich zurück zu sein. Dieser sonderbare Mensch, den ich doch bisher so wenig kenne und bei dem ich trotzdem das Gefühl habe, dass er auf irgendeine Art und Weise ein Teil von mir ist. Bis er zurückkehrt, vergehen nur wenige Minuten – wenn einer Versprechen hält, dann Henry. Ich greife mit meinen Händen nach den Bettkanten zu beiden Seiten und versuche, mich daran hochzuziehen, sodass ich aufrecht sitze. Mein Kopf dröhnt und als ich mit meiner Hand daran fasse, spüre ich zum ersten Mal, dass auch ich einen Verband um den Kopf trage. Dankbar trinke ich schließlich das Wasser. „Sie haben mich verfolgt“, sage ich in die Stille hinein, „ich hatte es gerade in die Stadt geschafft und dann waren sie da. Es waren zwei und ich musste rennen, aber meine Beine waren schon so schwer und ich bin gefallen. Ich dachte, es würde gehen, aber mein Fuß tat so weh. Am Ende bin ich trotzdem weitergerannt, einfach weil ich solche Angst hatte und dann war da dieses Loch im Boden und ich bin ins Dunkel gesprungen. Danach weiß ich wenig, hauptsächlich erinnere ich mich nur an die Schmerzen.“ Ich hole Luft und lehne mich ein Stück zurück, sodass ich mich mit dem Rücken an der Wand anlehnen kann. „Ich wurde auch verfolgt, aber habe es nicht geschafft. Sie haben mich eingeholt und ausgefragt, als ich nicht antworten wollte, hat mich einer von ihnen so sehr geschlagen, dass ich das Bewusstsein verloren habe. Aufgewacht bin ich in einem neuen Lager mitten in der Stadt, von dort aus habe ich mich weggeschlichen und bin zum Tempel von Aphrodite gegangen. Ich wusste, dass ich dich entweder dort treffe oder mir Aphrodites Hilfe holen kann, um dich zu finden.“ „Danke, dass du so mutig bist. Ich hatte solche Angst um dich, weil ich nicht wusste, was sie dir antun würden.“ Henry lächelt müde und ich ergreife die Chance nach einer riskanten Frage: „Hat er dich auch geschlagen? Dein Dad?“, die Frage trifft ihn und ich bin kurz davor, sie zurückzuziehen und aus Scham für immer in meinem Kissen zu versinken, doch dann antwortet er: „Nein, das musste er nie. Er hat mich anders kontrolliert, mir immer davon erzählt, wie wichtig seine Arbeit ist und, dass er das Richtige tut. Er hat mir gezeigt, was mit Menschen passiert, die nicht machen, was er sagt. Ich wusste immer, dass ich ohne ihn nichts bin und auch nichts schaffen werde. Ich wusste auch, dass es nichts bringt, mich gegen ihn aufzulehnen, weil ich nur ihn hatte. Er ist furchtbar und jetzt sogar mein Boss, aber er ist auch mein Dad und ich liebe ihn. Also habe ich irgendwann angefangen, seine dunklen Seiten zu akzeptieren und der Schmerz ist bei mir zuhause eingezogen. Aber nein, er hat mich nie geschlagen, auch wenn ich glaube, dass er das manchmal wirklich gern wollte. Wer weiß schon, was ihn davon abgehalten hat. Ich habe mir immer gesagt, dass er es nicht getan hat, weil er mich auch liebt. Spätestens jetzt ist das jedoch endgültig vorbei…“ Henry blickt an die Decke und seine Stimme ist zittrig, ich weiß, dass er mit den Tränen kämpft, und es tut mir so leid. Ich wünschte, irgendetwas tun zu können, um ihm einen Teil seiner Last abzunehmen. Doch leider weiß ich gut genug, dass dies nicht geht und, dass jeder Mensch sein eigenes Leid tragen muss, und zwar für immer. Man kann es vielleicht über die Jahre leichter werden lassen, aber man wird es nie wieder komplett ablegen können. „Das tut mir leid, aber ich bin mir sicher, dass er dich immer noch liebt. Genauso wie du ihn und dass, obwohl du genau weißt, wer er ist.“ Unsere Blicke treffen sich: „Was ist mit dir?“, fragt er schließlich und fährt sich mit seiner Hand nervös durch die Haare, „Ich meine, irgendeinen Grund muss es ja geben, dass deine beste Freundin eine 60-jährige Bibliothekarin ist?“ Ich muss grinsen, denn er hat nicht von „war“, sondern „ist“ gesprochen und allein für diese Kleinigkeit könnte ich ihm um den Hals fallen. „Ich bin nicht in England geboren, sondern zugezogen. Bis meine Oma gestorben ist, haben wir bei ihr in Deutschland gelebt. Es waren immer meine Mum, meine Oma und ich. Seit wir in England sind, gibt es meine neue Familie mit meinen kleinen Schwestern und meinem Dad. Nur neue Freunde habe ich nie richtig gefunden. Einmal habe ich einen Jungen kennengelernt, von dem ich dachte, er würde mich wirklich mögen. An einem Tag sind wir gemeinsam zum Schloss, doch dort hat er mich überrumpelt und wahnsinnig verletzt… ich, er… hat mich berührt und geküsst und ich wollte das nicht – es war furchtbar. Jedenfalls hat Mrs. Abernathy mich gefunden und mich mit zu sich in die Wohnung genommen. An dem Tag hat sie mich gerettet und ich bin danach immer wieder zu ihr gekommen. Sie hat mir die Bibliothek vorgestellt und ab dem Zeitpunkt brauchte ich keine Angst mehr haben, weil ich einen Ort gefunden hatte, an den ich immer gehen konnte.“ „Mein Dad hat dir diesen Ort genommen…“, da ist Wut in seiner Stimme. „Vor allem hat er mir Mrs. Abernathy genommen und das auf die grausamste Art.“

Wieder starren wir uns nur an und niemand traut sich, etwas zu sagen. Die Atmosphäre zwischen uns ist so gebrechlich wie Glas und wir fürchten uns beide vor Scherben. „Ich muss unbedingt das Buch von Aphrodite holen und zurück in die Bibliothek.“ Das Glas um uns herum bleibt unberührt und Henry kommt aus seinen Gedanken zurück in unsere Welt: „Ich werde mit Asklepios sprechen und fragen, wann du wieder belastbar bist und dann gehen wir zu Aphrodite. Mit ihr müssen wir uns einen Plan überlegen, wie wir dich sicher zurück auf das Schlossgelände bekommen können“, seine Stimme ist klar und seine Worte nachdrücklich, „ruh dich am besten noch etwas aus und dann sehen wir weiter.“ Henry steht auf, die Matratze unter mir fühlt sich plötzlich fürchterlich fremd an, ohne sein zusätzliches Gewicht. Ich schaue ihm nach, soweit ich mit still liegendem Kopf kann und höre schließlich, wie die Tür hinter ihm zufällt. Ich schlafe nicht wieder ein, sondern überdenke die Worte über seinen Dad und merke, dass es manchmal vielleicht doch besser ist, keinen biologischen im Leben zu haben als einen, der dich immer nur verletzt.

Dreiunddreißigstes Kapitel

Henry

Als ich gerade das Zimmer verlassen und die Hand immer noch am Türdrücker habe, steht Asklepios vor mir. „Ihr müsst sofort zu Aphrodite in den Tempel", sagt er ernst, „die Männer sind überall in Rhodos gesichtet worden und haben Menschen verletzt. Sie suchen euch und werden mit der Brutalität nicht aufhören, bevor sie euch nicht gefunden haben." All diese Informationen sind zu viel, um sie auf der Stelle zu sortieren, also schaue ich Asklepios einfach nur an. „Bitte hol Lydia und dann kommt ihr in die Mitte des Tempels. Sofort." Der Gott dreht sich auf der Stelle um und gleitet davon, mit pochendem Herzen öffne ich die Tür erneut. Diesmal wesentlich unsanfter und viel weniger bedacht als vorhin. Ich stürme auf Lydia zu und sage nur: „Wir müssen los, jetzt sofort…", sie unterbricht mich: „Ich weiß, ich habe das Gespräch gehört." Ihre Augen sind leer und die zurückgewonnene Farbe ist ihrem Gesicht längst wieder entwichen. Ich gehe noch näher auf sie zu und hebe sie hoch, sie legt ihre Arme um meinen Hals und ich trage sie aus dem Raum und durch den Flur zurück in den Tempel. Asklepios sieht uns beide an: „Aphrodite erwartet euch. Ich wünsche euch alles Gute!“ Wir haben nicht einmal mehr Zeit, uns zu bedanken, denn sofort ergreift uns eine Kraft und zieht uns mit sich. Unsere Finger sind ineinander verschränkt und die einzige Ruhe in diesem Sturm. Der Aufschlag im Tempel ist unsanft und ich sorge mich um Lydias Fuß, doch sie lächelt mich an und versichert mich, dass es ihr gut geht. Sofort kommt Aphrodite auf uns zugeeilt, ihre anmutige Erscheinung ist erschüttert und ich weiß, dass hier noch viel mehr im Argen ist, als der Heiler bereit war, mir eben zu berichten. „Sie verwüsten die ganze Stadt, sie setzen Häuser in Brand und verletzen Menschen…“, Aphrodite schluckt, „Lydia, sie haben die Taverne gefunden, in der du versteckt warst – und sie haben die Wirtsleute umgebracht.“

Vierunddreißigstes Kapitel

Lydia

Am allerliebsten würde ich weglaufen, doch ich kann nicht. Mein Fuß erlaubt es mir gerade so, zu stehen und das auch nur, wenn ich gestützt werde. Selbst das ist schon Fortschritt. Doch jetzt gerade schreit alles in mir danach, wegzulaufen und ich kann es nicht, stattdessen bin ich in meinem eigenen Körper gefangen. Die Wirtsleute sind tot, die Menschen, denen ich mein Leben verdanke. Ich kannte sie nicht, aber sie haben mir geholfen und haben eine Fremde in ihr Haus gelassen. Sie sind tot, meinetwegen tot. Das ist zu viel, das wollte ich nie. So etwas sollte niemals passieren, das war nicht vorbestimmt. Ich sollte doch bloß die Bücher zurück an ihren Platz bringen und alle schützen. Was habe ich getan? Was tue ich? Menschen leiden, Menschen sterben, die Götter sind in Gefahr… „Lydia, Lydia, alles wird gut. Hey, alles wird gut“, Henry spricht mir gut zu und legt seine Hand um meine Schulter. Ich höre seine Stimme bloß aus der Ferne, fühle mich, als wäre ich gar kein Teil dieses Raums mehr, sondern bloß eine Hülle, zusammengesetzt aus unvorstellbarem Schmerz. Henry verstärkt den Druck an meinem Schulterblatt und ich falle in seine Arme. Die Welle spült mich weg, sie möchte mich ertränken, doch ich kralle mich an

seinem Shirt fest, vergrabe meinen Kopf an seiner Brust und halte mich fest. Er fängt mich auf und so halte ich dem Schmerz stand und kann ihm Einhalt gebieten – zum allerersten Mal in meinem Leben fühle ich mich mit Tränen in den Augen stark. Die Vorstellung, dass andere Menschen meinetwegen leiden mussten und müssen, zehrt von mir, auf der anderen Seite ist jedoch noch ein anderer Gedanke und der hält mich über Wasser: all das hier kann enden, es ist noch nicht verloren. Vielleicht haben wir teils zu viel Zeit
gebraucht und mussten Rückschläge einstecken, aber es ist nicht verloren. Henry stützt mit seiner Hand meinen Hinterkopf und fährt mir behutsam durch die Haare, während er mir immer wieder zuflüstert, dass alles gut wird und, dass wir es schaffen werden. Ich bin dankbar für seine Anwesenheit und fühle mich viel weniger angreifbar. Dieser Moment hält in seiner Grausamkeit und Brutalität auch eine Magie und ich weiß, dass es einer dieser entscheidenden ist, an den man sich erinnern kann, wenn alles aussichtslos sein sollte.

„Ich habe das Buch für euch gefunden, könnt ihr mit in meine Bibliothek kommen, bitte?“ Damit unterbricht Aphrodite den Moment und lässt die Zeit weiterlaufen. Wir lösen uns aus der Umarmung, Henry fängt die letzte meiner Tränen auf, dann lässt er mich bei sich einhaken und gemeinsam folgen wir Aphrodite. „Eure

Reise führt euch immer näher an den Olymp heran, das Buch in meinem Besitz ist das von Hermes." In der Hand hält sie ein schlichtes, dennoch dickes Buch mit vergoldeten Seitenkanten. Sie übergibt es mir und ich halte es ehrfürchtig in meinen Händen, denn damit hat sie mir neue Verantwortung übergeben. „Wie viele Männer befinden sich im Moment noch in der Bibliothek?", fragt Aphrodite, während sie mit dem Rücken zu uns steht und nach draußen schaut, so als würde sie erwarten, dort die Antwort auf ihre Frage zu bekommen. Ich kann mich nicht erinnern und blicke zu Henry, er scheint angestrengt zu überlegen und zu zählen: „Elf sind dort, drei wurden zurück nach London bestellt, sechs sind hier beziehungsweise fünf, weil ich nicht mehr dabei bin." „Elf gegen eins. Das wird nichts, du kannst unmöglich einfach so zurück in die Bibliothek spazieren", stellt Aphrodite fest und dreht sich um, sodass sie uns nun wieder direkt zugewandt ist, „Gibt es einen Hinter- oder Geheimeingang, den du benutzen kannst?" Sie schaut nun direkt auf mich. Ich zucke mit den Schultern, denn das weiß ich wirklich nicht. Es war bisher nicht nötig, mir darüber Gedanken zu machen. Es kehrt also Stille ein und wir drei stehen da und zerbrechen uns die Köpfe, doch meiner tut bei jedem Gedanken noch immer weh und ist weiterhin schwer, was es nicht gerade erleichtert, einen Vorschlag zu machen. „In der Mauer ist eine Lücke…", sagt Henry in die Stille hinein. Aphrodite schaut verwirrt und auch ich bin überrascht, woher er so etwas wissen sollte. „In der

Schlossmauer ist eine Lücke“, wiederholt er, „in der einen Nacht war ich im Park spazieren und da habe ich die entdeckt und konnte ins Schloss gelangen. Wenn du das schaffst, dann könntest du von dort in den Saal. Dort ist ein Balkon, der dir Sicht über den gesamten Park verschafft.“ Er schaut uns an, seine Augen leuchten und mein Herz tut es auch, denn ich habe seine Augen noch nie so leuchtend gesehen und weiß, dass es Stolz ist. „Wenn ich es also schaffen sollte, in den Saal zu kommen und du die anderen Männer irgendwie ablenkst, dann könnte ich von dort in die Bibliothek gelangen und das Buch einsetzen…“, ergänze ich. „Und könntest wieder verschwinden, bevor sie zurückkommen“, ergänzt Henry meinen Gedanken und nickt mir aufgeregt zu. „Wie willst du es schaffen, sie abzulenken?“, frage ich direkt darauf. „Allein meine Anwesenheit wird reichen, Lydia. Ich habe dich vor all diesen Männern schützen wollen und habe es geschafft, mich mit durchs Portal zu bewegen. Dann bin ich hier zweimal weggelaufen – ich denke, inzwischen werden alle Bescheid wissen. Nicht nur die Truppe hier oder die übrigen in der Bibliothek, sondern auch mein Dad und wenn ich Pech habe, warten dort noch mehr Männer, als wir jetzt denken.“ Meine Augen weiten sich und ich weiß, dass es wahr ist, möchte es jedoch nicht wahrhaben. Henry hat Recht, im Moment sind sie mehr darauf aus, ihn zu fassen, als mich. Er ist der Verräter und Verbündeter von mir. Sein Dad wird großen Gefallen daran finden, ihn genau das spüren zu lassen. „Wenn ich es schaffe, was wird mit dir sein? Ich kann dich nicht zurücklassen!“ Ich greife nach seiner Hand und schaue ihn an, seine Gesichtszüge sind nach all den Blessuren doch immer noch unerschüttert. „Es geht um dich, du bist der Schlüssel und wenn du es schaffst und alles gut geht, dann kannst du mich danach immer noch retten.“ Er umfasst ebenfalls meine Hand und trotz dessen fühle ich mich, als würde er gerade nach meinem Herzen greifen und es in meiner Brust zerdrücken. „Ich will dich aber nicht opfern, ich…“ „Du opferst mich nicht. Ich habe meinen Dad sechszehn Jahre lang ertragen, dann schaffe ich auch noch ein paar Tage oder Wochen mehr. Aber du musst diese Mission zu Ende bringen, sonst bin nicht nur ich in Gefahr, sondern wir alle.“ Jetzt schaltet sich Aphrodite in unser Gespräch ein: „Der Plan ist gut und ich denke, dass es so wirklich funktionieren kann. Ihr müsst bloß vorsichtig sein und dürft euch keine Fehler erlauben. Ich werde dafür sorgen, dass ihr außerhalb des Parks landet und ab dann seid ihr auf euch selbst gestellt. Ach, und eines noch, ich bin mir nicht ganz sicher, aber sollte ich mich recht erinnern, dann ist das Buch von Hermes das Vorletzte. Er selbst besitzt das seines Dads. Du musst also zu ihm und dann zu Zeus auf den Olymp. Das wird keine einfache Reise, aber wenn du eine Vollversammlung einberufst, dann werden wir uns dort wiedersehen und auch Athene wird dann dort sein. Wir können dir ab diesem Zeitpunkt wieder helfen, aber bis du dort angelangst, musst du es allein schaffen.“ Der Plan ist gut, das weiß ich und spüre es. Trotzdem möchte ich ihn nicht umsetzen, weil ich Henry nicht verlieren will und ihn nicht hilflos seinem Dad aussetzen kann. Auf der anderen Seite weiß ich, dass es unsere einzige Chance ist, dieses schreckliche Unterfangen zu beenden. Also schlucke ich die Angst herunter und lasse mich von Aphrodite in die Arme schließen. Sie ist so wunderschön, keine der Sagen und Geschichten wird ihr auch nur ansatzweise gerecht. „Wir sehen uns auf dem Olymp, Lydia. Du bist so stark." „Wir sehen uns auf dem Olymp."

Fünfunddreißigstes Kapitel

Henry

Teil eins des Plans hat bereits funktioniert: wir landen außerhalb des Schlossparks, irgendwo in der Mitte des kleinen Orts, in dem Lydias Familie lebt. Unsere Hände sind ineinander verschlungen und wir sehen uns an. In unserer beiden Augen spiegeln sich die Ereignisse der letzten Wochen wider, auch der damit einhergehende Schmerz hat seine Schatten hinterlassen. Trotzdem sind Lydias Augen die allerschönsten, die ich jemals gesehen habe. Nichts in aller Welt könnte ihr jemals ihre Schönheit nehmen, nicht einmal der Kampf um ihr eigenes Leben. Sollte das hier irgendwann ein Ende nehmen, dann werde ich nie wieder damit aufhören, sie anzuschauen und mich in ihrem Anblick zu verlieren. Doch für jetzt greift sie nach meinem Arm, hakt sich ein und zieht sich mit meiner Hilfe auf die Beine. „Wie geht es deinem Fuß?“, frage ich. „Ganz okay, er tut noch weh und ich werde definitiv langsamer sein als normalerweise, deshalb müssen wir Verfolgungsjagden möglichst aus dem Weg gehen.“ Selbst hier schafft sie es, zu lachen und mit einem Schmunzeln zu sprechen. Ich bin immer wieder beeindruckt von ihr und selbst dann, wenn ich denke, das wäre nicht mehr möglich, kommt Lydia und beweist mir das Gegenteil. „Wir müssen los“, sie rüttelt leicht an meinem Arm und ich löse meinen Blick von ihr. „Zeigst du mir den Weg?“ „Natürlich, Fremder“, sie zwinkert mir zu und die Schmetterlinge in meinem Bauch schlagen einen Salto.

Jeder unserer Schritte ist bedacht, unsere Blicke scharf und unsere Ohren gespitzt. Wir sprechen kaum, jede Unterhaltung ist auf das Nötigste begrenzt, denn die Gefahr entdeckt zu werden, ist viel zu groß. Der Weg dauert lang – nicht nur, weil wir aufgrund von Lydias Verletzung langsam laufen, sondern auch aufgrund des großzügigen Bogens, den Lydia einschlägt, um ihrer Familie aus dem Weg zu gehen. Gerade gilt äußerste Vorsicht und Wachsamkeit und das zu jeder Sekunde. Unsere Strecke führt uns über ein Feld am Rand der Ortschaft und durch ein kleines Wäldchen, welches uns letztendlich zum Eingang des Schlossparks führt. Jedoch nicht zu dem Eingang, den die B.O.S.C. mit den Autos benutzt hat als wir erstmals hier angerückt sind, sondern ein viel kleinerer und unscheinbarerer Einstieg direkt hinter dem Schloss. Er wird erst sichtbar, als wir direkt davorstehen. Um uns herum neigen sich die Bäume im Wind und vor unseren Augen wird die Schlossmauer sichtbar, an einer Stelle befindet sich eine offenstehende Holztür. Lydia kommt davor zum Stehen, dreht sich zu mir um und sagt nichts – nein, sie schlingt einfach nur ihre Arme um meinen Nacken und drückt sich ganz fest an meinen Oberkörper. Ich erwidere die Umarmung und lege meine Hände um ihre Taille, um sie noch ein Stück näher an mich heranzuziehen. „Egal was passiert, ich bin so dankbar, dass ich dich endlich kennenlernen durfte. Du bist der Teil von mir, den ich immer vermisst habe“, flüstert sie mir zu. Beinahe gehen ihre Worte im Wind verloren, doch ich fange sie auf und halte sie fest, damit ich sie von jetzt an immer wieder in meinem Kopf wiederholen kann. „Wir werden uns wiedersehen, das weiß ich. Wir gehören zusammen“, antworte ich ihr und kann spüren, wie sich ein kleines Lächeln auf ihrem Gesicht ausbreitet. Wir stehen noch einen ganzen Moment lang so da und halten uns einfach nur fest, denn für diesen Moment stoppen wir die Zeit und halten die Welt zusammen, zumindest die unsere. Als Lydia sich von mir löst, wird mir sofort kalt und ich greife nach ihrer Hand, dann treten wir durch die Tür und sind zurück auf dem Schlossgelände angekommen.

Sechsunddreißigstes Kapitel

Lydia

Es gibt diese Momente, von denen man bereits weiß, dass sie einem fehlen werden, noch während man sie erlebt. Diese kurze Zeit mit Henry vor dem Schlosspark ist so ein Moment und noch während ich seine Hand halte und das Gelände betrete, vermisse ich ihn bereits. „Ich gehe ums Schloss und schaue, ob jemand draußen ist“, flüstert er und plötzlich lösen sich unsere Hände voneinander. Ein schrecklicher Schmerz breitet sich aus, einer, den ich bisher nur von Mrs. Abernathy kenne – Vermissen. Ich stehe hinter dem Schloss, mein Herz klopft in meinen Ohren, ich bewege nervös meine Hand und schaue Henry hinterher, wie er erst auf das Gebäude zu und dann daran vorbeigeht. Ich weiß immer noch nicht, ob ich dazu in der Lage bin, diesen abstrusen Plan in die Tat umzusetzen, ob ich dazu bereit bin, ohne ihn in die Götterwelt zurückzukehren. Keine Zeit zum weiteren Nachdenken, denn Henry kehrt zurück. Mit schnellem Schritt läuft er auf mich zu, dann kommt er direkt vor mir zum Stehen. Seine braunen Haare hängen ihm wild im Gesicht und verdecken seine Augen, hastig wischt er sie sich zur Seite. Seine Hände zittern. „Sie sind draußen, alle von ihnen. Das heißt, die Bibliothek ist frei. Wenn ich es jetzt schaffe, sie abzulenken, musst du nicht mal den Umweg über den Saal nehmen, sondern kannst direkt zurück in die Bibliothek gehen. Folgendes – ich werde wieder zu diesem Ausgang rausgehen“, er zeigt auf den Durchgang in der Mauer, den wir soeben benutzt haben, „dann gehe ich an der Mauer entlang und vorne zum Haupteingang hinein. Wenn ich aufs Gelände komme, werde ich alle meine Bewegungen mit möglichst viel Geräusch ausführen, damit du weißt, wann die Bahn frei ist. Bis dahin musst du dich verstecken und wenn es so weit ist, gehst du direkt in die Bibliothek.“ Er sieht mich an, ich schaue zu Boden. Da sind Tränen in meinen Augen, sie drücken von innen dagegen und wollen geweint werden. Ich möchte nicht, dass er geht und erst recht nicht, dass er sich in Gefahr bringt. „Geh nicht“, flüstere ich und schaue ihn jetzt doch an, „bitte geh nicht, ich kann das nicht ohne dich.“ Er zieht mich zu sich heran und umarmt mich, noch fester als vorhin. Er streicht mit seinen Fingern durch meine Haare und sagt: „Wir schaffen das, das weiß ich und du weißt das auch. Ich werde auf mich aufpassen, ich bin denen schon zweimal entkommen, dann schaffe ich es auch ein drittes Mal.“

„Versprochen?“ „Versprochen.“ „Wenn du untertauchen musst, dann geh zu meiner Familie. Sag ihnen, dass es mir gut geht, aber erklär ihnen nichts. Sie werden dich lieben.“ „Versprochen“, wiederholt er und setzt einen Kuss auf die Stelle über meiner Augenbraue, wo ich mir den Kopf angeschlagen hatte. Ich lasse meine Hand ein letztes Mal seine Wange entlang wandern, über die

Stelle seiner Wunde bis hin zu seinem Kiefer. „Ich werde an dich denken“, hauche ich. „Und ich werde an dich denken, immer“, antwortet er. Ein letzter Blick und er verlässt das Gelände. Der Wind weht ihn davon, als wäre er nichts weiter als ein schöner Traum.

Siebenunddreißigstes Kapitel

Lydia

Ab jetzt heißt es: fokussieren. Sofort schaue ich mich um und suche nach einem passenden Versteck. Es muss so positioniert sein, dass ich nicht zu weit vom Gebäude entfernt bin, damit ich alles höre. Außerdem muss es so sein, dass ich meinem Fuß nicht weiter schade und ich darf nicht darin entdeckt werden. Ganz schön viele Kriterien, das macht die Suche nicht gerade einfacher. Ich lasse meinen Blick weiter über das Gelände schweifen und bleibe schließlich an einer Art Geräteschuppen hängen, er ist hinter einer kleinen Hecke versteckt. Scheint perfekt für meine Kriterien, ich setze mich langsam in Bewegung, den verletzten Fuß kann ich bei jedem Schritt spüren. Es ist nicht mehr der stechende Schmerz von vorher, sondern eher ein stumpfer und betäubender. Ich versuche, ihn auszublenden und mich nur auf das Ziel zu konzentrieren. Mit immensem Glück funktioniert einer meiner Schlüssel auch für diesen Schuppen. Ich bete einfach, dass es so ist, denn sonst kann ich mit der Suche von vorn beginnen und die Möglichkeiten sind begrenzt. Das Glück ist jedoch tatsächlich einmal auf meiner Seite und ich benötige gar keinen Schlüssel, da sich die Tür auch so öffnen lässt. Sie schwingt zur Seite, dabei versuche ich ihre quietschenden Geräusche zu dämpfen, dann trete ich ein. In dem Schuppen befinden sich noch einige Gartengeräte und ich muss sofort darüber nachdenken, ob diese wohl Mrs. Abernathy gehört haben und sie damit den Schlossgarten gepflegt hat. Es hängt ein Regal an der Wand links neben der Tür, darin befinden sich kleinere Gegenstände wie Taschenmesser, Nägel und Schrauben. Instinktiv greife ich nach einem Taschenmesser und stecke es in meine Hosentasche. Gegenüber der Wand ist ein Fenster – es ist so schmutzig, dass kaum noch Licht hindurchdringt, weshalb es relativ dunkel ist. Ich nutze diesen Umstand und setze mich direkt unter dem Fenster auf den Boden, so habe ich die Tür im Blick und werde trotzdem nicht direkt gesehen, sollte jemand hineinkommen. Noch dazu kann mich auch von draußen niemand erkennen, was mir ein bisschen das Gefühl von Sicherheit verleiht. Ich beginne, zu warten und muss nebenbei darauf achten, dass ich nicht einschlafe. Deshalb suche ich mir Gedanken, an denen ich mich entlanghangle und fange an, die Stellen an der Wand zu zählen, an denen der Putz abblättert. Es hilft tatsächlich und ich besiege damit nicht nur die Zeit des Wartens, sondern zum größten Teil auch die Angst. Bis dann die Geräusche an mich herandringen und meinen vorgetäuschten Frieden unterbrechen. Ich höre sofort auf mit Zählen, spitze meine Ohren, ziehe mich auf die Beine und schlüpfe aus meinem Versteck. Die Luft ist hier viel kühler als in Rhodos, vorhin war mir das gar nicht bewusst, doch jetzt spüre ich es direkt

und eine Gänsehaut legt sich über meine Arme und Beine. Ein tiefer Luftzug, ein letztes Mal umdrehen und die Tür hinter mir zuziehen, dann laufe ich auf das Schlossgebäude zu. Genau wie Henry vor etwa einer halben Stunde, gehe auch ich jetzt behutsam daran vorbei, um mir einen Überblick von der Situation vor dem Schloss verschaffen zu können. Die Stimmen sind ganz nah und ich presse mich flach atmend gegen das Gemäuer, ein wenig in der Hoffnung, damit verschmelzen zu können. „Es ist der Sohn des Bosses“, sagt eine laute, tiefe Stimme, die mir das Blut gefrieren lässt. Der Mann, dem die Stimme gehört, scheint völlig außer Atem und kommt mit schweren Schritten immer näher zu den anderen. „Was redest du?“, fragt eine zweite Stimme, „Du drehst langsam durch!“ „Nein, wirklich“, wieder die erste Stimme, „dort hinten, direkt zwischen den Bäumen. Ich habe meine Kontrollrunde über das Gelände gedreht und ihn gesehen.“ Zu gern würde ich ihn auch sehen und mich versichern, dass es ihm bis dahin gut ergangen ist, doch ich rege mich keinen Zentimeter und bleibe einfach nur mit dem Rücken
gegen die Wand gepresst stehen. „Er ist es wirklich, es ist Henry und er hatte einen Schlüssel in der Hand, hat ihn die ganze Zeit hin und her gedreht, als würde er über irgendetwas nachdenken.“ „Was sagst du da? Einen Schlüssel?!“ „Ja, einen Schlüssel…“ Die Konversationsfetzen werden sich wie ein Pingpongball zugespielt und ich kann nicht mehr auseinanderhalten, wer zuerst gesprochen

hat oder wem welche Stimme gehört. Ehrlich gesagt ist es mir auch egal, ich frage mich nur, was für einen Schlüssel Henry besitzen soll und bete still, dass alles gut geht. „Holt eure Waffen aus dem Wagen, wir verteilen uns auf dem Gelände!“, bestimmt der Mann, der die vielen Nachfragen gestellt hat. Ich nehme an, er hat als Einziger hier das Recht, etwas zu sagen. Alle bewegen sich auf die Autos zu, ich höre die Türen auf- und zugehen und drücke mich noch weiter an die Wand. Ich bräuchte nicht nur Löcher im Boden, sondern auch in Hauswänden, damit ich hineinfallen und mich verstecken kann. Gerade habe ich das Gefühl, man könne meinen Herzschlag bis zu mir nach Hause hören. Nachdem alle Autotürengeräusche verstummen, bewege ich leicht meinen Kopf und versuche, irgendetwas zu erkennen. Für einen Moment lang sieht es so aus, als würde sich auch jemand in meine Nähe bewegen, doch dann entfernen sich alle in Richtung des Haupteingangs. Gerne würde ich aufatmen, doch es sind elf Männer, mit Waffen im Anschlag, auf direktem Weg zu Henry – Erleichterung fühlt sich anders an. Trotzdem nehme ich meinen gesamten restlichen Mut zusammen und bewege mich von der Hauswand weg und auf den Eingang der Bibliothek zu. Dieser Teil des Weges ist am gefährlichsten, da ich an der gesamten Schlossfassade vorbei, bis zum

äußeren linken Eingang muss und dieser Teil so ungeschützt und offen liegt, dass ich ein noch viel leichteres Ziel bin als Henry. Der

Schmerz in meinem Fuß hält mich jedes Mal davon zurück, etwas schneller zu laufen, doch irgendwie schaffe ich es tatsächlich bis in den Hauseingang. Schnell nehme ich meinen Rucksack ab und krame den Schlüsselring heraus. Meine Hände zittern und sind so extrem schwitzig, dass ich es kaum schaffe, den Schlüssel zu benutzen. Definitiv verliere ich hier wertvolle Zeit und drehe mich die gesamte Zeit paranoid um, immer in der Angst, es könnte plötzlich jemand hinter mir stehen. Die Tür schwingt auf und ich trete ein, mir schlägt ein ungewohnter Geruch entgegen und ich muss schlucken. Die Tür zu Mrs. Abernathys Wohnung steht offen und ist stark beschädigt. Ich möchte nicht hineingehen, doch ich kann nicht anders. Die B.O.S.C. hat sich darin ausgebreitet, es stinkt nach Schweiß und Whiskey. Im Schlafzimmer ist ein Lager aufgeschlagen und dort liegen Kleidung und stinkende Schuhe. Im Wohnzimmer ist es am schlimmsten, am Kamin hängt ein Whiteboard und auf dem Tisch liegen Messer und Pistolen. Mir wird beinahe schwarz vor Augen – mein Rückzugsort ist zerstört. Hier ist nichts mehr, wie es mal war und es reißt mir den Boden unter den Füßen weg. Ich möchte schreien und alles zerstören und meinen Kopf gegen die Wand schlagen, aber ich stehe einfach nur in der Mitte des Raumes und lasse diese entfremdete Umgebung verschwimmen. Dann drehe ich um und renne hinaus. Erst jetzt sehe ich, dass die Tür zur Bibliothek nicht mehr existiert, sondern in zersplitterten Einzelteilen auf dem Boden liegt. Ich durchquere den Türrahmen und schwöre mir, nicht noch einmal zurückzublicken. Mein Herz bricht auseinander, aber dafür habe ich jetzt keine Zeit. Auch in der Bibliothek kann ich die Anwesenheit der Männer riechen und hasse alles daran. Ich hasse diese Männer. Sie haben mein gesamtes Leben zerstört und ich werde mich an ihnen rächen. Jetzt renne ich jedoch durch die untere Etage und wiederhole in meinem Kopf immer wieder den Buchstaben „H“ für Hermes, damit ich das richtige Regal finde. Die Regalreihen verschwimmen ebenfalls vor meinen Augen und immer wieder muss ich mir die Tränen wegwischen, damit ich weiterhin etwas sehen kann. Nachdem ich die Reihe und auch die entsprechende Lücke gefunden habe, bringe ich mich in eine sitzende Position und passe genaustens auf meinen Fuß auf, setze dann das Buch ein und lasse mich aus der Welt herausreißen. Meine Gedanken kreisen um Henry und die Wohnung von Mrs. Abernathy. Ich flüchte mich in die Erinnerung an vorhin und schiebe alles andere in die hinterste Ecke meines Bewusstseins. Bald ist es geschafft.

Achtunddreißigstes Kapitel

Henry

Der Weg um die äußere Schlossmauer herum bis zum Haupteingang war länger als ich dachte und jetzt stehe ich inmitten des kleinen Wäldchens, das zum Schloss hinführt. Hinter mir ist ein Geräusch und ich fahre herum, mein Puls schießt in die Höhe und ich blinzle angestrengt in das Dämmerlicht. Da ist eine Person, ich kann jedoch nur die Silhouette erkennen. Es sieht zuerst so aus, als würde sie sich direkt auf mich zu bewegen und ich schließe die Augen und halte die Luft an, als könnte das irgendetwas verändern. Instinktiv umklammere ich den Haustürschlüssel von Zuhause in den Händen – er ist aktuell meine einzige Waffe. Es kommt aber niemand auf mich zu, es ertönt kein Schuss. Im Gegenteil, ich höre, wie sich schnelle Schritte über den mit Blättern besäten Boden verflüchtigen. Ich stehe weiterhin zwischen den Bäumen, die Sonne geht unter und strahlt mich von hinten an, sodass ein leichtes Prickeln meinen Rücken hinabläuft. Ich kann nur hoffen, dass die Person mich meldet und alle von Lydia ablenken kann. Bei dem Gedanken an sie dreht sich mein Magen um und ich bekomme Angst. *Mein* Leben ist mir egal, aber ihres nicht und ich weiß, dass sie nicht fit ist. Zwar hat sie die ganze Zeit versucht, mich das

Gegenteil glauben zu lassen, aber ich habe gemerkt, wie sehr sie mit jedem einzelnen Schritt zu kämpfen hatte. Gern hätte ich ihr mehr Zeit eingeräumt, sich zu erholen und wieder steigt der Hass gegenüber meinem Dad auf. Er trägt die Schuld für alles. Für alles, was mir passiert ist, aber vor allem für alles, was Lydia angetan wurde. Eigentlich wäre jetzt ein guter Moment, um loszurennen – aber ich muss warten und schauen, ob mein Köder funktioniert hat. Erst wenn sie mich verfolgen, kann ich rennen. Nur so ist es möglich, für Lydias Sicherheit zu sorgen und die braucht sie neben Zeit gerade am allernötigsten. Deshalb bleibe ich stehen, den Schlüssel fest umklammert, mit wackligen Beinen und denke an den Moment der Verabschiedung. Er spendet mir Trost und verleiht Kraft, denn ich weiß genau, wofür ich kämpfe.

Jetzt dringen Geräusche an mich heran, Schritte, die schwerfällig durchs Gebüsch brechen und ein Stimmengewirr. Ich gehe im Kopf kurz meine Möglichkeiten durch, entweder renne ich um die Mauer zurück zum Hintereingang und sehe nach, ob Lydia es geschafft hat, oder ich renne in den Ort hinein und suche nach ihrer Familie. Beides ergibt keinen Sinn, doch letztendlich bleibt mir nicht mehr viel Gedenkzeit und ich drehe einfach auf der Stelle um und sprinte los. Raus aus dem kleinen Wäldchen, durch das Tor und hinein in den Ort. Ich renne und drehe mich nicht um, das würde zu viel Zeit kosten, allerdings ist der Gedanke, dass ich gerade elf Männer hinter mir habe, mehr als angsteinflößend und bringt mein Blut zum Rauschen. Wie eine Welle, die sich auftürmt und auf dem Weg zur eigenen Klimax ist, brodelt mein Blut in mir. Ich bin mir beinahe sicher, dass es auch Bläschen produziert und schäumt. Um eine Ecke, um noch eine und dann um noch eine. Ich muss stehen bleiben und stütze die Hände auf meinen Oberschenkeln ab, senke meinen Kopf und versuche zu atmen. Ich zittere so sehr, dann ertönen Geräusche hinter mir und ich sprinte weiter – für Lydia. Um mich herum bricht die Nacht an und Regen setzt ein. Schon nach wenigen Minuten ist meine Kleidung völlig durchnässt und klebt wie eine zweite Haut an mir. Alles schreit danach, dass ich endlich aufhöre zu rennen und ich bin auch schon längst nicht mehr in Lydias Heimatort. Wo genau ich bin, weiß ich nicht, doch da ist ein Licht in der Ferne und es treibt mich an. Es ist ein trügerisches Licht, doch der Betrug ist so gut geglückt, dass ich auf direktem Weg in die Falle tappe: mein Dad steht vor mir unter einer Laterne, und grinst mich an – natürlich grinst er. Das Erste was ich spüre, ist Panik um Lydia. Sofort habe ich Horror- Szenarien darüber im Kopf, wie er sie erwischt hat und jetzt quält. „Henry, Henry. Mein dummer Sohn." Er grinst immer noch und es ist so selbstgefällig und ekelerregend, dass es mich am ganzen Körper schüttelt. Ich trete dennoch auf ihn zu, bis ich direkt vor ihm stehe, dann stütze ich meine Hände wieder auf den Oberschenkeln ab und breche ihm direkt auf die Füße. Das, was ich danach spüre, ist seine Hand auf meinem Gesicht und die

Ruhe, die um mich herum einkehrt, während ich zu Boden gehe und liegen bleibe.

Neununddreißigstes Kapitel

Lydia

Mir schlägt die Hitze entgegen und ich kann keine Luft holen, weil jeder Zug in meiner Lunge brennt. Ich drücke mir die Hand gegen den Brustkorb und staune, während ich mich umsehe. Die Landschaft ist wunderschön hier, auch wenn ich nicht weiß, wo ich diesmal bin. Hier sind Berge und Felsen, tief in den Felsen oder auch darauf, sind Städte und Festungen errichtet. Zu meiner anderen Seite ist das Meer und die Wellen schlagen in einem gleichmäßigen Rhythmus gegen die Felswände der Küste. Ich war so lange nicht am Meer und beschließe deshalb, nach unten zu gehen. Ich setze mich in einen Vorsprung und ziehe meine Schuhe und Socken aus, barfuß stolpere ich dann über die kleinen und großen Steine bis zum Wasser. Mein Fuß ist immer noch geschwollen und schmerzt von der dauerhaften Belastung unvorstellbar stark, jetzt halte ich ihn jedoch in das kühlende Salzwasser und genieße für diesen Augenblick die beruhigende Wirkung. Mein gesamter Körper, besonders meine linke Körperhälfte entspannt sich, und all meine Muskeln hören auf zu verkrampfen. Ich lege mich auf den Rücken und lasse meine Füße weiterhin im Wasser. Am Himmel ziehen

Vögel vorüber, sie formieren sich zu Haufen, dann zu einem anmutigen V. Es sieht so einfach aus und so verlockend, wie sie über mir hinweggleiten, ohne Sorgen oder Aufgaben. Sie konzentrieren sich nur auf den nächsten Flügelschlag und wissen genau, dass sie sich auf den jeweils anderen verlassen können. Mal treibt der eine im Windschatten des anderen und dann ist es andersherum. Ein bisschen wie bei Henry und mir, denn wenn wir zusammen sind, fühlt es sich auch an, als würden wir schweben. Alles ist dann etwas einfacher und es genügt, wenn ich mich auf das konzentriere, was als nächstes auf uns zukommt. Kein unnötiges Kopfzerbrechen und weniger Angst, doch ohne ihn fühle ich mich eher wie ein Vogel mit gebrochenem Flügel. Ich bin allein unfähig zum Fliegen und es ist auch niemand da, in dessen Windschatten ich mitgezogen werden könnte. Ich hoffe, es geht ihm gut. Wo auch immer er ist – ich hoffe, es ist alles in Ordnung und ich bin ihm so dankbar für alles. Bevor ich aufstehe, wiederhole ich gedanklich den Moment im Wald, dann schließe ich ihn zurück in seine sichere Stelle und ziehe meine Füße aus dem Wasser. Ich greife nach meinen Schuhen, ziehe sie jedoch nicht wieder an und beschließe stattdessen, meiner Wunde etwas Luft zu schenken. Vor mir erstreckt sich eine lange und unebene Straße entlang der Küste und ich setze mich in Bewegung. Wie lange ich noch laufen kann, weiß ich nicht und werde es herausfinden müssen, doch bis dahin kann ich versuchen, jemanden zu finden, der mir weiterhilft.

Vierzigstes Kapitel

Henry

„Dachtest du wirklich, du wärst cleverer als ich?“ Die Stimme meines Dads trifft mich wie der Schuss einer Pistole. Ich zucke zusammen und schlage die Augen auf. Er steht über mir und schaut auf mich hinab, seine Kleidung sitzt perfekt, seine Haare sind gestylet und alles an ihm passt zu dem Bild des makellosen Mannes. „Ich weiß, dass ich es bin“, entgegne ich und richte mich auf. Vom Schmerz geflutet drücke mir meine Hand gegen den Kopf, diesmal bin ich auf die andere Seite gefallen, aber mein Dad hat wesentlich fester zugeschlagen als der Mann in Rhodos. Ich schaue meine Hand an und sehe, dass sie blutrot gefärbt ist. In einer Bewegung ziehe ich mein Shirt aus und knülle es zusammen, dann drücke ich es mit aller Kraft gegen meinen Kopf. „Willst du, dass ich sterbe? Ist das dein genialer neuer Plan, Dad?“, frage ich ihn und sehe ihm dabei direkt in die Augen. Ich weiß, dass das nicht viele können, doch mir macht es nichts aus. Ich habe keine Angst mehr vor meinem Dad, denn jetzt weiß ich, dass ich auch ohne ihn leben kann. Ich existiere ohne ihn und kann auch Gutes bewirken. Mein Dad ist nur halb so einflussreich und wichtig, wie er denkt. „Nein, ich möchte dich nur zum Nachdenken anregen, denn anscheinend hast du innerhalb von zwei Wochen alles vergessen, was ich dir in den letzte Jahren versucht habe, mitzugeben. Du bist eine Enttäuschung!“ Die Worte prallen an mir ab, mein Gehirn kann gerade nichts aufnehmen – ein positiver Nebeneffekt von dem ganzen Blut, das gerade vor mir auf den Boden fällt. „Immerhin bin ich nicht so wie du, denn ich habe ein Herz“, entgegne ich mit fester Stimme und schaue ihm noch immer in die Augen. Sie sind so kalt, dass ich Angst habe, neben ihm zu erfrieren. „Du bist mir viel ähnlicher als du denkst, mein Junge. Wann willst du das endlich begreifen?“ „Nie“, antworte ich nur und versuche, meinen Kopf anders zu positionieren, weil die Wunde immer weiter aufreißt und mein Shirt schon völlig durchtränkt ist, „nicht in diesem Leben!“ Er verlässt den Raum und schmeißt die Tür hinter sich zu. Ich spüre so viel Wut in mir und schlage meine Faust gegen den Boden, immer und immer wieder – bis schließlich auch meine Hand blutet. Ich muss also aufhören, doch die Wut ist immer noch in mir. Sie brennt ein Loch in meinen Brustkorb und tötet dabei alle anderen Gefühle. Es bleibt nur die Wut übrig und diese wendet sich gegen mich: Ich habe es vermasselt, habe es nicht hinbekommen, mich in Sicherheit zu bringen und muss jetzt schon wieder gegen meinen Dad kämpfen. Dabei ist alles, was ich möchte, einmal von ihm wahrgenommen zu werden.

Einundvierzigstes Kapitel

Lydia

Hermes und seinen Tempel zu finden, erweist sich als ziemlich kompliziert. In diesem Gebirge sehen beinahe alle Stadtsiedlungen und Bauten aus wie ein Tempel und Menschen habe ich bisher auch nicht getroffen. In mir sitzt zudem eine Stimme, die mir sagt, es sei besser, wenn ich niemandem begegne, weil ich den Menschen um mich herum nicht guttue. Mein Herz blutet noch immer für die Wirtsleute aus Rhodos, die meinetwegen sterben mussten, und ich weiß, dass nichts daran fair ist. Ich habe bisher nicht so viel Erfahrung in dieser Welt, doch inzwischen habe ich zwei Dinge verstanden – weder die Götter noch die B.O.S.C. sind daran interessiert, fair zu handeln. Alle tun das, was für sie selbst den größten Vorteil bringt und ignorieren den Rest. Vielleicht sollte ich mir diese Fähigkeit auch aneignen, das würde mein Leben sicher um einiges vereinfachen. Jedoch bin ich kein Gott und auch kein skrupelloser Mann und somit steht mir das nicht zu. Ich bin menschlich und fühle viel. Ich bin nicht dazu in der Lage, mir auszusuchen, was in mir vorgeht, sondern muss das Beste aus dem machen, was mir vorgesetzt wird. Momentan habe ich immer noch mit meinem Fuß zu kämpfen und so langsam zweifle ich daran, dass die Wunde jemals heilen wird – trotz Asklepios´ Behandlung. Ein lautes Rauschen zieht mich aus meinen Gedanken und ich schaue aufs Meer, es ist viel unruhiger als zuvor. Ein Blick in den Himmel, doch dort ist keine Wolke zu sehen. Alles ist klar und freundlich, aber irgendetwas stimmt trotzdem nicht. Ich schaue hinter mich und sehe eine Gestalt den Himmel herabgleiten. Anmutig und unbeeindruckt, als wäre es eine alltägliche Aufgabe dies zu tun. „Hermes“, geht es mir durch den Kopf, denn wer sonst sollte diese Tätigkeit so lässig ausführen als der Götterbote selbst? Ich bleibe stehen, halte mir eine Hand an die Stirn, um meine Augen von der Sonne abzuschirmen und sehe dem Gott zu. Er muss jetzt nur noch in meine Richtung kommen, dann kann ich mit ihm sprechen und das letzte Buch einsammeln. Eine neue Empfindung ergreift Besitz von meinem Körper und es ist eine, die ich seit Ewigkeiten nicht mehr spüren durfte – Hoffnung. Beinahe wäre ich auf Hermes zu gerannt und hätte ihm mein schönstes Lächeln geschenkt, doch dafür reicht meine Kraft bei weitem nicht aus. Er hat jetzt den Himmel hinter sich gelassen und schwebt über den Boden, es sieht gruselig aus, doch ich bin es bereits von Athene und Aphrodite gewohnt – die Götter sind eben nicht wie wir und sie haben im Umkehrschluss auch kein Problem damit, dass dies der Fall ist. „Suchst du etwas? Kann ich dir helfen?“, auf einmal ist Hermes schon direkt vor mir und spricht zu mir. Wenn ich daran denke, wie sehr Henry Aphrodite anflehen musste, damit sie sich blicken lässt, ist das hier fast zu leicht. Das ist das Tückische an den Göttern, du weißt nie, woran du bist und was du bekommst. Sind sie dir gut gesinnt, bekommst du alles und brauchst dir keine Sorgen machen, doch wenn sie dich nicht mögen…, diesen Gedanken führe ich nicht weiter aus. „Ich suche Sie“, antworte ich dem Gott und schaue ihn an. Seine Gestalt ist genauso wunderschön und fehlerfrei wie die der anderen Gottheiten und es raubt mir den Atem. „Mich?“, er zeigt mit dem Zeigefinger auf sich selbst und zieht verwundert eine Augenbraue hoch, „und bitte, du kannst mich duzen.“ „Ja dich, ich brauche das letzte Buch von dir.“ Bei dem Satz verändert sich sein Gesichtsausdruck und er sieht mich ganz genau an: „Du bist Lydia…“, bringt er dann hervor. „Die bin ich, aber woher weißt du…?“ „Nicht hier, nicht auf offener Straße! Wir sprechen in meinem Tempel.“ „Ich kann nicht so gut laufen, mein Fuß ist gebrochen.“ „Wie bist du überhaupt bis hierhergekommen?“, er schaut irritiert und ich schäme mich ein wenig, obwohl ich gar nicht weiß warum. „Glück und viel Hilfe“, stammle ich und er lächelt, dann streckt er mir seine Hand entgegen und ich greife danach. Wir steigen in den Himmel auf, bis wir über den Wolken unsichtbar werden und fliegen zu seinem Tempel.

Es handelt sich um ein schlichtes und vergleichsweise kleines Bauwerk mitten im Gebirge. Allein hätte ich es nie hierhergeschafft.

„Sind wir eigentlich noch in Griechenland?“, frage ich, während ich meinen Blick über das Gebirge und das dahinter liegende Meer schweifen lasse. Es sieht so wunderschön aus, wie die Erdtöne mit dem Blau des Wassers verschmelzen und wie der Himmel wiederum aussieht, als würde er ins Meer fallen. „Nein, wir sind in der Türkei, nicht in Griechenland“, antwortet er und stellt sich schließlich neben mich, sodass wir nun beide die Magie der Natur bewundern. „Warum hast du einen Tempel, der so weit entfernt vom Olymp ist, wenn du doch zu den Göttern des Olymp gehörst?“ „Ich bin viel unterwegs, eigentlich immer. Wenn irgendetwas passiert, bin ich es, der den Vermittler spielt. Somit habe ich auch noch nie sonderlich viel Zeit auf dem Olymp verbracht. Außerdem bekomme ich so oft grausame Orte zu sehen. Orte, an denen ich nicht sein möchte – an denen niemand sein möchte und deshalb habe ich mich dazu entschieden, meinen eigenen Tempel an eine Stelle zu setzen, die all das Übel ausgleichen kann“, antwortet Hermes und macht dabei eine Handbewegung, mit der er über den gesamten Horizont streicht. „Wie ist das, Götterbote zu sein?“ „Es ist in etwa so ähnlich wie das, was du gerade machst. Man ist überall und bekommt die Konflikte mit, man soll alles lösen und ist dennoch nebenher mit seinen eigenen Problemen beschäftigt.“ „Woher weißt du so viel über mich und meine Aufgabe?“ „Ich dachte, das hätten wir geklärt. Ich bin der Götterbote und mir wird so ziemlich alles zugetragen. Oder denkst du, es würde ein Geheimnis bleiben, dass eine gesamte

Stadt auf dem Kopf steht und jemand in der Unterwelt war und sich mit Medusa angefreundet hat?“ Ich sehe ihn ungläubig an, es ist unmöglich, dass er all das weiß. Sofort frage ich mich, ob er auch in der Unterwelt verkehrt, traue mich aber nicht, danach zu fragen. Ich weiß, dass er an Medusas Leid beteiligt ist und merke, wie deshalb Wut in mir aufsteigt. „Du hast hier alles ganz schön in Bewegung versetzt, weißt du? Nicht jeder ist sonderlich gut auf dich zu sprechen, denn manche der Götter sehen dich als den Feind“, Hermes spricht einfach weiter und ich hänge an seinen Lippen. „Warum sollte ich der Feind sein? Das ist doch eine vollkommen verkehrte Annahme, die B.O.S.C. ist der Feind.“ Damit habe ich nicht gerechnet, wie kann man denn nicht erkennen, wer hier der Feind ist? Ich dachte immer, den Göttern würde nichts entgehen und sie würden alles wissen, doch scheinbar lassen sich nicht nur Menschen täuschen. „Die B.O.S.C. war schon einmal an der Macht, dass weißt du ja wahrscheinlich“, ich nicke, „während dieser Zeit haben sie vielen Göttern geschadet, aber es gab trotzdem einige, die sich von ihnen gesehen gefühlt haben und mit der Art und Weise ihrer Handlungen zufrieden waren.“ Das allein klingt so absurd in meinen Ohren und ich würde Hermes zu gern keinen Glauben schenken, doch bin ich mir sehr sicher, dass er mir keine Lügen erzählt. „Wer?“, frage ich nur, obwohl ich denke, die Antwort bereits zu kennen. „Mein Bruder Ares, der Gott des Krieges.“ Super, mit Ares habe ich so ungefähr einen der schlimmsten Feinde, die man sich vorstellen kann. „Was findet er an der B.O.S.C. gut? Sie arbeitet doch gegen euch und eure Rechte – dagegen, dass ihr selbstständig regieren und existieren dürft? Ich verstehe das nicht, man kann doch nicht für jemanden sein, der alles dafür tut, dass man selbst nicht mehr sein darf?!“ Meine Gedanken drehen Kreise, denn egal wie ich versuche, diese Information einzuordnen, ergibt sie doch einfach keinen Sinn. „Oh doch, sie sind Verbündete. Ares wollte schon immer der Starke sein, der uns alle besiegt und uns unterwerfen kann. Er war nicht unbedingt der Bruder, den ich mir gewünscht habe – aber Familie sucht man sich ja bekanntlich nicht aus… Jedenfalls hat er in der B.O.S.C. seine Möglichkeit zum Aufstieg gesehen und sich auf ihre Seite geschlagen. Zusammen haben sie viel Schaden angerichtet und wir haben Jahre lang im Krieg gelebt. Alle anderen haben irgendwann angefangen, sich damit zu arrangieren. Als die B.O.S.C. den Einfluss verloren hat und sich Menschen wie deine Mrs. Abernathy abgespalten haben, ist Frieden eingekehrt. Ares versucht in regelmäßigen Abständen, Krieg anzufangen und uns wieder zu unterwerfen. Ohne Hilfe der Organisation schafft er es nicht, weil alle anderen Gottheiten gegen ihn halten. Wenn jetzt aber die B.O.S.C. auf dem Vormarsch ist, dann ist alles nur noch eine Frage der Zeit und Ares würde auch nicht davor zurückschrecken, weitere Verbündete aus der Unterwelt zurückzuholen.“ Sein Blick wird unscharf und schweift weit in die Ferne. Ich glaube einen Moment lang vergisst er, dass ich neben ihm stehe, denn als ich ansetze zu sprechen, zuckt er zusammen: „Darf ich dir eine letzte Frage stellen?“ Hermes nickt und ich nehme all meinen Mut zusammen: „Bist du oft in der Unterwelt?“, er nickt wieder, „kannst du mich mitnehmen, ich muss mit jemandem sprechen?!“ Er reibt sich die Schläfe und schließt die Augen, dann richtet er seinen Blick direkt auf mich: „Du willst zu Medusa, nehme ich an. Nun, sie ist nicht unbedingt mein größter Fan, aber ich denke, ich kann dich auf jeden Fall in die Unterwelt bringen. Aber was ist mit dem Buch, was du von mir brauchst?“ „Kannst du es mir geben, bevor wir in die Unterwelt aufbrechen? Dann kann ich von dort direkt zurück zur Bibliothek und mir… Hilfe holen, bevor ich zum Olymp reise.“ Hermes zeigt keine Reaktion, doch dann dreht er sich um und geht von mir weg. Ich bleibe allein auf der Empore des Tempels stehen, die sich über das Tal unter uns erstreckt und schaue wieder aufs Meer. Die Unterhaltung mit Hermes bereitet mir Angst, denn jetzt habe ich nicht nur Feinde auf der menschlichen Seite, sondern auch auf der göttlichen und es ist genauso, wie ich es vorhin gesagt habe: der Hass eines Gottes kommt einem nie zugute. Ehrlich gesagt habe ich absolut keine Ahnung, wie ich diese Aufgabe zu Ende bringen soll, zwar habe ich schon so viel hinter mir gelassen und doch liegt der schwierigste Teil noch vor mir. Und dann ist da noch Henry, inzwischen habe ich kein gutes Gefühl mehr, wenn ich an ihn denke und irgendeine Stimme in mir sagt, dass ihm etwas passiert ist. Ich muss unbedingt zu Medusa, vielleicht hat sie ein paar Antworten für mich oder kann mir immerhin für einen kurzen Augenblick meine Sorgen abnehmen?! Schon komisch, dass ich überall hinkönnte und mich trotzdem für die Unterwelt und die Anwesenheit von Medusa entscheide. Für das Wort „Monster“ gibt es offenbar keine wirkliche Definition, denn in meinen Augen ist Medusa alles andere als das und Götter wie Ares, Athene oder Poseidon sind die wahren Monster. Sie sind die, vor denen man sich in Schutz nehmen muss und vor denen man weglaufen sollte, denn sie spielen dir vor, dass sie auf deiner Seite stünden und lassen dich am Ende für ihre Fehler bezahlen.

Zweiundvierzigstes Kapitel
Henry

Die Decke kommt mir immer näher, sodass ich denke, sie müsste mir in jedem Moment auf den Kopf fallen und mich unter sich begraben. Es ist schon eine ganze Weile vergangen, während ich einfach so auf dem Rücken liege und an besagte Decke starre. Ich bin zu nichts anderem fähig, denn mein gesamter Körper schmerzt so sehr und noch dazu kommt die Sorge um Lydia und die Mission. Es macht mich krank, wieder mal werde ich von meinem Dad kontrolliert und kann nichts dagegen tun. Es ist so unfair und aussichtsloser als je zuvor, denn immer dann, wenn ich denke, ihn überwunden zu haben, kommt er mir wieder in die Quere. Er ist immer einen Schritt weiter, ist besser, schneller als ich und es macht mich krank. Genau deshalb möchte ich liegenbleiben und mit meinen Augen ein Loch in die Decke brennen, ich möchte kapitulieren und diesen Kampf aufgeben, den ich offensichtlich nicht gewinnen kann. Jetzt gerade, in diesem Moment, ist Lydia irgendwo weit entfernt von mir und führt den Kampf allein und ich liege einfach nur da, weil mir die Kraft fehlt und mein Herz so schwer wiegt, dass es mich nach unten zieht. Ich kann sie aber nicht allein lassen, ich habe ihr versprochen, dass wir es schaffen und, dass alles gut wird. So lauteten meine Worte an sie und jetzt breche ich diese? Nein, so kann es nicht zu Ende gehen, das darf es nicht. Ich ziehe meinen Oberkörper hoch, doch als ich meine Hand aufstütze, schießt der Schmerz durch mich durch. Mir bleibt nichts anderes übrig, als ihn zu ignorieren und nicht zu nah an mich heranzulassen, sonst schaffe ich es nicht. Es ist genau wie mit meinem Dad, auch ihn darf ich keinesfalls nochmal so nah an mich heranlassen wie eben, denn genau in diesen Momenten greift er sich meine Schwäche und schöpft daraus seine Stärke. Ich scanne mit den Augen den Raum um mich herum ab, die Decke ist unglaublich hoch und es ist dunkel hier. Von da, wo ich liege, kann ich überhaupt nicht erkennen, wo das wenige Tageslicht herkommen soll – nirgendwo ist ein Fenster zu sehen. Ein Stück weg von mir ist ein smaragdgrüner Vorhang und ein Gefühl steigt in mir auf. Behutsam ziehe ich mich auf die Beine und laufe durch den Raum, mein Blick ist noch immer auf die Decke gerichtet. Als ich den Vorhang erreiche, ziehe ich ihn zur Seite und mein Gefühl bestätigt sich, denn dahinter ist eine schmale Wendeltreppe. Mein Herz macht einen kleinen Freudensprung, ich gehe nicht davon aus, dass sich mein Dad darüber bewusst war. Schnell werfe ich einen Blick über meine Schulter zur Tür und verschwinde dann hinter dem Vorhang. Ich renne die Treppe hinauf und komme auf einen eingezogenen Zwischenboden. Als ich jetzt meinen Kopf hebe und an die Decke sehe, ist zu erkennen, dass ich mich in einem Turm befinde. Die Wand wird nach oben hin immer schmaler und knapp unterhalb der

Spitze befinden sich zwei kleine Fenster, durch die das wenige Licht eindringt. Ich sehe mich um: der Zwischenboden besteht aus Holzdielen, jeder meiner Schritte ist durch ein lautes Knarzen unterstützt. Um weitere Geräusche zu vermeiden, greife ich bloß nach einer losen Holzdiele, gehe die Treppe wieder hinab und setze mich direkt hinter den Vorhang. Ich stütze den Kopf in meine Hände und lege die Holzdiele neben mir ab. Jetzt muss ich nur noch warten, bis wieder jemand zu mir kommt. Es fühlt sich an wie eine Ewigkeit, zwischendurch zweifle ich daran, ob überhaupt noch einmal jemand kommt und verfalle erneut in Sorge um Lia. Dann geht die Tür schwungvoll auf und schwere Schritte sind im gesamten Raum zu hören. Ich sitze direkt hinter dem Vorhang und lausche auf jede noch so kleine Veränderung. Dann legt sich Stille über den Raum und für einen Moment passiert nichts mehr. Ich atme flach, damit ich möglichst nicht gehört werde. Plötzlich kann ich spüren, wie sich der Fokus der Person auf den Vorhang richtet und höre, wie deren Schritte in meine Richtung kommen. Ich verursache absichtlich eine Bewegung, sodass sich der grüne Stoff regt und jetzt die volle Aufmerksamkeit auf sich zieht. Schließlich kann ich leise Atemgeräusche wahrnehmen und weiß, dass die Person direkt vor mir stehen muss. Mein Körper ist angespannt, jeder Nerv in meinem Körper ist aktiviert und das Blut fließt prickelnd durch mich hindurch. Eine Hand erscheint am Saum des Vorhangs und er wird zur Seite bewegt. Ich halte die Luft an, greife nach dem Holzbrett neben mir, hole aus und ziehe es mit voller Wucht über den Kopf des Mannes. Als die Person vor mir zu Boden geht, kann ich erkennen, dass es mein Dad ist und er scheinbar so wenig mit einem Angriff gerechnet hat, dass er überhaupt nicht darauf reagieren kann. Sein Körper fällt in sich zusammen und sein Kopf schlägt unsanft auf dem Boden auf. Für den Bruchteil einer Sekunde bin ich erschrocken, doch dann renne ich los, in meiner Hand noch immer das Holz fest umklammert. Ich sprinte zur Tür, reiße sie auf, blicke kurz zurück in den Raum und gehe letztendlich hindurch. Mit äußerster Vorsicht ziehe ich sie hinter mir zu und sperre mit dem Brett ab. Ich zittere am ganzen Körper und bin völlig ungläubig über das, was ich gerade getan habe. Doch mir bleibt keine Zeit zum Nachdenken und ich drehe mich nur um und renne die Treppe hinunter. Ich habe keine Ahnung, was ich machen soll, wenn ich einem der anderen Männer begegnen sollte, da ich jetzt vollkommen unbewaffnet bin. Meine Hand gleitet am Geländer hinunter und ich bin so schnell, dass die Berührung zwischen meiner Haut und dem Holz brennt. Gerade kann mich nichts stoppen, mein Herz rast so sehr und in meinem gesamten Körper kann ich das Blut rauschen spüren. Nach einigen Windungen der Treppe komme ich auf eine Etage, die mir bereits vertraut ist. Es ist die Etage des Tanzsaals, der Ort, an den ich ursprünglich Lydia schleusen wollte, um sie sicher in die Bibliothek zu befördern. Jetzt bin ich es, der auf den Saal zusteuert, in der Hoffnung, dass mich noch niemand bemerkt hat.

Der große, helle Raum ist leer und ich stürme direkt bis auf den Balkon und lehne mich vorsichtig über das Geländer. Unten vor der Bibliothek stehen sie überall, verdammt. Ich ziehe mich zurück bis in die hinterste Ecke des Raumes, doch ich weiß, dass mir die Zeit davonläuft. Sollte mein Dad wieder zu sich kommen, kann er Alarm schlagen und dann sind da Gott weiß wie viele Männer mit Pistolen. Unruhig laufe ich auf und ab und haue mir immer wieder mit den Händen gegen die Schläfen, als ob ich so bezwecken könnte, dass eine Idee aus meinem Kopf fällt. Mir kommt nur *ein* brauchbarer Gedanke und er ist riskant, aber gerade meine einzige Option. Es darf nichts schief gehen und ich muss schnell sein, anderenfalls wäre ich erledigt. Ich setze mich in Bewegung, achte trotz Geschwindigkeit auf jeden einzelnen meiner Schritte. Jetzt stehe ich in dem Flur, aus dem ich eben gekommen bin und laufe bis nach vorn zu der Treppe, die hoch zum Turm führt. Gegenüber dieser, neben einem Fenster, steht eine Rüstung und ich entwende ihr den Helm. Mit zitternden Händen halte ich ihn fest und atme ein letztes Mal aus, dann werfe ich den Helm mit voller Kraft die Treppe hinauf, sodass er anschließend klirrend wieder herunterrollt. Ohne weiter zu überlegen, renne ich nun zurück in den Saal, durch ihn hindurch und zurück zum Balkon. Hinter mir höre ich einen Schuss in die Luft und unzählige Schritte. Ein letzter kurzer Blick über das Geländer, doch da ist niemand mehr zu sehen. Ich setze an und springe, mit wackligen Beinen lande ich auf dem Dach der

Bibliothek, welches etwas niedriger ist als das des Schlosses. Die Geräusche hinter mir werden immer lauter und mir bleiben wenige Sekunden. Sollte mich auch nur ein Einziger hier auf dem Dach stehen sehen, bin ich tot. Also renne ich weiter, meine Schritte sind unkontrolliert und schwerfällig. Ich fühle mich wie ein kleines Kind, das noch nicht richtig laufen kann. Unter mir kommt ein Dachziegel ins Rutschen und zieht meinen Fuß mit sich. Im letzten Moment komme ich noch zum Halt, doch der Ziegel rutscht weiter und zerschellt auf dem Boden. Panisch drehe ich mich um und es wird immer lauter um mich herum, nur weiß ich inzwischen nicht mehr, ob es Geräusche von außen sind oder ob es das Blut ist, das wie eine Welle meine Ohren flutet. Es ist auch egal, ich sehe nur noch die Kante des Daches vor mir und springe ab, während ich einen Schuss höre und einen Druck in meinem Schulterblatt spüre. Mein Körper kracht zu Boden, ich presse mir die Hand an die linke Schulter und schreie laut auf. Auf wundersame Weise geht es meinen Beinen jedoch weiterhin gut, also stehe ich auf und renne weiter. Kein Blick mehr hinter mich, keiner zur Seite, ich renne einfach. Glücklicherweise bin ich so abgesprungen, dass ich hinter der Bibliothek gelandet bin und sehe jetzt das Tor in der Schlossmauer vor mir. Wenige Schritte trennen mich von dem Durchgang und ich sprinte und schaffe es. Ich stolpere vom Gelände in die Freiheit und in den Wald hinein. Meine Beine hören nicht auf, sich zu bewegen. Ich renne, strauchle immer wieder und drohe hinzufallen, doch irgendwie schaffe ich es. Mit schwindender Kraft und immer mehr Blut an der Hand, die ich unerlässlich gegen die Wunde in meiner Schulter drücke, betrete ich das Dorf und lasse mich vor die erste Tür fallen, die auf meinem Weg liegt. Ich klopfe auch nicht, sondern krache mit meinem gesamten Körpergewicht dagegen und bete im Stillen, dass jemand öffnet.

Dreiundvierzigstes Kapitel

Lydia

Zurück in der Unterwelt und endlich weg von Hermes. Zwar weiß ich, dass er mir geholfen hat und ich ohne ihn nicht so schnell hergekommen wäre, und trotzdem löst er irgendwie keine angenehmen Gefühle in mir aus. Auf dem Weg hierher habe ich kein Wort mehr mit ihm gewechselt, nur als er mich hier abgesetzt hat, habe ich mich bedankt. Es ist nicht so, dass ich absichtlich unfreundlich erscheinen möchte – noch einen Gott als Feind ist das Letzte, was ich gerade brauche, aber mir steckt ein fürchterlicher Kloß im Hals. Jede Faser meines Körpers sträubt sich gegen das Weitermachen, ich möchte diese Mission nicht zu Ende bringen, möchte nicht auf den Olymp gehen. Die Angst vor dem, was mich dort erwartet, ist viel zu groß. Mein Gedanken drehen Kreise und ich merke überhaupt nicht, wo ich langlaufe. Um mich herum ist es wieder genauso dunkel wie bei meinem ersten Besuch und ich kann nur hoffen, dass ich ankomme und niemandem in die Arme laufe, der nicht von meiner Anwesenheit wissen darf – Hades zum Beispiel. Unter Betrachtung dieser Umstände müsste ich eigentlich viel vorsichtiger sein, doch ich bin absolut nicht bei der Sache und stapfe naiv durch die Unterwelt. Langsam überkommt mich das

Gefühl, dass sich die Szenerie hier immer wieder verändert, denn es gibt keinen einzigen Punkt, der mir ansatzweise bekannt vorkommen könnte. Ich kann spüren, wie zu meiner Verzweiflung und all den Sorgen eine Anspannung hinzukommt, die mein Herz zum Pochen bringt und in Kombination mit den anderen Symptomen nicht förderlich für meinen Körper ist. „Lydia…“, weht es aus der Dunkelheit zu mir hinüber und ich bleibe stehen und drehe mich im Kreis, meine Augen bleiben an keiner Stelle länger als eine Sekunde haften und ich kneife sie fest zusammen, um vielleicht etwas erkennen zu können. Egal wie sehr ich mich anstrenge, es bleibt unmöglich und die ganze Zeit bin ich das leichteste Ziel der Welt. Jedoch traue ich mich auch keinesfalls zu antworten, da die Gefahr, bemerkt zu werden, so nur noch mehr steigt. „Lydia, Lydia, Lydia…“, der Klang meines Namens hallt durch die Umgebung und mir läuft ein eiskalter Schauer den Rücken hinab. Plötzlich greift eine Hand nach mir und packt mich an der Schulter. Im letzten Moment schlage ich mir selbst vor den Mund, um nicht laut aufzuschreien, dann verliere ich den Halt auf den Beinen und werde von der unsichtbaren Kraft zur Seite gezogen. Als ich auf dem Boden aufkomme und die Augen öffne, sehe ich Medusa vor mir knien. „Medusa“, flüstere ich und die Gorgone nickt und lächelt ganz leicht. Ich werfe meine Arme um sie und sie umarmt mich zurück. Es ist so ein schöner Moment und ich freue mich so sehr, sie wiederzusehen. Die Umarmung hat die Kraft, die

Dunkelheit und Kälte auszuschalten und in mir wird alles ganz ruhig. Ich möchte sie am liebsten nie wieder loslassen. Es gab definitiv Augenblicke während meiner Reise, in denen ich das hier für unmöglich gehalten habe, obwohl mir diese Reise genau eines gelehrt hat – nämlich das nichts unmöglich ist. Alles, was man sich vorstellen kann, existiert und immer dann, wenn man denkt: „Hier ist die Grenze des Möglichen", wird die Grenze wieder verschoben. „Was tust du hier?", fragt Medusa eindringlich und hält mich an den Oberarmen fest, sodass sie mich ansehen kann. „Ich habe schreckliche Dinge erfahren und wollte unbedingt noch einmal zu dir, bevor ich auf den Olymp gehe. Ich wusste nicht, wohin ich sonst gehen sollte", flüstere ich und muss mich davon abhalten, dass ich anfange zu weinen. Ich bin unbeschreiblich erleichtert darüber, dass ich bei ihr bin und wir uns wiedersehen. Allein ihre Anwesenheit spendet mir so viel Kraft und Trost, fast fühlt es sich so an, als könne mir niemand etwas anhaben, solange ich bei Medusa bin. „Lass uns darüber sprechen, aber nicht hier. Wir sind hier nicht sicher. Vertraust du mir?" Sie hält nun meine linke Hand. „Ja, natürlich", antworte ich und sie nickt mir zu. Dann greift sie ebenfalls nach meiner rechten Hand und schließt die Augen. Sie sagt ein paar unverständliche Worte und dann löst sich die Welt um uns herum auf. Das Gefühl dabei ist nicht wie die Ortswechsel mit Aphrodite oder das Fliegen mit Hermes, sondern eher, als würden wir uns gar nicht bewegen und nur die Szene um uns herum würde sich verändern. Schließlich landen wir an dem Felsvorsprung vor ihrer Höhle, so wie einige Wochen zuvor auch. Genau wie damals wird es auch jetzt etwas heller um uns und ich kann Medusa zum ersten Mal wieder richtig ansehen. Auch ihr Blick ruht auf mir und sie sieht besorgt aus. „Was ist dir passiert?“, ist die Frage, mit der sie ihre Sorge zum Ausdruck bringt. „Lange Geschichte…“, antworte ich und versuche, zu lächeln. Ganz plötzlich gibt mein Fuß unter mir nach und ich knicke um und komme unsanft auf dem Boden auf. Den ganzen Tag über hatte ich die frisch behandelte Wunde verdrängt, doch jetzt ist mein Fuß überlastet. Als ich versuche, wieder aufzustehen, merke ich, dass es nicht mehr funktioniert. Medusa kommt sofort auf mich zu und schaut mich nur noch fragender an, dann hebt sie mich hoch und trägt mich in ihre Höhle hinein. „Ich habe Zeit“, sagt sie, nachdem sie mich sicher auf dem Boden abgesetzt hat und so beginne ich, ihr von meiner Reise zu berichten.

Nach einer ganzen Weile komme ich zum Ende, Medusa hat sich derweil um meinen Fuß gekümmert. Die Wunde ist durch die viele Belastung wieder aufgerissen, außerdem ist auch der Fuß an sich wieder angeschwollen. Sie umwickelt alles mit kühlenden Tüchern und reibt den Fuß mit duftenden Kräutern ein. „Es tut mir leid, dass ich dir nichts von der Vorherrschaft der B.O.S.C. und Ares erzählt habe. Ich wollte dich damals nicht noch mehr verunsichern, du standest gerade ganz am Anfang deiner Reise und hattest erst Mrs. Abernathy verloren. Da wollte ich dir nicht unbedingt mitteilen, dass der Gott des Krieges auch deinen Tod möchte.“ „Keine Sorge, ich bin dir nicht böse, du hast das Richtige getan. Ich weiß nicht, ob ich all das auf mich genommen und mich getraut hätte, wenn ich im Hinterkopf die ganze Zeit von noch einem weiteren Gegner gewusst hätte“, sage ich und meine es auch so, „doch jetzt weiß ich von ihm und der Olymp steht noch bevor. Zu sagen, dass ich keine Angst hätte, wäre gelogen und dann ist da ja auch noch Henry…“ „Du magst ihn, oder?“ Ich richte meinen Blick auf die Höhlenwand mir gegenüber, dann schüttele ich den Kopf: „Nein – nein, ich mag ihn nicht, das wäre gelogen. Henry ist viel mehr als nur jemand, den ich mag. Er war die ganze Zeit an meiner Seite, hat mich gesucht, wenn er ein schlechtes Bauchgefühl hatte und mich sogar dann beruhigt, wenn er selbst von der Angst verspeist wurde. Mich von ihm zu trennen, damit wir die Mission beenden können, war eine der schwierigsten Entscheidungen, die ich je treffen musste.“ Medusa lächelt und nicht nur mit dem verlegenen, kaum erkennbaren Lächeln, dass sie sonst aufsetzt, sondern mit einem breiten Grinsen. Es macht mich glücklich, sie so zu sehen und ich muss automatisch mit lächeln, dann schaue ich beschämt zu Boden. Mein Gesicht glüht und ich hoffe, dass es immer noch so dunkel ist, dass sie die Röte nicht erkennen kann. „Das ist wundervoll, Lydia. Ich freue mich sehr für dich und ihr werdet es schaffen, dann kannst du ihn wieder in die Arme schließen. Ich glaube fest daran und werde alles tun, um dir zu helfen, damit diese Mission endlich vorbei ist.“ Ihr Tonfall klingt entschlossen und gibt mir Mut, ich lächle sie an und greife nach ihrer Hand. Mit meiner nächsten Frage wechsle ich das Thema: „Wie ist Zeus?“ Medusa legt den Kopf in den Nacken und schaut an die Decke, die Schlangen auf ihrem Kopf protestieren und zischen. Es klingt schon etwas angsteinflößend, doch ich weiß, dass ich mich nicht fürchten muss – ich weiß, wer die wahren Monster sind. „Zeus ist gefährlich, er ist unvorhersehbar und streitlustig. Er hat Macht und darüber ist er sich auch mehr als bewusst“, jetzt sieht sie mich wieder an, „trotzdem bin ich davon überzeugt, dass er nicht der Gefährlichste auf dem Olymp ist, denn bei ihm besteht immer noch die Chance, dass er auch daran interessiert ist, unsere Welt zu schützen. Die wahren Gegner sind Ares und seine Gefolge… niemand aus seiner Familie mag ihn. Die wenigsten Menschen mögen ihn und das musst du dir mal auf der Zunge zergehen lassen, denn wenn selbst Menschen schlau genug sind, ihn zu durchschauen, dann kann er kein guter Gott sein.“ Medusa streichelt behutsam meine Hand, während sie spricht. „Wie kann ich gegen Ares vorgehen?“, frage ich. „Du musst zu Zeus gelangen, bevor er dich entdecken kann und du solltest deine Bekanntschaften mit Athene, Aphrodite und Hermes versuchen, für dich auszuspielen. Umso mehr Götter auf deiner Seite sind, umso machtloser ist Ares dir gegenüber.“ „Was ist, wenn ich es nicht schaffe, Zeus zu überzeugen und ihn dazu zu bringen, dass er mir glaubt? Ich bin nur ein Mensch, es wird ihm vollkommen egal sein, was ich zu sagen habe…“, schon beim Aussprechen dieser Worte ist mir schlecht, „ich brauche Henry, um auf den Olymp zu gehen. Ohne ihn schaffe ich es nicht…“ Medusa lässt meine Hand los und steht auf, sie läuft nervös durch die Höhle und scheint nachzudenken. Mein Bauchgefühl meldet sich wieder und sagt mir, dass mit Henry etwas ganz und gar nicht stimmt und ich bin kurz davor, mich zu übergeben. „Kannst du irgendwie Zugang zur Welt herstellen und sehen, wie es Henry geht oder wo er ist?“ Meine Frage prallt an der Höhlenwand ab und ich glaube, Medusa wird mir nie eine Antwort darauf geben. Doch dann sagt sie: „Nein, das kann ich leider nicht. Aber ich kann dich hier heraus befördern und dann kannst du selbst schauen. Geh auf die Suche nach ihm und wenn du ihn gefunden hast, macht ihr euch auf den Weg zum Olymp.“ Jetzt dreht sie sich wieder mir zu und ich kann sehen, wie die Schlangen auf ihrem Kopf toben und zischen, ihre Augen sehen betrübt aus. Ich stehe auf und humple auf sie zu: „Ich möchte dich aber nicht schon wieder verlassen, ich möchte diesen Kampf mit dir gewinnen. Es ist auch dein Recht, einen Schlag gegen den Olymp zu haben.“ „Ach Lydia“, sie lächelt, doch jetzt sieht es wieder so gequält aus wie immer und mein Herz bricht in sich zusammen, „ich würde so gern mit dir kämpfen und bei dir sein, aber das geht nicht. Ich komme hier nicht weg, ohne viel Aufsehen zu erregen. Genau deshalb musst *du* gehen und die B.O.S.C. besiegen, denn dann kannst du mich immer wieder besuchen kommen und wir können uns wiedersehen.“ Wir umarmen uns und diesmal schluchzen wir beide, denn ich weiß, dass ihre Worte wahr sind, und ich werde alles dafür tun, dass wir uns wiedersehen. Mein Herz schmerzt zwar bei dem Gedanken, sie schon wieder verlassen zu müssen, doch die Zeit wird immer knapper und ich muss unbedingt zu Henry. Medusa bringt mich also zurück zu der Stelle im Wasser, wo sich das Portal befindet. Ich sage ihr noch, dass ich unter keinen Umständen in der Bibliothek landen darf, weil ich dann eigentlich so gut wie tot bin. „Bis bald“, sagt sie und drückt mich ein letztes Mal an sich. Das kalte, schwarze Wasser umspielt unsere Beine und ich friere am ganzen Körper. „Bis ganz bald, ich verspreche es“, antworte ich und schon bin ich verschwunden und lande wieder in dem Geräteschuppen, der schon vor meiner Abreise zu Hermes als mein Versteck fungiert hat.

Vierundvierzigstes Kapitel

Henry

Die Tür öffnet sich und ich kann spüren, wie mich jemand anstarrt, doch dann verflüchtigen sich die Schritte des unbekannten Schattens zurück ins Innere des Hauses. Als ich meine Augen öffne, stehen zwei Personen auf der Türschwelle und blicken auf mich hinab. Es scheint ein Paar zu sein, sie sehen schockiert aus und ich versuche, mich in ihre Lage zu versetzen und kann mir nur ansatzweise vorstellen, wie komisch es sein muss, wenn plötzlich ein angeschossener Junge vor der eigenen Haustür liegt. Daher werde ich Nachsehen für jegliche Entscheidungen ihrerseits haben. Zu meiner Überraschung hebt mich der Mann jedoch an und greift mir unter den gesunden Arm, sodass ich mich auf ihm abstützen und ins Haus folgen kann. Das Haus ist klein: es gibt nur einen kurzen Flur, von dem aus vier Türen abgehen – zwei gegenüber der Haustür und die anderen beiden an den Wänden daneben. Der Mann und ich gehen durch eine der Türen gegenüber dem Eingang und ich werde auf einer Couch abgesetzt, seine Frau ist durch einen der anderen Durchgänge verschwunden, kommt jedoch nach und hält Verbandszeug in den zittrigen Händen. Mir läuft kalter Schweiß am

Rücken und der Stirn hinab, unbeholfen versuche ich, ihn wegzuwischen und merke dabei, dass meine Hände zittern. Das fremde Paar ist nett zu mir, doch mir ist bewusst, dass ich unmöglich hierbleiben kann – sie dürfen meinetwegen nicht gefährdet werden. Das kann ich nicht verantworten, da ich es mir nie verzeihen würde, falls ihnen etwas zustoßen sollte. Es reicht, wenn *ich* unter meinem Dad leide. Plötzlich unterbricht die Stimme der Frau meine wandernden Gedanken: „Was ist dir passiert?" Ich werde panisch und suche krampfhaft nach einer passablen Antwort. Doch in meinem Kopf ist nichts, außer der Ärger darüber, dass ich nicht so weit gedacht, sondern mich ausschließlich darauf fokussiert habe, Schutz zu finden. Dabei ist es logisch, dass sie Fragen stellen, schließlich lag ich einfach verletzt vor ihrem Haus. Was soll ich jetzt sagen? Dass mein Dad mich eingesperrt hat und ich ihm ein Holzbrett über den Kopf gezogen und ihn eingeschlossen habe, bevor ich weggelaufen bin? Dass seine Mitarbeiter mich verfolgt haben, ich von einem Balkon gesprungen bin und angeschossen wurde? Jeder normale Mensch, der so etwas erzählt bekommt, ruft die Polizei oder das Jugendamt. Nein, ich muss mir irgendetwas ausdenken und dabei bloß keine Panik verursachen: „Ein Freund von mir und ich haben auf dem Dachboden seines Dads eine Waffe gefunden und dachten, sie sei nicht geladen. Wir haben damit rumgespielt und er hat mich aus Versehen getroffen. Es war ein Unfall…", ich atme aus und hoffe, dass meine zittrige Stimme mich nicht verrät. Das Paar wirft sich einen Blick zu, dann sagt der Mann: „Wo ist dein Freund jetzt und wohnst du hier im Ort? Wir kennen dich gar nicht.“ Fuck, denke ich. Meine Lüge ist furchtbar, aber zu spät – jetzt muss ich sie durchziehen: „Er ist losgerannt, um Hilfe zu holen, aber ich wollte nicht, dass sein Dad das sieht und er Ärger bekommt, deshalb bin ich

verschwunden. Aber ich wohne nicht hier, ich bin nur zu Besuch bei Freunden meiner Familie. Sie haben eine Tochter – Lydia…“ Ihre Blicke sind weiterhin skeptisch und ich glaube nicht, dass sie mir auch nur einen Bruchteil der Geschichte abkaufen. Die Frau geht um die Couch herum und krempelt den blutgetränkten Ärmel meines Shirts hoch, ich verziehe das Gesicht. Sie beginnt, das Blut abzutupfen und einen Druckverband anzulegen, dann schaut sie mich an und sagt: „Ich werde den Notarzt rufen, wir können dich nicht mit einer Schusswunde einfach bei uns im Wohnzimmer liegen lassen“ und verlässt daraufhin mit dem Handy in der Hand das Zimmer. Mein Arm fühlt sich an, als wäre er in Blei gebadet worden und mein Kopf ist schwer. Ich gebe ein dumpfes Geräusch von mir und lasse den Kopf ins Kissen sinken. „Ruh dich erstmal aus“, sagt jetzt der Mann und ich nicke leicht. Durch die Behandlung der Schusswunde und die Berührung meiner Schulter sitzt der Schmerz nun überall und betäubt meinen Kopf. „Kennen Sie die

Familie?“, frage ich, ohne so recht zu wissen, warum. Aber irgendwie habe ich das Gefühl, Lydia etwas näher zu sein, wenn ich mit ihrer Familie in Verbindung bin, sei es nur per Erzählung. „Ja, wir kennen sie. Sehr nette Menschen, Lydia ist ein großartiges Mädchen. Furchtbar, was sie momentan durchstehen muss… bist du zur Unterstützung da? Ich kann mir vorstellen, dass die aktuelle Zeit für die gesamte Familie sehr schwierig sein muss.“ Ich weiß genau, dass es um Mrs. Abernathy geht, aber frage mich, was er mit „momentan“ meint? Lydia und ich sind schon seit etwa drei Wochen unterwegs. „Momentan?“, frage ich also verwundert. „Der Tod von der Bibliothekarin gestern Abend, es steht heute überall in der Zeitung, sie soll ja die Erste gewesen sein, die sie gefunden hat. Weißt du nichts davon?“ „Gestern“, wiederhole ich nur für mich und sage dann: „Doch, doch natürlich weiß ich davon, ich… bin nur etwas verwirrt.“ „Das ist okay“, antwortet der Mann und dreht sich um, hinter ihm im Türrahmen steht seine Frau. „Der Krankenwagen ist in ein paar Minuten hier.“ Ich beiße mir auf die Lippe, sage aber nichts darauf. Bevor meine Gedanken ausgehen, denke ich noch daran, dass ich Lydia unbedingt davon berichten muss.

Alles in allem ist mein Schlaf unruhig, zwar sehe ich Lydia, doch irgendwann mischen sich Schüsse und Bilder von meinem Dad in meine Träume. Mein Dad, wie er mir immer wieder sagt, was für eine Enttäuschung ich bin und, dass ich es niemals schaffen werde, schlauer als er zu sein. Meine Traumwelten sind keine schönen Orte mehr für mich und obwohl die Realität genauso schlimm ist, wünsche ich mir ab einem bestimmten Punkt nur noch, dass ich aufwache. Dann werde ich wach und es ist nicht aufgrund von romantisch zwitschernden Vögeln, sondern aufgrund mehrerer Pieptöne. Ich öffne meine Augen und drehe den Kopf zur Seite: Ich bin im Krankenhaus. Angestrengt versuche ich, mich daran zu erinnern, was passiert ist und wie ich hier gelandet bin. Die Tür geht auf und es kommt jemand in mein Zimmer, es ist eine Krankenschwester. „Guten Morgen", sagt sie und klingt viel zu fröhlich. „Guten Morgen", krächze ich zurück. Sie stellt ein Tablett mit Frühstück neben mir ab und macht irgendetwas an den Geräten um mich herum, dann sieht sie mich an und fragt, wie es mir geht. „Was genau ist passiert?", frage ich als Antwort darauf. „Sie hatten eine Wunde an der Schulter, die Kugel einer Waffe hat sie gestreift – da hatten Sie Glück. Wir haben die Wunde versorgt, mussten dies allerdings unter Narkose tun, da der Schmerz so stark war, dass Sie immer wieder an der Grenze des Bewusstseinsverlusts standen. Die Kugel hatte Splitter in ihrer Schulter hinterlassen, aber wir konnten alle entfernen. Sie müssen sich nur noch etwa eine Woche ausruhen und den Arm ruhighalten." Ich nicke verständnisvoll und bedanke mich bei ihr. Sie öffnet noch mein Fenster, dann verlässt sie das Zimmer. In meinem Kopf wiederhole ich die Frage der Krankenschwester – wie geht es mir? Gerade habe ich alles verloren, Lydia ist sonst wo und mein Dad ist in ihrem Heimatort. Ich habe nicht nur mich in Gefahr gebracht, sondern auch sie und ihre Familie. Meine Eingeweide beginnen zu rebellieren und ich hasse mich selbst so sehr. Vielleicht hat mein Dad Recht und ich werde es nie schaffen, ihm zu entkommen. Vielleicht sollte ich einfach aufgeben und das machen, was er sagt, vielleicht wird mein Leben dann einfacher?! Ich stehe auf und gehe zum Fenster des Zimmers. Ich befinde mich offensichtlich im ersten Stock – was ein Glück. Noch ein letzter Blick zurück, dann springe ich hinaus und lande relativ sanft auf dem Boden unter mir. Die Sonne geht gerade erst auf, also muss es in etwa sieben Uhr sein. Die kalte Oktoberluft schlägt mir ins Gesicht und setzt sich mit jedem Atemzug tiefer in meinen Lungen fest. Die Kälte ist stechend und trotzdem ein angenehm erfrischendes Gefühl.

Fünfundvierzigstes Kapitel

Lydia

Ich fühle mich seltsam leer, seit ich mich von Medusa verabschiedet habe und noch dazu frisst mich die Sorge um Henry auf. Sie nimmt mich so sehr ein, dass ich an nichts anderes denken kann. Jeder Gedanke dreht sich entweder um ihn oder endet bei ihm. Dabei geht es hier noch um so viel mehr und wenn ich ihn wiedersehen möchte, muss ich meinen Kopf jetzt dazu bringen, dass er einen Plan parat hat. Ich habe Henry gesagt, er solle Schutz bei meiner Familie suchen. Sollte er es bis dahin geschafft haben, ist die Frage, was er ihnen bereits alles erzählen musste. Generell weiß ich nicht, wie viel sie wissen dürfen. Wie lang war ich jetzt weg? Drei Wochen? Sie werden krank vor Sorge sein, dann kann ich nicht einfach zu Hause reinspazieren und „Hallo" sagen. Alles an dieser Situation ist absurd und absolut nicht in Ordnung. Meine einzige Hoffnung ist, dass die Zeit anders vergeht, wenn ich in den Welten der Bücher bin. Aber selbst, wenn es so sein sollte, wie erkläre ich Henry? Ahhh – ich vergrabe den Kopf in meinen Händen. Und was ist, wenn Henry es nicht zu meiner Familie geschafft haben sollte? Wo könnte er sonst sein und was könnte ihn vom Weg abgebracht haben? So viele

Fragen und ich kann sie mir nicht beantworten. Es gibt nur eine Möglichkeit, alles zu klären – ich muss nach Hause. Mit viel Glück finde ich ihn dort oder auf dem Weg dorthin. Ich öffne also die Tür des Geräteschuppens und trete hinaus ins Freie. Die englische Herbstluft ist kalt und im Vergleich zu den griechischen und türkischen Temperaturen eisig. Ich beginne sofort zu frieren und versuche daher mich durch schnelles Laufen zu wärmen. Dank Medusa geht es meinem Fuß viel besser als zuvor und wenn alles gut funktioniert, sollte die verbleibende Schwellung in wenigen Tagen abgeklungen sein. So schnell ich kann, verlasse ich das Gelände durch den Durchgang in der Mauer und mache mich auf den Weg durch den Wald, zurück Nachhause. Die gesamte Zeit über bin ich vorsichtig und halte die Augen nach Henry offen. Was ich auf jeden Fall in keiner der Straßen sehen kann, sind „Vermisst“-Schilder, was mich beruhigt, weil dies heißen muss, dass mich bisher niemand sucht. Als ich schließlich in meine Straße einbiege und kurz vor unserem Haus bin, komme ich zum Stehen und mein Atem bleibt aus. Auf der Türschwelle liegt jemand und ich weiß sofort, dass es Henry ist. Mein Herz setzt einen oder fünf Schläge aus und ich renne los. Mein Fuß meldet sich wieder, doch diesmal muss ich ihn ignorieren, denn in diesem Moment zählen nur Henry und die wenige Zeit, die mir bleibt, um ihn zuerst zu finden. Ich komme vor ihm zum Stehen und knie mich hin, nehme sein Gesicht in beide Hände und sehe ihn an. Sein Blick ist schmerzverzerrt und er sieht so müde aus. „Henry“, flüstere ich und drücke einen flüchtigen Kuss in seine zerzausten Haare, „Ich bin da, ich habe das letzte Buch. Ich bin da.“ Er erkennt mich und sein Blick wird etwas weicher, er legt seine linke Hand an die Wange, wo auch meine Hand ist, und sieht mir tief in die Augen: „Ich habe es nicht geschafft, es tut mir so leid. Mein Dad, er hat mich reingelegt, ich hatte keine Chance, es tut mir so leid.“ Ich streiche ihm übers Gesicht und halte ihn fest: „Alles gut, ich bringe dich jetzt in mein Zimmer und dann sehen wir weiter, okay?“ „Lydia, warte“, setzt er an und ich halte in meiner Bewegung inne, „die Zeit vergeht hier anders. Es ist nur ein Tag vergangen, seit wir weg sind. „Woher weißt du…?“ Henry unterbricht mich: „Lange Geschichte.“ Ich lächle ihn an, dann nehme ich meinen Rucksack ab und hole den Haustürschlüssel heraus. Bevor ich die Tür öffne, sagt er: „Was willst du deinen Eltern erzählen?“ „Ich denke mir was aus, keine Sorge.“ Wir betreten unser Haus und meine Mum kommt mir aus der Küche entgegen: „Wo warst du die ganze Nacht? Denkst du, ich mache mir keine Sorgen um dich? Du hattest versprochen zum Abendessen wieder hier zu sein?!“ Sie sieht enttäuscht aus und dabei weiß sie nur von einer einzigen Nacht und nicht von den drei Wochen, dem gebrochenen Fuß und den Treffen mit den griechischen Göttern. Ich setze mein schönstes und unschuldigstes Lächeln auf, gehe auf sie zu und sage: „Ich konnte nicht schlafen, meine

Gedanken drehen sich die ganze Zeit nur um Mrs. Abernathy. Ich bin zum Schloss gegangen und habe in ihrer Wohnung geschlafen. Außerdem habe ich Henry gebeten, zu mir zu kommen. Wir kennen uns aus der Schule und er hilft mir manchmal mit den Matheaufgaben. Jetzt war er die ganze Nacht über für mich da und ich wollte mich bedanken und ihm bei uns zuhause noch etwas zu Essen anbieten. Tut mir leid Mum, ich hätte dir Bescheid sagen sollen, aber ich war mir nicht sicher, ob du es verstehen würdest." Der messerscharfe Blick meiner Mum weicht etwas auf: „Sie wird dir sehr fehlen, oder?" Ich nicke nur, dann kommt sie auf mich zu und nimmt mich in ihre Arme. Ich mag es nicht sie anzulügen, doch manchmal ist es die einzige Wahl. Es ist die Story, die sie am besten verstehen wird und die am wenigsten Schaden anrichtet – das ist alles, was gerade zählt. Ich lasse mich also von ihr umarmen und genieße es für den Moment, denn sie weiß ja nicht, dass ich zwischendurch daran gezweifelt habe, ob ich sie je wiedersehen werde. „Mum, bevor wir was essen, können wir duschen gehen?" Sie löst sich von mir und wischt sich eine Träne aus dem Augenwinkel: „Natürlich, geht ruhig." Sie lächelt mich an und wirft auch Henry ein Lächeln zu: „Danke, dass du für Lydia da bist", ihr Blick fällt plötzlich auf Henrys Arm und sie wird skeptisch, „warum ist dein Arm in einer Schlinge, das ist doch nicht etwa letzte Nacht passiert?" Mein gesamter Körper verkrampft sich, doch Henry spielt mit und antwortet, die Verletzung käme vom Fußballspielen.

Daraufhin dreht sich meine Mum endlich um und verlässt den Flur. Schnell gehe ich zu ihm herüber und wir gehen die Treppe nach oben in mein Zimmer. Erst als die Tür hinter mir ins Schloss fällt, sehen wir uns an und ich lege meine Arme um seinen Oberkörper und lehne den Kopf gegen seinen Brustkorb. Er legt seinen Kopf auf meinem ab und setzt kleine Küsse in meine Haare. Ich merke jedoch, wie schwach er ist und will unbedingt wissen, was ihm passiert ist. Allerdings können wir uns darüber nicht einfach in meinem Zimmer unterhalten. Mir kommt eine Idee und kurz darauf schleichen wir über den Flur ins Bad, ich schließe hinter uns ab und helfe Henry dabei, sich auf den Boden zu setzen. Ich stelle das Wasser der Dusche an, anschließend setze ich mich zu ihm und endlich können wir uns in Ruhe unterhalten. Wir sind wieder zusammen und ich muss mir für den Moment keine Sorgen darum machen, wo er ist oder wie es ihm geht.

Er bittet mich darum, zuerst von meiner Begegnung mit Hermes zu erzählen und obwohl ich endlich erfahren möchte, was *ihm* zugestoßen ist, erzähle ich es ihm. Es kostet mich sehr viel Kraft, weil mir insbesondere der Teil mit Ares und der Rolle der B.O.S.C. viel Angst bereitet. Im Gegensatz dazu empfinde ich bei der Erzählung von Medusa bloß viel Schmerz, weil ich nicht weiß, wann und ob ich sie wiedersehe. Doch am Ende meiner Erzählung sehe ich Henry in die Augen und weiß, dass meine Rückkehr aus der Unterwelt auch etwas Gutes beinhaltet. Wir sehen uns an und ich nehme die von ihm ausgehende Ruhe in mir auf. Zum ersten Mal wird mir wieder warm ums Herz und ich würde mich so gern auf der Stelle in seine Arme fallen lassen, doch zuerst muss ich seine Geschichte hören. „Jetzt du“, sage ich also und nicke ihm zu. Henry schluckt sichtbar und sein Körper verkrampft sichtlich, also strecke ich meine Hände nach seinen aus und halte sie fest. Ich möchte nicht, dass er mit dem Gewicht des Erlebten allein bleiben muss und weiß nur zu gut, wie zehrend es sein kann, von schlimmen Ereignissen zu berichten. „Während des Ablenkungsmanövers wusste ich nicht, wohin ich gehen soll und es wurde immer dunkler. Ich bin erstmal losgerannt, die Männer waren mir direkt auf den Fersen und es war einfach keine Zeit zum Nachdenken. Das Problem ist, dass ich im Kreis gerannt sein muss. Eigentlich hatte ich nach einer Zeit das Gefühl, ich hätte ein wenig Abstand zwischen sie und mich gebracht. Ich habe dann in der Entfernung ein Licht gesehen und bin hoffnungsvoll darauf zu gelaufen“, er atmet zittrig aus und ich umfasse seine Hände noch etwas enger, fahre vorsichtig mit meinen Fingern über seine Haut, „Ich bin auf direktem Weg zurück zum Schloss gelaufen und meinem Dad direkt in die Arme. Sie müssen ihn über mein Entkommen und mein Wechseln der Seite informiert haben und plötzlich stand er vor mir.“ Henry kämpft mit seinen Gefühlen und mein Herz bricht ein kleines Stück auseinander, weil es mir so leidtut. All die Strapazen mit seinem Dad und das seit Jahren, ich kann mir in meiner Vorstellung kein Bild davon machen, wie schlimm sich das anfühlen muss. „Ich habe versucht, gegen ihn anzukommen, aber er war stärker – und hat mich im Schlossturm eingesperrt. Ehrlich gesagt war ich kurz davor, aufzugeben. Weißt du, da war dieser eine Moment, als ich vollkommen kraftlos am Boden lag und da wollte ich nicht mehr. Ich wusste nicht, wo du bist oder wie es dir geht und ich hatte einfach keinen Mut mehr, weiterzumachen. Aber dann ist mir eine Idee gekommen und ich habe hinter einem Vorhang eine Treppe entdeckt, die mich auf einen Zwischenboden geführt hat. Kurzerhand habe ich eine Holzdiele aus dem Boden entfernt und hinter dem Vorhang gewartet, bis mein Dad zurückgekommen ist…“, wieder atmet er zittrig aus, dann zieht er eine Hand aus meinem Griff und presst sich Daumen und Zeigefinger gegen die Augen, um seine Tränen zurückzuhalten. Für den Moment gelingt es ihm und er spricht mit glasigen Augen weiter: „Mit einer Bewegung des Vorhanges habe ich ihn zu mir gelockt, ihm das Holz auf den Kopf geschlagen, bin losgerannt und habe die Tür mit dem Brett zugesperrt. In der Etage unter mir war der Tanzsaal. Um die Männer draußen abzulenken, habe ich den Helm einer Rüstung die Treppe hinaufgeworfen und bin dann aus dem Fenster des Saals auf das Dach der Bibliothek gesprungen.“ Mir stockt der Atem, weil das nicht der Henry ist, den ich in der Bibliothek kennengelernt habe und auch nicht der, der immer so viel Angst vor seinem Dad spürt.

In meiner Brust macht sich ein neues Gefühl breit und es ist Stolz, doch ich sage noch nichts, weil ich spüren kann, dass seine Erzählung noch nicht abgeschlossen ist. „Sie waren schneller als ich und als ich von dem Dach der Bibliothek auf den Boden gesprungen bin, hat mich die Kugel einer Pistole an der Schulter gestreift. Ich bin einfach weitergerannt, weil ich nicht wusste, was ich tun soll, bis ich irgendwann vor der ersten Tür des Dorfes zusammengebrochen bin und großes Glück hatte, da mir die Bewohner des Hauses geholfen haben. Ich wurde ins Krankenhaus gebracht und dort wurden die Splitter der Kugel aus meiner Schulter entfernt. Eigentlich sollte ich mich eine Woche schonen, doch nachdem ich diese Information erhalten habe, bin ich aus dem Fenster gesprungen und zum Haus deiner Familie gelaufen", schließt er ab und kann seine Tränen schließlich nicht mehr aufhalten. Henry beginnt zu weinen. Ich rücke näher an ihn heran und umarme ihn so fest ich kann. Meine Finger zeichnen Muster auf seinem Rücken und ich halte ihn einfach fest. Es gibt nichts zu sagen, ich kann nur da sein und ihm den Raum für seine Emotionen lassen. Kein Wort der Welt würde seinem Schmerz gerecht werden, dem bin ich mir bewusst. „Es tut mir so leid, Lydia. Ich dachte, diesmal wäre ich stärker als er. Ich dachte, ich könnte diesen Kampf gegen ihn endlich gewinnen, aber es ist aussichtslos. Er wird immer stärker und besser bleiben als ich, denn immer, wenn ich denke, ich wäre ihm einen Schritt voraus, ist er bereits drei Schritte vor mir und fängt mich ab. Ich habe keine Kraft mehr dafür, es ist so anstrengend, die ganze Zeit gegen ihn anzugehen, weil es sich so anfühlt, als würde ich ein Stück weit auch immer gegen mich selbst kämpfen.“ Nie zuvor habe ich ihn so verzweifelt und zerstört gesehen, der Anblick zerreißt meine Seele in tausend Stücke und endlich finde ich ein paar Worte: „Du bist ihm schon längst einen Schritt voraus, und zwar einen, den er niemals aufholen kann, denn du hast dich gegen ihn durchgesetzt. Trotz deiner Sozialisation und der Art und Weise, wie er dich all die Jahre behandelt hat, schaffst du es jeden Tag, mit so viel Liebe durch die Welt zu gehen und alle Menschen gut zu behandeln. In meinen Augen bist du allein mit dieser Fähigkeit einer der stärksten Menschen auf dieser Welt, aber allein dabei bleibt es ja nicht: trotz all des Dunkels, was auf dir lastet, bist du die Sonne und gibst einem das Gefühl, dass alles möglich ist. Du zeigst Gefühle, du offenbarst dich. Weißt du, wie wenige Menschen das können? Dein Dad hat vielleicht Waffen, personelle Unterstützung und Strategie, aber du hast ein Herz und ein eigenständig funktionierendes Gehirn. Ich weiß, dass es sich vielleicht so anfühlt, als wärst du wie er oder könntest dich niemals von ihm lösen, doch das hast du bereits und du bist alles, aber definitiv nicht dein Dad. Und ich liebe dich, ich liebe dich so sehr, dass es wehtut und das genau aus den Gründen, die ich gerade aufgezählt habe.“ Ich beende meine kleine Ansprache und streiche ihm über die Wange, aber er zieht mich zu sich und küsst mich. Es ist unser erster Kuss und er ist tränennass und salzig, doch so viel schöner, als ich es mir jemals hätte vorstellen können. Wir halten uns beide so fest wie möglich beieinander. Unsere Herzen schlagen im selben Takt und ich möchte nie mehr von Henry entfernt sein. „Danke“, haucht er in meine Haare und ich küsse ihn auf die Schläfe. Doch dann stehe ich auf und drehe das Wasser ab. Der Moment endet und wir lächeln uns an, denn in unserer Erinnerung wird er nie enden und für immer als etwas ganz Besonderes abgespeichert sein. Wir gehen schließlich zurück in mein Zimmer und lassen uns auf mein Bett sinken. Was wir jetzt benötigen, ist ein Plan, und zwar einen perfekten und lückenlosen. Henrys Dad ist im Ort, seine Gefolgsleute sind überall. Wir dürfen uns keine Fehler mehr erlauben, denn Henrys Wunde zeigt, dass jeder Fehler ab jetzt den Tod bedeuten kann.

Sechsundvierzigstes Kapitel

Lydia

An diesem Tag denken wir uns keinen Plan mehr aus, stattdessen schlafen wir ineinander verschlungen und vollkommen erschöpft ein. Es ist der erholsamste Schlaf seit Wochen und als ich aufwache, ist der Tag bereits vorangeschritten. Das Licht, welches in mein Zimmer fällt, ist kalt und weiß. Es tut in meinen müden Augen weh und holt meine Gedanken direkt zurück in unsere Realität. Ich drehe meinen Kopf nach links und sehe Henry. Ganz vorsichtig lege ich meine Hand auf seinen Kopf und streiche ihm durch die Haare. Meine Hand wandert schließlich an seiner Schläfe und Wange sein Gesicht hinab. Den gesamten Augenblick über sehe ich ihn an, ich versuche mir jedes Detail seines Gesichts einzuprägen. Nur für den Notfall, damit ich unter keinen Umständen jemals vergesse, wie er aussieht. Seine braunen Haare kräuseln sich leicht, seine Wimpern sind wunderschön und so lang, dass sie bis hin zu seinen tiefen dunkelblauen Augenringen reichen. Ich lasse meine Hand auf seiner Wange verweilen und setze ihm einen Kuss auf die Stirn, von dem er schließlich wach wird. Er blinzelt mehrmals und scheint ebenfalls mit dem kalt- grellen Licht zu kämpfen. Auf meinem Gesicht breitet sich ein Lächeln aus, und mein Herz droht zu platzen. Ich wünschte, beschreiben zu können, was ich fühle, wenn ich ihn sehe, jedoch befürchte ich, dafür niemals die richtigen Worte finden zu werden. Henry nimmt meine Hand und legt sie auf seinen Brustkorb, dann legt er seine darüber und lächelt mich an. „Guten Morgen", seine Stimme ist kaum mehr als ein Hauchen und jetzt erst kann ich erkennen, dass nicht nur seine Augenringe deutlich erkennbar, sondern seine Augen generell noch geschwollen sind. „Guten Morgen", flüstere ich zurück und stütze mich auf meinen Ellbogen, um ihn besser ansehen zu können. „Du bist wunderschön, Lia", sagt Henry und mein Atem bleibt stehen. Seine Stimme ist so ruhig und sanft, dass sie tausend Schmetterlinge in meinem Bauch hervorruft. „Lia?", frage ich also, einfach nur weil ich ihn reden hören möchte. Ich möchte seine Stimme konservieren und aufnehmen, damit ich auch sie niemals vergesse. „Für mich bist du meine Lia – falls wir uns mal schnell verständigen müssen oder ich dich einfach nur daran erinnern möchte, wie wundervoll du in meinen Augen bist." Vollkommen eingenommen von seiner Stimme, seinem Blick und diesen Worten starre ich ihn einfach nur an und befürchte, in Tränen auszubrechen. Jeder Moment, den wir gemeinsam haben, ist bittersüß. In jedem Liebesgeständnis ist Angst enthalten, in jeder Zärtlichkeit eine tickende Uhr und immer drückt die Schwere auf unsere Herzen. Ich lege meine Lippen auf seine und wir werden eins. Diesmal ohne Salz und Tränen, dafür mit wild pochenden Herzen und Angst im Hinterkopf. Trotzdem schenken mir seine Küsse Leben und ich fürchte so sehr es zu verlieren, sobald unsere Lippen sich trennen.

Siebenundvierzigstes Kapitel

Henry

Während ich Lia küsse, muss ich die gesamte Zeit daran denken, wie gern ich ihr Unendlichkeit schenken würde. Es erscheint mir so unfair, dass uns das geraubt wird. Jedes junge Paar verspricht sich „Für immer“ und ganz egal, ob sie es am Ende einhalten, wissen sie, dass sie es theoretisch könnten. Lia und ich haben diese Gewissheit nicht und der Gedanke schmerzt jeden Tag. Er ist wie ein Dolch, der sich in meine Brust bohrt und mich daran erinnert, dass alles unbestimmt ist. Der Dolch hat das Gesicht und die Stimme meines Dads und während er sich durch meine Haut bohrt, singt er mir das Lied vom Ende. Oh, wenn ich könnte, würde ich Lia fünf Unendlichkeiten versprechen. Ganz langsam zieht sie ihr Gesicht ein paar Zentimeter zurück und sieht mich einfach nur an. Sie ist der wunderschönste Mensch auf diesem Planeten und ich werde alles dafür tun, dass sie ihre Schönheit behalten darf. Egal was es kostet, auch wenn es bedeutet, dass ich meinen eigenen Dad töten muss.

Lia steht auf und geht zum Fenster, sie öffnet es und bleibt einen Moment stehen, um nach draußen zu sehen. Ihre kurzen Haare bewegen sich im Wind und ihr Brustkorb hebt und senkt sich sichtbar. Ich stehe ebenfalls auf und gehe zu ihr, lege meinen gesunden Arm um ihre Taille und lege meinen Kopf sanft auf ihrer rechten Schulter ab. Die Luft ist eiskalt, vor allem im Vergleich zur trockenen, griechischen Hitze. Lia übt mit ihrer Hand leichten Druck auf meine aus und sagt schließlich ganz leise, sodass der Wind es beinahe verwehen könnte: „Wir brauchen einen Plan, wir müssen auf den Olymp.“ Ich küsse ihre Schulter und murmle nur: „Ja, ich weiß.“ „Ich habe Angst, Henry.“ Der Klang meines Namens geht bis unter meine Knochen. „Ich auch“, antworte ich diesmal, „aber so lange wir Angst haben, wissen wir, dass es etwas gibt, wofür es sich lohnt zu kämpfen.“ Lia dreht sich um und ich kann ein paar Tränen in ihren Augen glänzen sehen. Sie zwingt sich zu einem Lächeln und ich kann spüren, wie ihr Herz zerbricht. Ich ziehe sie in meine Arme und versuche, sie einfach nur festzuhalten. Nichts an dieser Situation ist ansatzweise gerecht und trotzdem müssen wir weitermachen. Am liebsten würde ich mich mit ihr hier in ihrem Zimmer verkriechen und einfach so tun, als gäbe es die Außenwelt nicht. Doch früher oder später würde die B.O.S.C. uns finden und alles zerstören. Was würde dann mit den Gottheiten geschehen, was mit der Bibliothek? Nein, wir müssen es zu Ende bringen, bevor dieser Kampf uns beendet. „Wir schaffen das, wir sind kurz davor. Nur noch den Schluss und dann wird alles in Ordnung sein. Ich verspreche es dir.“ „Ich liebe dich“, schluchzt sie und sieht mich an, „bitte vergiss das niemals.“ „Du bist jeder einzelne meiner Gedanken und solange ich diese habe, werde ich dich nie vergessen.

Ich liebe dich mehr als das Leben und liebe das Leben deinetwegen mehr.“ Ihr Gesichtsausdruck wird weicher und ihre Atmung etwas ruhiger. Wir lösen uns voneinander. „Ich hole uns was zu essen“, sagt sie und verlässt das Zimmer. Ich mache ihr Bett und versuche, etwas Platz auf dem Schreibtisch zu schaffen. Schließlich sitzen wir dort gemeinsam, essen etwas Obst und Toast mit Butter und besprechen unseren Plan: „Hermes hat mir das Buch gegeben, damit kommen wir jedoch nicht direkt auf den Olymp, sondern nur zum Fuß des Berges. Außerdem weiß ich nicht, wie viele Gottheiten inzwischen darüber Bescheid wissen, dass ich auf dem Weg zu Zeus bin und dann ist da auch noch Ares…“ Lia stützt den Kopf in ihre Hände und versucht, durchzuatmen. „Du musst eine Versammlung einberufen“, werfe ich ein und sie hebt ihren Kopf wieder, um mich fragend anzusehen, „eine Versammlung aller zwölf Götter des Olymp. Du hast jetzt mit einigen gesprochen, ihnen einen Teil deiner Geschichte anvertraut und gezeigt, dass du auf ihrer Seite stehst. Wenn du sie dazu bekommst, dass sie während deiner Ankunft alle auf dem Olymp sind, bist du geschützt gegenüber Ares und seinen Verbündeten.“ „Aber wie schaffe ich es, alle Götter zusammenzurufen und nebenbei auf den Olymp zu kommen? Das ist eine Sache der Unmöglichkeit…“ „Nicht, wenn ich dir helfe. Du brauchst sowieso jemanden, der die B.O.S.C. von dir ablenkt – also werde ich mit dem Buch zum Fuß des Olymp reisen und währenddessen versuchen, so viel Aufmerksamkeit wie möglich auf mich zu lenken. Du gehst währenddessen zurück in die Bibliothek, reist nochmals zurück zu Hermes und übergibst ihm die Aufgabe, dich mitzunehmen und sie alle zu einer Versammlung einzuladen. Anschließend lässt du dich von ihm mit zum Olymp nehmen. In der Zwischenzeit versuche ich, meinen Dad zurückzuhalten und dafür zu sorgen, dass er und Ares sich möglichst nicht begegnen." „Das könnte tatsächlich funktionieren", wirft sie ein und ihr Blick hellt etwas auf, „aber welche Forderung wollen wir an Zeus stellen? Er soll nicht die Menschheit auslöschen, muss aber dafür sorgen, dass die B.O.S.C. nicht die Oberhand über die Götter bekommt. Er darf deinen Dad nicht töten, muss aber verhindern, dass er uns tötet. Alles daran ist unmöglich. Ich habe die Götter kennengelernt, Henry – sie spielen nach ihren eigenen Regeln, denen ist ganz egal, was für uns bedeutungsvoll ist. Ich traue mich nicht einmal , mir vorzustellen wie Zeus sein könnte..." „Hey", ich lege meine Hände auf ihre Knie, „bitte atme. Wir bekommen das hin und wenn mein Plan aufgeht, ist mein Dad tot, bevor Zeus überhaupt von ihm erfährt..." Lias Atem stockt und sie blickt mich besorgt an. „Aber", setzt sie an, doch ich unterbreche sie. „Mein Dad ist ein Monster, er ist eine Krankheit für diese Welt. Er vergiftet alles, was er berührt, und ich könnte mir niemals verzeihen, wenn er dich vergiftet. Ich weiß, was ich tue. Bitte mach dir keine Sorgen." Sie legt ihre Hände auf meine und nickt: „Lass uns zur Bibliothek gehen."

Teil 3

Die finale Aufgabe

Achtundvierzigstes Kapitel

Lydia

Wir haben einen Plan, den es jetzt umzusetzen gilt. Ich mag ihn zwar nicht und er beinhaltet Aufgaben, die ich mir nicht einmal vorstellen möchte und dennoch haben wir keine andere Wahl, als uns daran zu halten. Sollten wir es wirklich schaffen und alle Gottheiten des Olymp dazu bringen, zu kooperieren, dann könnten wir diesen Kampf tatsächlich gewinnen. Mein Herz pocht wie wild und ich glaube auch nicht, dass sich das je noch einmal ändern wird. Vielleicht wird es jetzt genauso ein Teil von mir wie die Angst in meinem Hinterkopf.

Beinahe stoisch halte ich Henrys Hand, während wir über viele kleine und versteckte Wege auf einem riesigen Umweg zurück zur Bibliothek laufen. Selbst die Schönheit des Herbstes hat uns inzwischen verlassen, der Wind pfeift durch meinen Kopf und hinterlässt ein Zittern in meinem Körper. Der Himmel ist grau und wolkenverhangen, er erscheint mir fast zu schwer und ich fürchte, er könnte in jeder Sekunde über uns zusammenbrechen. Ich würde gern etwas zu Henry sagen, versuchen, eine Unterhaltung anzufangen, aber ich kann es nicht. Mein Mund bringt kein einziges

Wort über die Lippen und so laufen wir einfach nur still nebeneinanderher. Das einzige Geräusch kommt von unseren schweren Schritten, die über das aufgeschwemmte Laub stolpern. Plötzlich mischt sich ein neues Geräusch dazu und wir sehen uns angsterfüllt und erschrocken an. Natürlich ist uns bewusst, dass die B.O.S.C. immer noch hier auf uns warten wird – doch manchmal ist es egal, wie sehr man davon überzeugt ist, auf etwas vorbereitet zu sein. In dem Moment, wo es dann wieder in Erscheinung tritt und man direkt damit konfrontiert ist, fühlt es sich trotzdem nach der unberechenbaren Bedrohung an, die es ist. Ich schlage mir die Hand vor den Mund, während Henry mich mit sich ins Gebüsch zieht. Wir landen unsanft auf dem kalten Waldboden und ich spüre den Aufprall entlang meiner gesamten Wirbelsäule. „Ich lenke sie ab, sie suchen mich“, flüstert Henry bestimmt und lässt mich los. „Nein!“, sage ich und starre ihn ungläubig an, „Bist du des Wahnsinns? Ich kann dich nicht schon wieder verlieren. Es muss einen anderen Weg in die Bibliothek geben…“ „Wir wissen beide, dass es nicht so ist“, antwortet er und versucht, ein beschwichtigendes Lächeln aufzusetzen. Er streicht mir eine Strähne aus dem Gesicht und lässt seine Hand noch einen kleinen Moment auf meiner Wange ruhen, bevor er ein letztes Mal lächelt und sich aus unserem Versteck erhebt. Ich kann nicht reagieren, schaue ihm nur hinterher und würde so gern schreien und betteln, dass er bleibt. Jedoch weiß ich ganz tief in mir, dass es nicht helfen würde und, dass wir jetzt beide stark sein müssen. Er für mich, ich für ihn, wir für die Welt. Also lasse ich ihn gehen, beiße mir auf die Hand und spüre Tränen meine Wangen hinablaufen.

Neunundvierzigstes Kapitel

Henry

In dem Moment, als ich aus unserem Versteck heraustrete, weiß ich, dass jetzt der letzte Kampf beginnt. Mein Herz sticht so stark in meiner Brust, dass ich es am liebsten mit meinen eigenen Händen herausreißen würde. Ich laufe den Waldweg ein Stück zurück, sodass ich immerhin ein Stück von Lia entfernt bin und rufe „Hier bin ich, Dad.“ Meine Stimme klingt nicht stark und herausfordernd, sondern schwach und zitternd. Tränen laufen mein Gesicht hinab und ich blicke gen Himmel, wo die Wolken genauso schwer und bedrückend aussehen, wie ich mich fühle. Nur wenige Augenblicke später stehen mindestens fünf Männer um mich herum, einer knockt mich aus und in meinem Kopf geht das Licht aus.

Fünfzigstes Kapitel

Lydia

Ein erstickter Schrei fährt aus meiner Kehle und ich falle fast vorn über ins Gebüsch hinein, doch dann drehe ich mich um und nehme all meine Kraft zusammen. Ich richte mich auf und flüchte noch weiter ins Innere des Gebüsches. Ich renne und renne und renne solange, bis sich alles in meinem Kopf dreht und die Baumkronen über mir sowie der Waldboden unter mir Karussell fahren. In einem riesigen Bogen um die äußere Schlossmauer herum renne ich zum Gelände. Meine Knochen sind viel zu schwer für meinen Körper und ich würde mir gern die eigene Haut vom Leib reißen. Meine Schritte sind unkoordiniert und ich strauchle immer mehr. Jede kleine Wurzel, jedes Blatt wird zum Hindernis und meine Sicht ist so unklar, dass ich in jedem Moment gegen einen Baum prallen könnte. Zudem setzt erneut der Regen ein und die gesamte Schwere der dunklen Wolken entlädt sich über mir. Nach nur wenigen Sekunden bin ich vollständig durchnässt, meine Haare kleben an meinem Hinterkopf, es tropft aus meinen Wimpern und meine Kleidung macht meine Knochen noch schwerer. Trotzdem strauchle ich weiter, breche durchs Gebüsch und schaue nicht einen Moment lang zurück, immer nur nach vorn, bis ich endlich die kleine Tür an der Rückseite der Mauer erreiche. Ich schlüpfe hindurch und rutsche dabei beinahe auf dem nassen Rasen aus. Der Regen fällt mit einer Wucht zu Boden, dass es mich wundert, dass dieser nicht nachgibt und einfach in sich zusammenfällt. Mit kalt nassen Händen reibe ich mir durch die Augen und versuche außerdem, über das Rauschen des Wassers hinweg zu hören – unter größter Anstrengung schaffe ich es. Das Gelände scheint vollständig von Stille umhüllt zu sein, also setze ich langsam wieder einen Fuß vor den anderen und gehe auf das Schlossgebäude zu. Eine plötzlich aufkommende Stimme in meinem Kopf sagt mir, dass es einen Hintereingang zur Bibliothek gibt – einen versteckten Eingang. Die Stimme ist eindringlich und ich bekomme sie nicht aus meinem Kopf. Ich versuche also, meine Sicht trotz des Regens klar zu halten und taste mich mit den Händen vorsichtig am kalten Gestein entlang. Die Stimme in meinem Kopf bleibt auf der gleichen Lautstärke, jedoch ändert sich der Ton und ich habe das Gefühl, auf dem richtigen Weg zu sein. Schon nach kurzer Zeit schmerzen meine Hände jedoch fürchterlich, da das Gemäuer eiskalt und feucht ist. Die Stimme gibt aber nicht nach und lässt mich nicht in Ruhe. Ich presse eine meiner eiskalten Hände gegen meine Schläfe, um den furchtbaren Ton in meinen Gedanken auszuschalten. Ich falle plötzlich, der Boden unter mir bricht weg und mein Körper wird ohne Vorwarnung in ein dunkles Loch hineingerissen. Noch in diesem Moment verklingt der fremde Ton in meinem Gehirn und ich weiß, dass ich richtig bin und wohl tatsächlich einen Hintereingang gefunden haben muss. Die Landung tut weh, ist jedoch vom Schmerzlevel nicht annähernd so schlimm wie Vorherige. Ich ziehe mich schnell wieder auf die Beine und taste mit den Händen ins Dunkel, um eine Wand zu finden. Mir fällt ein, dass ich ja sogar eine Taschenlampe besitze, krame sie aus meinem Rucksack, der inzwischen dreckig und kaputt von der Reise ist und schalte sie ein. Der Raum um mich herum ist eindeutig ein Kellerabteil. Die Wände sind dick und aus grobem Gestein, welches weder Licht noch Geräusche hereinkommen lässt. Ich drehe mich einmal im Kreis und leuchte mit der Taschenlampe alle Ecken ab, nur um sicherzugehen, dass ich in keinem Hinterhalt gelandet bin. Schließlich finde ich eine Tür, ich gehe also durch den Raum und öffne sie. Die Tür führt mich in ein kleineres Kellerabteil, wo eine Leiter an die Wand gelehnt steht. Über der Leiter ist ganz klar eine Bodenklappe erkennbar. Entschlossen umklammere ich meine Lichtquelle mit der linken Hand und beginne, die Leiter nach oben zu klettern. Mit aller Kraft versuche ich anschließend, die Bodenklappe zu bewegen und hoffe einfach nur, dass niemand direkt darüber sitzt und auf mich wartet. Mein Herzschlag drückt bis in meine Kehle und mir ist so furchtbar übel. Doch mir bleibt keine andere Wahl und ich drücke gegen die Holzplatte. Auf einmal wird das Kellerabteil mit Licht geflutet und ich ziehe mich an die Oberfläche, nur um festzustellen, dass ich inmitten eines rechteckigen Kastens gelandet bin. Mit zitternden Händen schalte ich meine Taschenlampe aus und stecke sie zurück in meine Hosentasche. Direkt vor mir, auf Höhe meines Kopfes ist ein Schieberiegel, diesen bewege ich vorsichtig, woraufhin eine kleine Tür leise zur Seite schwingt. Ich krieche aus dem Kasten hinaus, setze mich auf den Boden und kann endlich erkennen, wo ich bin: der Geheimgang hat mich auf direktem Weg in die Bibliothek, hinter den Tresen von Mrs. Abernathy geführt. Ein Lächeln breitet sich auf meinem Gesicht aus und innerlich danke ich ihr, dieser genialen Frau. Einen kurzen Augenblick lang lausche ich meiner Umgebung, um herauszufinden, ob ich allein bin oder nicht. Ich kann nichts hören und erhebe mich. Als ich über die Theke blicken kann, stockt mein Atem – überall wurden Bücher aus den Regalen gezogen und auf den Boden geworfen. Die gesamte untere Etage ist verwüstet und ich kann nicht mal genau sagen, aus welchem Grund. Es scheint fast so, als wollten sie bestimmte Bücher zerstören, um den Zugang zu deren Welten für immer zu blockieren. Von meiner Kleidung fallen Wassertropfen auf den Boden und ich merke, wie sich Wut und Hass in meiner Brust festsetzen. Ich stütze mich schwer atmend auf der Theke ab und kralle meine Hände tief in das Holz hinein. Mein Inneres brennt und ich verliere in genau diesem Moment jedes letzte bisschen Empathie für diese Männer, für Henrys Dad. Sie sind krank, sie sind grauenvoll und ich werde alles daransetzen, sie zu besiegen – nein, sie zu zerstören. Eine innere Kraft übernimmt meinen Körper und ich steige über die Theke in den Raum hinein, laufe los und sammle alle auf dem Boden verteilten Bücher ein. Sie sind teils schlimm geschunden, aber ich kann auf die Schnelle nicht beurteilen, ob sie bereits vollständig zerstört oder noch zu retten sind. Es dauert eine Weile, aber letztendlich habe ich alle Bücher und schließe sie in den Hohlraum der Büchertheke ein, dann renne ich durch den Raum zur Reihe „H". Kurz bevor ich sie erreiche, kommt ein Mann aus einer der anderen Reihen herausgetreten und hält mich fest. Er zieht mich zu Boden und hält seinen Arm gegen meine Kehle. Was er jedoch nicht weiß, ist, dass ich so wuterfüllt bin, dass durch meinen gesamten Körper nur noch Adrenalin fließt. Noch bevor er seinen Arm tiefer gegen meinen Kehlkopf drücken kann, beiße ich ihm in den Unterarm. Ich bohre meinen Kiefer tief in ihn hinein, bis er seinen Arm vor lauter Schmerz wegzieht. Genau in dieser kurzen Sekunde nehme ich all meine Kraft zusammen und stoße ihn von mir herunter. Er fällt unsanft auf die Seite und hält sich weiterhin die Bisswunde. Trotzdem versucht er, nach mir zu greifen, also trete ich ihm auf die Hand und etwas knackt. Er schreit auf und ich spucke ihm ins Gesicht, dann renne ich auf die Regalreihe zu und schaffe es endlich zurück zu Hermes.

Einundfünfzigstes Kapitel

Henry

Ich bin im Kofferraum eines der Autos, meine Hände sind auf dem Rücken zusammengebunden und der Strick schneidet tief in meine Haut hinein. Ich spüre das Pochen meines Pulses in meinem Gesicht und weiß direkt, dass ich zusammengeschlagen wurde. Noch dazu liege ich auf der Schulter, die den Streif des Schusses abbekommen hat. Die Straße ist ruckelig und uneben, trotzdem fährt der Wagen mit rasanter Geschwindigkeit und ich werde unsanft im Kofferraum hin- und hergeworfen. Ich kneife die Augen zu und beschließe, es einfach durchzustehen, was auch immer mich erwarten wird. In meinen Gedanken bin ich bei Lia, ich küsse sie, sehe in ihre Augen, verliebe mich wieder und wieder in ihr Lächeln und höre ihre Stimme. Der Gedanke hält mich bei Sinnen und verhindert, dass ich den Verstand verliere. Irgendwann stoppt der Wagen, ich höre zwei Autotüren knallen und schließlich wird meine Tür geöffnet. Einer der Männer zieht mich hoch und aus dem Wagen heraus. Die Luft ist eiskalt und sticht messerscharf in meinen schmerzenden Kopf, der Himmel ist wolkenbehangen und schwarz. Die Nacht liegt über London. Vor mir steht noch ein Mann, er hat eine Pistole im

Anschlag und funkelt mich triumphierend an. Der Typ, der mich festhält, hat ebenfalls eine Pistole, doch diese ist direkt auf meinen Kopf gerichtet. „Ein falscher Tritt und ich drücke ab“, haucht er mir ins Ohr und mein Körper verkrampft. Ich spüre den Schmerz von meinem Kopf jetzt im gesamten Körper und sehe auch nicht sonderlich gut, es scheint, als sei mein Auge angeschwollen. Der Mann schubst mich unsanft an und ich gerate ins Straucheln, doch er zieht mich an den Handfesseln zurück, sodass diese sich nochmals tiefer in meine Haut hineingraben. Eigentlich würde ich schreien, doch diese Genugtuung möchte ich ihm nicht geben, also beiße ich mir auf die Lippe und schmecke kurz danach salziges Blut in meinem Mund. Er steht jetzt direkt hinter mir, die Pistole an meinem Kopf. Doch für einen Moment versuche ich, die Umstände auszublenden. Ich blinzle in die Dunkelheit hinein und kann sehen, dass der andere Mann schon dabei ist, die Treppen zur U- Bahnstation vor uns hinunterzugehen. Er ist in etwa fünfzig Meter von uns entfernt. Ich ergreife meine Gelegenheit und bewege meinen Kopf in einer möglichst schwungvollen Bewegung nach hinten, sodass ich die Nase des Mannes hinter mir treffe. Ich höre seinen schweren Atem und der Griff um meine Hände löst sich, also drehe ich mich um und trete ihn auf Höhe seines Gürtels. Er drückt erschrocken seine Hände an die Stelle und klappt in der Mitte zusammen wie ein Taschenmesser. Die Pistole fällt zu Boden und ich drehe mich auf der Stelle, um zu sehen, ob der andere Mann es mitbekommen hat. Er kommt gerade die Treppe hochgerannt, seine Pistole im Anschlag. Meine Hände sind noch immer hinterm Rücken zusammengebunden und ich habe nicht ausreichend Gleichgewicht. Während ich ein paar Schritte rückwärts laufe, falle ich nach hinten und der Schmerz zieht direkt in meine kaputte Schulter. Der Mann mit der Pistole kommt direkt auf mich zu, doch noch scheint er die Situation nicht genau erkennen zu können. Währenddessen versuche ich, mit den Fingern meiner rechten Hand unter den Strick der Linken zu kommen und so auszuweiten, dass ich es aus der Schlinge schaffe. Mein Herz pocht wie wild und Adrenalin ist alles, was noch durch meinen Körper fließt. Schließlich weitet sich der Strick ein kleines Stück und unter größtem Schmerz ziehe ich meine linke Hand hinaus. Dann robbe ich auf dem Boden entlang und greife nach der Pistole. Der Mann hat jetzt seinen Verbündeten erreicht, doch dieser bewegt sich noch nicht wieder. Ich halte die Waffe in meinen Händen, alles an mir zittert und mein Atem ist flach. Schließlich stehe ich auf und ziehe mich noch ein Stück weiter zurück in die Dunkelheit. In großem Bogen versuche ich, um die Männer herum und zum U-Bahneingang zu gehen. Als ich am oberen Ende der Treppe stehe, dreht sich der Mann mit der Pistole um, doch er hält sie nicht mehr in den Händen, sondern hat sie am Gürtelbund stecken. Mit zitternden Händen umklammere ich die Waffe und versuche, sie so gerade wie möglich auf ihn zu richten. Er sieht mich und ist dabei, nach seiner eigenen zu greifen. In dieser Viertelsekunde wird mir klar, dass entweder er auf mich oder ich auf ihn schieße und drücke ab. Der Schuss ist laut und trifft ihn genau am Kopf, der Mann fällt zu Boden. Doch der Gegendruck des Schusses ist zu stark und auch ich werde ein paar Meter zurückgeworfen, ziehe mich aber erneut auf die Beine und schieße ein zweites Mal – diesmal auf den bereits vorher verletzten Mann. Durch den erneuten Druck falle ich die Treppenstufen hinunter, aber spüre nichts. Das Adrenalin hält alles fern von mir und ich ziehe mich einfach wieder auf die Beine. Mit der Pistole in meinem hinteren Hosenbund öffne ich kurz darauf die Tür zum Hauptquartier meines Dads und trete in den Flur. „Henry", höre ich die hohle Stimme meines Dads sagen und eine Gänsehaut läuft meinen Rücken hinab. Mit entschlossenen Schritten laufe ich den langen Korridor entlang und trete in sein Büro. Dort sitzt er in seinem Sessel und lächelt selbstgefällig. Mir läuft Schweiß die Stirn hinab, meine Sicht wird immer unklarer und meine mit blutbeschmierten Hände zittern. „Dad", antworte ich und schenke ihm mein hässlichstes Lächeln. „Mein verlorener Sohn, jetzt doch wieder zurück und plötzlich mit so viel Mut", beginnt er zu reden, „der kleine, hilflose Henry denkt auf einmal, er wäre stark." „Sei ruhig!", schreie ich ihn an, „Sei endlich ruhig, du hast lange genug das Recht gehabt zu reden. Halt endlich deinen Mund. Du bist eine Krankheit für diese Welt!" „Oh Henry, sieh dich doch an – du bist genau wie ich. Erfüllt mit Wut über die Ungerechtigkeiten dieser Welt und erfüllt von dem Drang, etwas zu verändern." Mein Blut beginnt zu kochen und ich muss stark dagegen ankämpfen, ihm nicht direkt den Hals umzudrehen. „Ich bin alles, aber nicht so wie du. Du bist krank, du vergiftest alles, was du berührst. Du hast mich jahrelang versucht zu vergiften und jetzt versuchst du dasselbe mit Lia und den Gottheiten!" „Die Kleine hat dir ganz schön den Kopf verdreht, was? Hat dich glauben lassen, du wärst etwas Besonderes und, dass du ihr ernsthaft etwas bedeuten würdest. Sei nicht dumm, Henry. Sie liebt dich nicht, sie hat dich nur gebraucht, um ihre Mission zu erfüllen." „Ich habe gesagt, du sollst deinen Mund halten!", ich drücke mir die rechte Hand gegen meine Stirn und versuche, seine Stimme aus meinem Kopf zu vertreiben. „Sie liebt mich und ich werde nicht zulassen, dass du sie in die Finger bekommst." „Junge Liebe, wie niedlich." Er lacht höhnisch und die Zündschnur in meinem Kopf reißt. „Bald habe ich sie und dann kann ich mit ihr machen, was ich möchte. Niemand wird sie finden und niemand kann etwas dagegen tun. Sie wird das bekommen, was sie verdient – und zwar so behandelt zu werden wie die Monster, die sie versucht zu beschützen." Die Zündschnur in meinem Kopf beginnt zu brennen und noch während er über seine eigenen Worte lacht, greife ich nach der Pistole und ziele auf ihn. Zum ersten Mal zittere ich nicht in Gegenwart meines Dads und drücke ab. Auf seinem Gesicht kann ich noch sehen, wie er realisiert, was gerade passiert, doch er kann nichts mehr dagegen tun. Sein Körper kippt zur Seite und fällt zu Boden. „Du wirst sie niemals auch nur anfassen“, sage ich und mir laufen Tränen das Gesicht hinab. Die Pistole fällt vor meinen Füßen zu Boden und das Zittern setzt wieder ein. Ich breche unter der Last zusammen und sinke an der Wand hinter mir hinab. Mein Dad ist tot.

Zweiundfünfzigstes Kapitel

Lydia

Diesmal gelange ich mit Hermes´ Buch auf direktem Weg in seinen Tempel und lande auf der Empore. „Hermes?“, rufe ich in die Stille des Tempels hinein. Ich habe keine Ahnung, ob er überhaupt hier ist, doch es ist meine einzige Chance, ihn zu finden. Natürlich könnte er überall sein, aber ich kann nicht an jedem Ort nach ihm suchen. Es ertönt nichts, keine Antwort, keine Schritte, nichts. Ich sacke ein kleines Stück in mir selbst zusammen und beschließe dann doch, den Tempel nach ihm abzusuchen. Das Gemäuer ist kalt und jetzt, wo ich allein hier bin, wirkt es auch nicht mehr so prunkvoll und wunderschön. Ich fühle mich eher, als wäre ich im Gebirge eingesperrt. „Wer ist da?“, höre ich plötzlich Hermes´ Stimme rufen. „Lydia“, antworte ich und versuche dabei so stark wie nur irgend möglich zu klingen. Eine Gestalt tritt aus dem Schatten und Hermes erscheint vor mir, plötzlich scheint der Tempel seine Schönheit und den Glanz wiederzubekommen und genau wie bei unserem ersten Treffen kann ich nicht anders, als ihn erstaunt anzusehen. „Warum bist du schon wieder hier? Du wolltest doch auf den Olymp. Falls du es vergessen hast, das hier ist er nicht.“ Es klingt fast so, als würde er mich verspotten. „Sehr witzig“, antworte ich und schaue ihn ernst an, „ich brauche deine Hilfe, Hermes.“ „Ist dem so?“, fragt er und wendet sich von mir ab. „Bitte“, flehe ich. „Was soll ich denn für dich tun?“, fragt er und ich atme etwas auf. „Eine Vollversammlung aller Gottheiten des Olymp einberufen und sie dazu bringen, zu erscheinen – alle außer Ares.“ Hermes schaut mich verwirrt an, also erkläre ich weiter: „Henry muss es auf den Olymp schaffen und dazu brauchen wir die Gottheiten, die auf unserer Seite stehen, alle am selben Ort. Ich komme mit dir und bitte dich, dass du mich auch auf direktem Wege mit auf den Olymp nimmst. Ich muss Zeus die Situation erklären; wir sind alle in Gefahr!“ Hermes´ Blick ist nicht zu deuten und ich habe Angst, er könnte nicht mitspielen. „Es geht um eure Zukunft, bitte Hermes.“ „Henry hat seinen Dad getötet“, sagt er auf einmal vollkommen beiläufig und die Information erschlägt mich beinah. „WAS?“, frage ich und versuche, diesen Satz einzuordnen. „Er hat ihn erschossen und ich denke, wenn wir diese Information an die anderen weitergeben, sollten wir eine Chance haben, deinen Plan in die Tat umzusetzen.“ Mir fällt ein Stein vom Herzen, Hermes ist auf meiner Seite. Außerdem macht sich Stolz in meiner Brust breit – Henry hat es tatsächlich geschafft, sich gegen ihn durchzusetzen. Direkt darauf folgt dem Stolz eine furchtbare Sorge um ihn und ich fühle mich hilflos. Doch ich weiß, dass er an mich glaubt und deshalb muss ich ihm im Gegenzug meinen Glauben schenken.

„Lass uns anfangen“, sage ich entschlossen und folge Hermes auf dem Weg hinaus aus seinem Tempel.

Die Hitze drückt mich fast zu Boden und steht für mich auf eine Art als Vorbote für alles Kommende. Ich weiß, dass wir uns mitten im finalen Kampf befinden, und ich fühle mich nicht bereit, aber es führt schon längst kein Weg mehr daran vorbei. Henrys Dad ist tatsächlich tot und das durch *sein* Tun. Mein Kopf dreht Kreise und ich bemerke gar nicht, wo Hermes und ich eigentlich entlanglaufen. Als er plötzlich stehenbleibt, renne ich fast in ihn hinein. Wir stehen vor der Küste, ich schaue zu ihm hinauf und kann sehen, wie auch sein Blick getrübt ist. „Alles okay?“, frage ich vorsichtig. „Es ist so idyllisch hier, das ruhige Wasser, der strahlende Sonnenschein, die Stille weit und breit“, setzt er an und dreht schließlich seinen Kopf, um mich anzusehen, „trotzdem bin ich schon wieder auf dem Weg in den Kampf, langsam scheint es mir, als dürfte ich einfach keine Ruhe in meinem Leben bekommen. Ich weiß, für dich ist es ein Kampf gegen „die Bösen“, aber auf deren Seite steht nun einmal auch mein Bruder und auch wenn ich ihn nicht besonders leiden kann, ist er Familie und ich habe bereits mein gesamtes Leben gegen meine Familie gekämpft. Immer und immer wieder.“ Hermes atmet tief ein und lässt dann alle Luft aus seinen Lungen entweichen, für einen kurzen Augenblick befürchte ich, er könnte neben mir zusammenbrechen. Doch dann gewinnt er wieder an Stärke und sagt: „Na dann – lass uns die B.O.S.C. und meinen Bruder endlich zerstören gehen!“ Er streckt mir seine rechte Hand entgegen, ich greife danach und wir verlassen den Boden und beginnen, uns in die Luft zu erheben. Es fühlt sich großartig an, die Luft ist viel klarer und frischer hier oben und ich bekomme eine komplett neue Perspektive auf alles. Die Welt wird kleiner und kleiner, sie schrumpft zu einer bedeutungslosen Kugel zusammen. Am Anfang bin ich noch über das endlose Blau der Ozeane erstaunt, doch nach einer Zeit scheint selbst dies bedeutungslos. Mein Herz wird schwer und elende Sinnfragen beginnen, meinen Geist zu quälen. „Wie schlimm fühlt sich das an, für immer zu leben?“, platzt es irgendwann aus mir heraus und Hermes denkt keine Sekunde nach und antwortet direkt: „Es ist langweilig und eintönig, was glaubst du, weshalb die Götter so viele Kriege führen und Mengen an Drama in den Familien haben? Stell dir vor, du und deine Familie wären allein für *drei* Jahre zusammen im selben Haus eingesperrt. Egal wie sehr man sich liebt, irgendwann verliert alles seinen Wert und man beginnt, Probleme heraufzubeschwören.“ Seine ehrliche Antwort jagt eine Gänsehaut über meinen Körper. „Manchmal wünschte ich sterblich zu sein, einfach nur, um mal wieder den Wert in den Dingen zu erkennen. Ich beneide euch Menschen in diesem Aspekt sehr.“ Ich antworte nichts darauf, sondern lasse seine Worte einfach unkommentiert zwischen uns stehen. In mir ist nämlich noch eine andere Frage, die mir schon seit meiner ersten

Begegnung mit Hermes unter den Fingernägeln brennt und die jetzt ihren Weg an die Oberfläche findet: „Warum hast du damals zum Tod Medusas beigetragen? Du hattest nichts mit dem Vorfall zu tun und hättest es einfach dabei belassen können! Warum hast du dich dagegen entschieden?“ Meine Worte wiegen schwer, selbst hier oben über dem Meer, wo eigentlich alles an Bedeutung verliert. Hermes sagt erstmal nichts, wir fliegen still weiter und ich werde schon etwas sauer darüber, dass er meine eine, wirklich wichtige Frage ignoriert. Typisch Gott eben. „Familienangelegenheiten“, antwortet er nach einer Ewigkeit, „die sind nie einfach, vor allem nicht, wenn du Zeus als Familienmitglied hast.“ „Aber hier geht es diesmal nicht um Zeus, ich weiß, wie schlimm er ist und nichts entschuldigt all die schrecklichen Dinge, die er Frauen angetan hat, aber hier geht es um deine Mitschuld am Tod eines Opfers von Vergewaltigung.“ „Ich weiß, Lydia. Glaub mir, ich bin schon lange genug auf dieser Welt, um immer wieder darüber nachzudenken. Glaubst du außerdem, ich hätte nicht den Hass und den Ekel gespürt, den du mir gegenüber empfindest? Ich bin mitschuldig, dem bin ich mir bewusst, aber du musst *dir* trotzdem bewusst sein, dass es um die Ehre meiner Familie ging.“ „Also ist Ehre mehr wert als das Leben einer Frau?“ „Nein.“ „Herzlichen Glückwunsch zu deiner ersten großen Erkenntnis.“ „Du bist dir darüber bewusst, dass du dich gerade unmittelbar über dem Ozean befindest und ziemlich abhängig von mir bist, oder?“

Ich gehe nicht darauf ein, wenn er mich fallen lassen möchte, soll er es tun. Vielleicht gerate ich dann auch Poseidon in die Hände oder sterbe direkt und kann den Tod mit Medusa verbringen. „Weißt du, Menschen glauben seit Jahrtausenden an euch Götter, weil sie denken, ihr wärt etwas Besonderes. Sie denken, ihr wärt uns erhaben und so außergewöhnlich. Sie denken, dass ihr jedes Übel der Welt bekämpfen könntet. In Wahrheit seid ihr nicht besser als die Menschen, ihr kämpft und mordet und stellt die Ehre über den Wert einer Frau. Ja, in Wirklichkeit seid ihr einfach nur Männer, die zum Übel dieser Welt für immer auf ihr wandeln dürfen." Meine Stimme klingt stark, ich glaube, niemals zuvor etwas mit mehr Selbstbewusstsein gesagt zu haben. „Mir ist genau dasselbe geschehen wie Medusa mit Poseidon und ich werde nie Gerechtigkeit für dieses Verbrechen erhalten, weil der Täter eben ein Mann ist. Er wird trotzdem seine Möglichkeiten bekommen, *seine Ehre*, seinen Erfolg und niemand wird ihn jemals dafür belangen. Doch was ist mit mir? Ich muss eben damit klarkommen und sollten meine Chancen auf Erfolg und Glück im Leben durch diese Tat geschmälert sein, dann muss ich eben damit klarkommen. Ich muss es hinnehmen und ihm dabei zusehen, wie er all das Gute bekommt, was er nicht verdient. Da wird keine Gottheit sein, die sich für Gerechtigkeit einsetzen könnte, weil die Götter damit beschäftigt sind, genauso abscheulich zu sein." Ich atme tief ein und lasse dann all die Luft aus meinen Lungen entweichen, bis diese nichts weiter als ein zusammengefallener Luftballon sind. Hermes umgreift mein Handgelenk etwas fester und setzt zum Landeanflug an. Ich fühle mich so stark wie nie zuvor.

Dreiundfünfzigstes Kapitel

Henry

Der Geruch von Blei breitet sich im Büro meines Dads aus und vermischt sich mit dem Blut. Meine Hände zittern inzwischen unaufhörlich und ich kann nichts dagegen tun. Ich sitze im Türrahmen seines Büros und weine. Es ist kein normales Weinen oder ein Schluchzen, sondern eher ein vollständiger Nervenzusammenbruch. Mein Körper gehört mir nicht mehr, alles ist fremdgesteuert. Mein Blut hat den Siedepunkt längst überschritten und wird unkontrolliert überall hin gepumpt. Meine Finger schwellen an, meine Halsschlagader droht zu zerplatzen. Ich fahre mir unwirsch durch die Haare, überall klebt Blut. Blut, Blut. Ich kann nichts anderes mehr riechen, nichts anderes sehen und an nichts anderes mehr denken. Alles ist rot und dann kurz schwarz und dann wieder rot. Meine Sicht wird schwach, das angeschwollene Auge beginnt zu flackern. „NEIN", schreie ich mich selbst an und schlage mir mit den Händen immer wieder gegen die Schläfen, „DU MUSST AUFSTEHEN!" Aber ich schaffe es nicht, ich bin physisch nicht mehr dazu in der Lage, meinem Körper Befehle zu geben. Stattdessen rutsche ich noch ein ganzes Stück weiter die Wand hinab und schluchze nur noch. Die Wut ebbt langsam ab, mein Blut hört auf zu brodeln und was übrig bleibt, ist der Schmerz. Vor meinem geistigen Auge sehe ich jeden Moment meines Lebens, in dem mein Dad mich runtergemacht oder verspottet hat. Ich sehe ihn, wie er mir von den Menschen erzählt, die er umgebracht hat und wie er darüber lacht, wie er es rechtfertigt und kein Gewissen zu haben scheint. Diese gruseligen Gedanken werden jetzt von einem neuen und noch gruseligeren gejagt: Bin ich etwa wirklich wie mein Dad? Die Wut kommt zurück und mischt sich unter die Angst. Mein Kehlkopf schwillt von innen so sehr zu, dass ich nicht mehr atmen kann. Ich drücke mir eine Hand in die Rippen und versuche, den Druck irgendwie auszugleichen. „Ich bin nicht wie er, ich bin nicht wie er. Ich. Bin. Nicht. Wie. Er.“, sage ich mir immer und immer wieder. Die Tränen mischen sich in meine Stimme und diesmal begrüße ich sie, denn mein Dad hat nie geweint, wenn er etwas Schlimmes getan hat. Er hat gelacht, triumphiert und mich dazu gezwungen, jedes Detail über seine Tat anzuhören. Meine Tränen schirmen mich also davon ab, so zu sein wie er und solange ich sie behalte, werde ich immer ich selbst bleiben. Ich hebe meinen Kopf an und murmle immer noch die Worte: „Ich bin nicht wie er“, dann erblicke ich einen Spiegel an der Wand neben mir und stehe auf. Mit zittrigen Beinen gehe ich darauf zu und sehe mich an: Mein Auge ist lila- blau und kaum geöffnet, in meinen Haaren klebt Blut, meine Hände sind geschunden, Bleispuren mischen sich mit den offenen Wunden der Handfesseln. Tränen und Schweiß fließen im

Wettlauf mein Gesicht hinab. „Ich bin Henry! Einfach nur Henry!“, schreie ich mein Spiegelbild an. Meine Worte prallen von der Wand ab und fallen vor mir zu Boden – ich glaube mir kein einziges davon, auch wenn ich so gern würde. Ein letzter Blick durch den Raum, bevor ich mich in Richtung Tür drehe und das Zimmer verlasse. Ich betrete den Korridor und gehe in den Ankleideraum in der Mitte des Gangs. Dort halte ich zuerst meine Hände unter fließend Wasser und versuche, sie von all dem Blut, Blei und den Wunden zu reinigen. Gleiches mit meinem Gesicht und meinen Haaren. Am Ende bleiben nur Schrammen und das zugeschwollene Auge zurück. Ich sehe mich um und beschließe, zudem auch meine Kleidung zu wechseln. Also streife ich alles ab und ziehe eine neue schwarze Hose an, mit schwarzem Hemd und Mantel darüber. Nur meine Schuhe behalte ich und lasse dann endlich das Hauptquartier, samt der Leiche meines Dads hinter mir – sollen sie ruhig wissen, dass er tot ist. Die Tür fällt unsanft ins Schloss und ich stehe auf der Schwelle zur U- Bahnstation *Piccadilly Circus*. Hier draußen scheint noch alles normal zu sein, doch als ich einen Blick die Treppe hinaufwerfe, kann ich Blaulicht und Absperrband erkennen. Gut, dass die Tatwaffe in einem Quartier liegt, was nicht jeder sehen kann, denke ich. Mit einer Handbewegung ziehe ich mir die Kapuze meines Mantels bis tief ins Gesicht und betrete die Station. Der Wind bläst kalt in meinen langen Mantel hinein und verursacht eine Gänsehaut auf meinem Körper. Ich setze mich in die nächste U- Bahn und fahre in das Nachtleben Londons hinein. Ich muss zum Hauptbahnhof und dann mit dem nächsten Zug zurück aufs Land. Eine Weile lang bekomme ich nichts mit und sitze ganz angespannt in der Bahn. Als ich nach einer Weile meinen Blick schweifen lasse, nehme ich erstmals meine Umwelt wahr: die Menschen um mich herum sind so normal, dass es wehtut. Sie unterhalten sich über belanglose Dinge oder sind betrunken, sie lachen oder schauen einfach nur auf ihre Handybildschirme. Ich nehme meine Kapuze ab, um keine unnötige Aufmerksamkeit auf mich zu ziehen. Ein geschwollenes Auge wird wesentlich weniger beachtet als ein vollständig in Schwarz gekleideter Junge, mit Kapuze im Gesicht. Ich versuche, still zu sitzen und einfach nur ein paar Menschen bei nebensächlichen Tätigkeiten zuzusehen, doch mein Bein wippt nervös auf und ab. Auch mein Puls ist noch lange nicht zurück auf seincm normalen Level und ich drücke mir die linke Hand gegen den Brustkorb. Zu gern würde ich jetzt einfach schlafen und eine lange Zeit nichts spüren müssen, aber meine Gedanken kreisen und ich komme nicht zur Ruhe. Ganz langsam lässt das Adrenalin nach und mein Gewissen kommt zu mir zurück. Mir wird immer mehr bewusst, was ich getan habe und als das Adrenalin schließlich vollständig von mir abfällt, überrollt mich eine Welle von Schmerz. Ich habe tatsächlich meinen Dad getötet, habe ihn erschossen. Ich, Henry. Ich starre völlig ungläubig auf meine Hände, doch umso mehr ich versuche, mich zu fokussieren, desto mehr entgleiten mir

Klarheit und Realität. Mein Körper beginnt noch stärker zu zittern und am liebsten würde ich mich in der U- Bahn auf dem Boden zusammenkauern und für immer dort liegen bleiben. In diesem Moment verlässt mich all die Kraft und Zuversicht, die ich bisher noch in mir hatte. Es bildet sich ein Kloß in meinem Hals, der immer weiter anschwillt und meine Atmung blockiert, mein Puls schießt nochmals in die Höhe und ich kann meine Hände nicht mehr spüren. Die ganze Zeit schlagen Gedanken an meinen Dad wie Blitze in meinen Kopf ein. Alles zieht und sticht und die Lichter der U- Bahn sind zu grell, die Menschen zu laut und mein Kopf zu voll. Obwohl ich es nicht möchte, beginne ich plötzlich, meine Tat zu hinterfragen und ihre Schwere zu begreifen: Auf eine Art ist es schon ironisch, wie ich mein gesamtes bisheriges Leben damit verbracht habe, meinen Dad zu bekämpfen – nur um jetzt festzustellen, dass auch er sein ganzes Leben damit verbracht hat, sich und sein Schicksal zu bekämpfen. Vielleicht ist das bei uns Menschen so und wir denken die ganze Zeit, wir müssten gegen irgendetwas vorgehen und stärker als etwas sein. Dabei ist alles, was wir wirklich sein müssten, meist schon da. Genauso ist es bei meinem Dad und mir, er hätte einfach nur mein Dad sein müssen und ich einfach nur sein Sohn. Doch stattdessen hat er die Waffen, mit denen er sich bekämpft hat, auch auf mich gerichtet. Ich habe ihn dafür gehasst, dabei hätte er mir eigentlich leidtun müssen und ich hätte ihn umarmen sollen, um ihm zu sagen, dass man nicht jeden Krieg gewinnen kann. Jetzt ist mein

Dad tot und ich fahre mit seinem Blut an meinen Händen in das Dunkel der Nacht hinein. Man kann wohl nicht jeden Kampf gewinnen, das konnte auch er nicht, doch diesen werde ich gewinnen. Für Lia, für uns. Für ihn.

Vierundfünfzigstes Kapitel

Lydia

Wir landen in der Hitze Athens. Dieses Mal mit dem Unterschied, dass ich mich nicht erst durch die gesamte Stadt kämpfen und bei einer fremden Familie stranden muss, bevor ich es zur Akropolis schaffe. Wir stehen direkt am Fuß von Athenes Tempel und ich beginne direkt, die Treppenstufen hinaufzurennen. Während ich mich anstrenge und ins Schwitzen komme, schwebt Hermes mit Leichtigkeit neben mir her. Ich beneide ihn um seine Fähigkeit, doch die gemeinsamen Flüge mit ihm sind mir ausreichend Nähe und so bin ich sehr froh darüber, dass ich gerade richtigen Boden unter meinen Füßen habe. Die Sonne drückt auf meinen Kopf und ich blinzle in das grelle Licht – sollte es keine Fata Morgana sein, müsste Athene direkt am oberen Ende der Treppe stehen. Ich werfe einen Blick zur Seite und schaue Hermes an, er wirkt etwas angespannter als sonst und ich denke zu wissen, warum: die Familienverhältnisse der Götter sind nicht unbedingt entspannt und es wird für ihn nicht normal sein, seine Schwester zu besuchen. Daher bin ich ihm dankbar dafür, dass er mich hier herbegleitet, da ich durch seine Anwesenheit größere Chancen auf Verhandlungen mit den Gottheiten haben werde. Immerhin ist er der Bote. Als wir endlich oben ankommen, wird meine Vermutung bestätigt – vor uns steht Athene, der sanfte Stoff ihres Kleides weht leicht um ihre Knöchel, ihr Blick ist ernst – jedoch nicht so verachtend und spottend wie bei unserer ersten Begegnung. „Mein Bruder in meinem Tempel“, sagt sie bestimmt und schon etwas vorwurfsvoll, als Hermes neben mir zum Stehen kommt. „Hallo Schwester“, antwortet Hermes, doch es klingt liebevoller. Für mehrere Minuten stehen wir uns gegenüber und die beiden schauen sich sehr intensiv an. Ich frage mich, ob sie per Gedanken miteinander kommunizieren können und die menschliche Sprache eigentlich gar nicht benötigen. Nach einer Weile räuspere ich mich vorsichtig und es scheint so, als hätten sie bis zu diesem Augenblick tatsächlich um meine Anwesenheit vergessen. Athenes´ Blick richtet sich auf mich und ich bemerke, wie mein Gesicht leicht rot anläuft. Gut, dass ich das in der Hitze Athens auch auf die Sonne schieben könnte. Die Göttin kommt noch zwei Schritte auf mich zu und greift nach meiner Hand: „Lass uns nicht hier draußen sprechen, das ist nicht sicher.“ Sie führt mich hinter sich her in ihren Tempel und in dem Moment weiß ich, dass sie sich soeben mit Hermes verständigt haben muss. Selbst wenn es keine göttliche Verständigung war, dann auf jeden Fall eine geschwisterliche. Athene bleibt plötzlich abrupt vor mir stehen und ich laufe fast direkt in sie hinein. Hermes ist noch immer neben mir und jetzt sehen mich beide an. Ich atme tief durch und versuche, die passenden Worte zu finden, um die

Situation darzulegen: „Ich habe alle Bücher zurück an ihren Platz gebracht, jetzt ist es Zeit, zu Zeus auf den Olymp zu gelangen. Die B.O.S.C. ist weiter hinter mir her. Eigentlich wollte Henry zum Fuß des Olymps reisen und Ares mit seinen Gefolgsleuten ablenken, doch er ist in die Hände seines Dads geraten. Er hat… er hat", ich atme zittrig, „seinen Dad umgebracht und ich weiß nicht, wo er jetzt ist oder ob er in Gefahr ist. Ich muss unbedingt auf den Olymp, wir müssen die B.O.S.C. stoppen, bevor sie sich wieder mit Ares verbünden. Bitte, ich brauche deine Hilfe, wir müssen eine Sitzung der Gottheiten des Olymp einberufen. Ihr müsst alle da sein, denn ohne euch habe ich keine Chance." Ich wische mir nervös Tränen aus den Augen und versuche, Athene ein Lächeln zu schenken. Zu meiner Überraschung tritt sie auf mich zu und umarmt mich. Behutsam legt sie eine ihrer Hände an meinen Hinterkopf und streicht mir durch die Haare. Ich lasse meinen Kopf auf ihre Schulter sinken und falle in ihren Armen zusammen. „Wir schaffen das. Du schaffst das, wenn es jemand kann, dann du", flüstert sie mir zu und schenkt mir damit eine unglaubliche Menge an Kraft. Schließlich löse ich mich von ihr und ohne einen zweiten Gedanken schließt sie sich Hermes und mir direkt an. „Eine Frage noch", sage ich, während Athene und Hermes bereits dabei sind, den Tempel zu verlassen, „wie überzeugen wir die anderen Gottheiten des Olymp?" Beide drehen sich zu mir um, dann werfen sie sich einen vielsagenden Blick zu und nicken. „Ich werde sie überreden gehen.

Lydia muss unbedingt noch zu Aphrodite und dann direkt auf den Olymp. Ich werde in der Zwischenzeit die übrigen Familienmitglieder versammeln.“, entscheidet Athene. Hermes greift daraufhin nach Athenes´ Hand, flüstert ihr etwas zu und sie umarmen sich. Es ist eine dieser Umarmungen, die schwer anzusehen ist, weil man den Schmerz der beteiligten Personen spüren kann. Ich stehe daneben und fühle mich überwältigt und klein. Doch so ist die Welt, sie zwingt selbst die stärksten Kreaturen manchmal zu Boden. Letztendlich nickt Hermes mir zu und wir verlassen alle den Tempel. Ich bin den beiden unendlich dankbar.

Fünfundfünfzigstes Kapitel

Henry

Londons Hauptbahnhof ist die Hölle aller Lebenden. Überall Menschen, Geräusche, Gerüche. Ich lasse mich von der Masse mitreißen und schwimme entlang des Stroms. Das ist insofern gut, als dass ich untergehen kann und nicht Gefahr laufe, erkannt zu werden. Ich schaue niemanden an, starre nur abwechselnd auf den Boden oder auf meine Hände. Mein Körper funktioniert nur unter größter Anstrengung und jede Faser schmerzt. Tatsächlich finde ich mein Gleis und meinen Zug, vollkommen erschöpft sinke ich in einen der freien Sitze. Mir stehen eine vierstündige Fahrt und ein darauffolgender 30- minütiger Fußmarsch bevor. Ich ziehe mir die Kapuze wieder tief ins Gesicht und kauere mich auf dem Sitz zusammen, dann fallen meine Augen zu und ich schlafe ein. Meine dunklen Gedanken produzieren noch dunklere Träume und eine drückende Panik in meiner Brust. Der Zug lässt das Getümmel der Stadt hinter sich und fährt immer weiter ins Land hinein. Als ich die Augen wieder öffne, besteht die Szenerie draußen aus tiefhängenden grauen Wolken, kahlen Waldstücken und Stoppelfeldern übersäht mit schwarzen Krähen. Alles in mir ist kalt und dunkel, ich glaube auch nicht, dass es je wieder warm werden könnte. Umso länger ich hinausschaue, desto mehr fühlt es sich an, als würde mich die vorbeifliegende Umgebung verfolgen. Die Bäume bekommen Gesichter, die Krähen werden zu Männern in schwarzer Uniform, die Kälte schneidet mir die Kehle auf. Jede klappernde Zugtür wird zu einem Schuss in meinem Kopf, jede Flüssigkeit zu dunkelrotem Blut an meinen Fingern. Die Bilder bringen mich nahezu um, ich kann sie nicht stoppen und alles in meinem Kopf dreht sich immer schneller und schneller. Es ist unmöglich, ruhigen Schlaf zu finden, also bleibe ich letztendlich wach und versuche, meine Gedanken auf Lia zu richten. Ich stelle mir vor, wie sie neben mir sitzt und mich anlächelt. Wie sie meine Hand hält und ihren Kopf auf meiner Schulter ablegt und wie dabei ihr süßlicher Duft an meiner Kleidung hängen bleibt. Ich werde plötzlich aus meinen Gedanken gerissen, als sich eine vermummte Person zu mir setzt. Mir stockt der Atem und mein Körper versteift sich. Haben sie mich gefunden? Werden sie mich jetzt auch töten? Was soll ich tun? Meine Gedanken überschlagen sich. „Wer sind Sie?“, frage ich nach einigen Minuten der Stille. „Du dachtest wohl wirklich, deine kleine Tat würde lange ein Geheimnis bleiben?“ Die Stimme meines Gegenüber jagt mir mehrere Schauer gleichzeitig über den Rücken und ich traue mich nicht einmal, die Kapuze des Mannes anzusehen. „Ich muss schon sagen, ich bin ziemlich beeindruckt von dir und ich hätte dich gern zurück auf unserer Seite…“ „Unsere Seite?“, wiederhole ich flüsternd. Mein

Bein wippt nervös auf und ab und ich spiele unruhig an meinen Fingern herum. Plötzlich kann ich aus dem Augenwinkel eine Bewegung erkennen und der Mann entfernt die Kapuze aus seinem Gesicht. Mir stockt erneut der Atem oder eher gesagt, es entweicht die Luft aus dem gesamten Zugabteil. Ungläubig starre ich in das ernste Gesicht vor mir: es ist Ares, der Gott des Kampfes, Zeus´ Bruder – unser Feind. Mir fehlen die Worte und selbst als sie zu mir kommen, sind sie so durcheinander, dass ich sie nicht ausreichend sortieren kann. „Henry, du sagst gar nichts." Ares´ Tonfall klingt belustigt und er schlägt mir mit seiner Handfläche freundschaftlich auf den Oberschenkel. Seine Kraft bricht dabei so unkontrolliert aus ihm hinaus, dass ich beinahe vom Sitz falle. „Ich…, ähm. Ich… du bist Ares." „Gut erkannt, das hat ja lang genug gedauert. Du musst mir allerdings nicht sagen, wie ich heiße. Ich weiß, wer ich bin, Junge. Verstanden?" Wieder kann ich nur starren, aber immerhin bringe ich meinen Kopf dazu, eine Bewegung zu vollführen und nicke ganz langsam. Alles um mich herum kommt mir vor, als würde es in Slowmotion passieren und auch ich selbst bewege mich in Slowmotion. Außerdem ist es kalt geworden im Zug und auch die Luft scheint nicht zurückkehren zu wollen. Es ist, als befänden Ares und ich uns in einer Blase, abgetrennt vom Rest der Welt. Ich starre auf meine Hände, auf mein zitterndes Bein und versuche, mich daran zu erinnern, dass ich real bin. Doch dann ist Ares´ Stimme nicht mehr vor mir sondern in meinem Kopf und ich zucke zusammen: „Antworte mir, Henry. Sieh mich an!“ Mein Kopf schnellt nach oben, sodass unsere Gesichter jetzt wieder auf Augenhöhe sind. Ares grinst breit: „Henry, warum hast du deinen Dad umgebracht?“ „Das geht dich gar nichts an“, hauche ich und sehe ihm dabei tief in die dunklen Augen. Seine Stirn legt sich in Falten und das Grinsen verschwindet von seinem Gesicht, es macht Platz für die Wut, die allmählich in ihm aufkommt. Noch bevor ich den Wandel seines Gesichtsausdruckes weiter beobachten kann, spüre ich plötzlich seine Hand an meinem Hals und sehe ihn direkt vor mir: „Warum hast du deinen Dad umgebracht, Henry? Antworte mir!“, er schreit und eine Ader auf seiner Stirn droht zu platzen. Mein Herz klopft bis in meinen Bauch und ich weiß, dass er mir furchtbar wehtun wird, wenn ich ihm keine Antwort gebe. „Um all das unsinnige Blutvergießen zu beenden“, sage ich in dem entschlossensten Tonfall, den ich zustande bringen kann, während Ares weiter gegen meinen Kehlkopf drückt. „Du dachtest, das würde aufhören, wenn du deinen Dad umbringst? Du bist nicht sonderlich schlau, oder?“ Seine Stimme trotzt vor Spott und ich würde ihm so gern wehtun. Ich versuche mit all meiner Kraft, seine Hand von meinem Hals zu entfernen, doch er lacht nur amüsiert und sieht mir entspannt dabei zu, wie ich mich abmühe. „Das Blutvergießen wird weitergehen und du wirst weiterhin ein wichtiger Bestandteil davon sein.“ Seine Worte schmerzen in meinem ganzen Körper und ich schließe die Augen, um der Nähe unserer Gesichter zu entfliehen. „Henry – wer, hast du gedacht, soll die Lücke deines Dads füllen? Wir alle wissen, dass du es niemals tun wolltest und dachtest, wenn du ihn umbringst, würdest du verstoßen und bestraft werden. Ich weiß, welches die passende Strafe für dich ist. Eine, die dir am allermeisten wehtun wird – du wirst erst recht der Nachfolger deines Dads." Ich reiße die Augen auf und drücke mein gesamtes Körpergewicht gegen ihn, sodass ich es endlich schaffe, Raum zwischen uns zu bringen. „NIEMALS, ich werde niemals der Nachfolger meines Dads werden!", schreie ich ihn an und auch wenn meine Stimme etwas belegt klingt, ist sie stark und ich schreie über den Schmerz hinweg. Ares lacht nur, setzt sich zurück auf die Bank mir gegenüber und sieht mich an. Er macht den Eindruck, als wäre das hier die lustigste Situation, die er jemals erlebt hätte. „Ich habe schon erwartet, dass du so etwas Ähnliches sagen würdest. Aber sag mal Henry, wie viel liegt dir an diesem Mädchen… Lydia?" Ich schlucke, mein Blut beginnt zu kochen und meine Organe kündigen ihr Versagen an. Trotzdem stehe ich auf und gehe einen Schritt auf ihn zu: „Du wirst Lydia nicht anrühren! Lass sie in Ruhe, sie hat nichts damit zu tun!" „Ich muss sie nicht anrühren, um ihr wehzutun, Henry. Ich bin ein Gott, kein irdischer Schwächling." „Lass sie in Ruhe!", ich schreie und jetzt funktioniert meine Stimme wieder vollständig. Mit starrem Blick sehe ich ihn an und verachte ihn genauso sehr wie meinen Dad, wenn nicht sogar noch mehr.

„Du bist eine abscheuliche Kreatur!“ „Fordere mich nicht heraus!“ Die Angst packt mich und ich weiche wieder einen Schritt zurück, setze mich hin und sehe eine Sekunde lang aus dem Fenster. Draußen ist es dunkel geworden und sanfte Nebelschwaden legen sich über die Landschaft. „Was muss ich tun, damit du sie in Frieden lässt?“, frage ich und richte meine Aufmerksamkeit wieder auf ihn. Ares grinst, er richtet sich auf und sagt schließlich triumphierend: „Ich wusste, dass du mich nicht im Stich lassen würdest. Du wirst die Stelle deines Dads übernehmen und an meiner Seite die B.O.S.C. leiten, sodass wir gemeinsam die Herrschaft über alle Götter übernehmen können. Solltest du es dir doch anders überlegen, wird Lydia sterben und ich werde die Bibliothek niederbrennen, damit nie wieder ein Mensch in die Götterwelten eindringen kann und du nie wieder herauskannst.“ Er steht auf und geht an mir vorbei: „Wir sehen uns auf dem Olymp!“ „Warte“, rufe ich in letzter Sekunde, „was ist dein Plan?“ Ares dreht sich um, jede seiner Bewegungen sieht majestätisch und stark aus. „Deine Lydia hat die Götter des Olymp zu einem kleinen Familientreffen versammelt, nur mich hat sie dabei leider vergessen… deshalb werde ich dem ganzen trotzdem einen kurzen Besuch abstatten. Du wirst dafür sorgen, dass Lydia auf den Olymp gelangt und wenn sie denkt, dass sie gewonnen hat, werde ich den letzten Schachzug setzen und das Spiel beenden. Mehr musst du erstmal nicht wissen, sorg dafür, dass sie auf dem Berg ankommt!“ Er packt mich am

Kinn und hält mich fest, sodass ich gezwungen bin, ihm in die Augen zu sehen. „Gut“ flüstert er also und lässt von mir ab. Er dreht auf der Stelle um und verschwindet. Um mich herum beginnen die Menschen wieder zu sprechen und die Luft scheint wieder in das Abteil zu strömen. Ich sinke auf dem Sitz zusammen und versuche, zu atmen. Mir fehlt die Kraft und ich habe Angst – so viel davon, dass es sich anfühlt, als würde sie mich von innen heraus auffressen. Ich weiß, dass ich keine andere Wahl hatte und trotzdem fühlt sich alles so verdammt falsch an. Ich wollte nie so sein und diese Stelle nicht einnehmen müssen, mein gesamtes Leben habe ich dagegen gekämpft, nur um am Ende meinem Schicksal nicht entkommen zu können. Ich werde niemals die Möglichkeit haben, selbst zu entscheiden und herauszufinden, was ich möchte, da es bereits für mich entschieden wurde: Blutvergießen für den Rest meines Lebens. „Nein, nein, nein, nein“, beginne ich zu schreien und haue meinen Kopf immer wieder gegen die Fensterscheibe neben mir: „dieses verdammte Leben, ich will es nicht mehr. Hast du gehört, Dad? Ich will nicht mehr leben. Tötet mich, bitte tötet mich!“ Mit jedem Schlag gegen das Glas nimmt meine Kraft ab und meine Stimme wird leiser. Die Menschen starren und sehen besorgt aus, doch glücklicherweise fühlt sich niemand dazu berufen, mir zu helfen. Schließlich lasse ich meine Stirn an der kalten Scheibe ruhen und all die Kraft entweicht mir. Ich bin kein Mensch mehr, sondern bloß noch die Hülle von dem, der ich sein wollte. Mein Leben zieht in diesem Moment an mir vorbei und wenn ich es nicht selbst beende, werde ich wahrscheinlich irgendwann umgebracht, genau wie mein Dad. Sehr wahrscheinlich ist es mir zu dem Zeitpunkt schon lange so egal, dass ich mich sogar darüber freuen werde.

Sechsundfünfzigstes Kapitel

Lydia

Der Besuch bei Aphrodite verläuft glücklicherweise ebenfalls reibungslos und ich kann sie überzeugen, Hermes auf den Olymp zu folgen. Jetzt wird es für mich Zeit, zurück zur Bibliothek zu kehren, um von dort endlich zum Fuß des Berges zu reisen. Währenddessen können Hermes und Aphrodite auf direktem Weg dorthin aufbrechen und wir werden uns wiedersehen, sobald ich die Spitze des Olymp erreicht habe. Ich muss mich also von Hermes verabschieden. Obwohl ich am Anfang nichts von ihm gehalten habe, hat sich das während unserer gemeinsamen Reise verändert. Jetzt winkt er mich zu sich hinüber und wir stehen abseits von Aphrodite. „Wir sehen uns auf dem Olymp!“, sagt er entschieden und sieht mich an. „Ich hoffe es“, antworte ich und füge noch hinzu, „es tut mir leid, Hermes. Ich habe dich für ein Monster gehalten, aber durch unsere gemeinsame Zeit habe ich erkannt, dass du dies nicht bist. Du hast Schlimmes getan, aber auch Gutes und umso länger ich darüber nachdenke, umso mehr wird mir bewusst, dass wohl niemand in der Lage ist, immer nur Gutes zu tun. Es tut mir also leid und ich bin dir sehr dankbar für all deine Hilfe.“ Ich atme aus und sehe ihm in die Augen. Während unserer Reise und aufgrund all seiner Fehler habe ich ganz vergessen, dass er göttlich ist, doch jetzt, da ich ihn ansehe und er in der glänzenden Sonne vor mir steht, erkenne ich es wieder. Er ist kein Mensch, er ist ein Gott und während ich mich schwach und ausgelaugt von all den Erlebnissen der vergangenen Wochen fühle, schwebt er weiter einige Zentimeter über dem staubigen Boden und sieht unberührt aus. „Ich danke dir, Lydia. Du hast mir gezeigt, dass es sich lohnt, für etwas einzustehen und zu kämpfen", antwortet er und nimmt mich in den Arm. Seine Umarmung ist angenehm und ich muss mich zusammenreißen, nicht darin zusammenzubrechen. „Ich möchte ungern euren Moment zerstören, aber ich glaube, uns läuft etwas die Zeit davon", ruft Aphrodite uns zu. Hermes und ich müssen beide lachen, auch wenn sie Recht hat und nichts an unserer aktucllcn Situation so wirklich lustig ist. Ich verabschiede mich schließlich von den beiden und Aphrodite schickt mich durch das Portal zurück in die Bibliothek. Mit jeder Faser meines Körpers hoffe ich, sie wiederzusehen und es auf den Olymp zu schaffen. Doch dann kann ich nicht mehr wirklich denken oder fühlen, da mich die Kraft des Portals mit sich reißt und alles von mir vereinnahmt, bis ich letztendlich auf dem Waldboden hinter der Schlossmauer lande. Ich richte mich auf, klopfe mir den Dreck so gut es geht von der Kleidung und betrete durch die kleine Tür hindurch das Gelände. Zu Beginn dieser Reise lagen die Blätter auf dem Boden und der Regen war zwar unangenehm, aber trotzdem sanft. Jetzt sind die Blätter durchweicht oder vom heftigen Regen vollständig aufgelöst. Die Bäume sind kahl, an den Stämmen fließt Regenwasser hinab und alles ist grau. Der November hat sich mit aller Gewalt seinen Platz erkämpft. Ich lasse meinen Blick weiter über das Gelände schweifen und realisiere erst nach einigen Minuten, dass keines der Autos mehr hier ist. Mit einem Mal fühle ich mich etwas sicherer und fast so, als würde Normalität auf dem Schlossgelände einziehen. Für einen kurzen Augenblick nistet sich der Gedanke in meinem Herzen ein, dass ich Mrs. Abernathy sehe, sobald ich die Bibliothek betrete. Natürlich wird das nicht geschehen, da sie tot ist. Tot, für immer und unwiderruflich. Ich laufe also einfach etwas planlos umher und genieße den Moment von Sicherheit und Geborgenheit. Mein Blick schweift ab und fixiert sich ganz plötzlich auf eine Bewegung. Da ist jemand und dieser jemand kommt aus der Richtung des Dorfes durch das kleine Wäldchen gelaufen. Mein Kopf braucht länger, um zu erkennen, wer es ist, doch mein Herz weiß direkt Bescheid – Henry. Ich renne direkt los, vergesse alles um mich herum und laufe so schnell ich kann auf ihn zu. Uns trennen nur noch wenige Meter und ich rufe seinen Namen, höre wie mein eigener durch die Dunkelheit zu mir getragen wird. Allein der Klang seiner Stimme heilt alle meine Wunden und ich zwinge meine Beine dazu, noch schneller zu laufen. Schließlich stolpere ich, doch dieses Mal ist Henry da und ich falle in seine Arme. Er legt eine Hand an meinen oberen Rücken, mit der anderen hält er meinen Hinterkopf und fährt mir mit den Fingern durch die nassen Haare. Ich drücke mein Gesicht gegen seine Schulter und lasse mich mit all meinem Gewicht in seine Umarmung fallen. Um uns herum ist es kalt, dunkel und nass, aber in meinem Herzen ist es warm. Blut fließt durch meine Adern und wird in regelmäßigen Abständen überallhin gepumpt. Ich versuche, meine Hände fest um seinen Rücken zu legen, sodass ich nicht mehr von ihm getrennt werden kann. Am liebsten würde ich unter seine Haut kriechen und mich dort verstecken, um ein Teil von ihm bleiben zu können. Ganz egal wie eng wir beieinanderstehen, wie sehr er mich festhält, ich habe niemals das Gefühl, dass die Nähe ausreicht oder für all die Zeiten Ausgleich schaffen könnte, in denen wir getrennt sind. Auch Henry übt mit seiner Hand leichten Druck an meinem Rücken aus und versucht, mich so nah wie möglich bei sich zu halten. Seine Finger gleiten zitternd und stockend durch meine Haare und ich spüre die unregelmäßige Bewegung seines Brustkorbes. Vorsichtig stelle ich mich auf Zehenspitzen und bringe meine Lippen an seinen Hals. Behutsam setze ich sanfte Küsse auf seine Haut. Ich kann spüren, wie seine Finger in meinen Haaren verharren und das Zittern etwas nachlässt. Wir lösen uns aus der Umarmung, greifen jedoch sofort nach unseren Händen und Henry setzt mir einen Kuss auf die Stirn, bevor wir uns endlich zum ersten Mal in die Augen sehen. In diesem Moment bricht mein Herz, weil ich in seinem Blick so viel Schmerz erkennen kann. Es kommt mir so vor, als wäre es gar nicht mehr das Gesicht, in welches ich mich vor wenigen Wochen verliebt habe. Jeder seiner Gesichtszüge erinnert mich daran, dass diese Reise uns so viel abverlangt hat und, dass wir beide nicht mehr die Personen sind, die wir vorher waren. Zwar stehen wir wieder auf dem Schlossgelände und halten uns fest, doch zwischendurch ist so viel geschehen und wir haben einen unaussprechlichen Horror hinter uns gebracht. Ich lege eine Hand an seine Wange und streiche ihm eine Träne aus dem Gesicht: „Ich bin hier, alles wird gut, wir haben es bald geschafft“, sage ich. Henry ist gebrochen, es ist etwas passiert, was nicht mehr zu reparieren ist. Nur ob das der Tod seines Dads oder etwas anderes ist, weiß ich nicht und ein dunkles Gefühl in meiner Seele sagt mir, dass ich es lieber nicht wissen möchte. Also versuche ich, Henry wieder in eine Umarmung zu ziehen, doch dieses Mal beginnt er, mich zu küssen. Der Kuss ist leidenschaftlich und löst ein Feuerwerk in mir aus. Henry hält erst mein Gesicht, lässt seine Hand dann in meinen Nacken wandern und schließlich zu meiner Taille. Er hält mich so nah bei sich, als müsste er den Kuss konservieren. Als sei es der letzte.

Siebenundfünfzigstes Kapitel

Henry

Ganz egal wie sehr ich versuche, Lia festzuhalten, in meinem Inneren brennt es. Es fühlt sich an, als hätte Ares alles in mir mit Benzin überschüttet und angezündet, sodass ich jetzt langsam dabei zusehen kann, wie ich ausbrenne. Bald wird nur noch Asche von mir übrig sein und ich kann nichts dagegen tun. Im Versuch, das Brennen für einen Wimpernschlag auszublenden, küsse ich Lia. Ich will sie festhalten und für immer ihre Anwesenheit in meinen Armen spüren dürfen. Unser Kuss ist besetzt mit all den Tränen, die unkontrollierbar mein Gesicht hinablaufen und ich hoffe die ganze Zeit, dass sie nichts von all dem spürt. Ich will nicht, dass sie sieht, wie kaputt ich bin und wie furchtbar ich mich fühle. Die letzten Wochen haben eine leere Hülle aus mir gemacht und sie ist der einzige Grund, weshalb ich noch Mensch statt Monster bin. Sie ist der einzige Grund, weshalb ich weiterhin an meinem Leben hänge und noch nicht alles hingeworfen habe. Trotzdem weiß ich, dass ich auch Lia nicht mehr lange bei mir behalten darf und ich bringe es nicht über mich, ihr von Ares und meinem Schicksal zu erzählen. Ich weiß, dass es sie zerbrechen würde und das kann jetzt nicht passieren, denn sie muss es erst auf den Olymp schaffen. Vielleicht finden wir doch noch einen Weg, all die von Ares prophezeiten Grausamkeiten abzuwenden und den Kampf zu gewinnen. Ich werde nicht aufgeben, noch hat Ares nicht gewonnen und die B.O.S.C. keine Macht.

Achtundfünfzigstes Kapitel

Lydia

Der Regen wird stärker und fällt auf uns hinab. Er versucht, zwischen unseren Kuss zu kommen und unsere Lippen voneinander zu trennen. Henry lässt jedoch nicht von mir ab und hält weiter an mir fest. Ich selbst traue mich auch nicht, den Moment zu durchbrechen, weil sich alles daran furchtbar endgültig anfühlt und ich das dumpfe Gefühl in meinem Herzen bekämpfen möchte. Schon nach wenigen Minuten klebt meine Kleidung wie eine zweite Haut an meinem Körper und aus meinen Haaren tropft der Regen auf meine Nasenspitze. Ich muss lächeln, Henrys und mein Mund sind noch immer miteinander verbunden, sodass er die Bewegung meiner Lippen bemerkt. Wir sehen uns an und zwischen all seinen Tränen muss auch er einen Moment lang lächeln. Ich greife nach seiner Hand und wir rennen durch den Regen bis hin zum Eingang der Bibliothek. Die Szene ist eine schmerzhafte Wiederholung des Tages, an dem Mrs. Abernathy starb und an dem all das hier begann. Vielleicht steht sie als Zeichen, dass wir es jetzt fast geschafft haben?! Wir drücken die schwere Tür auf und betreten anschließend die Bibliothek. Mein Atem stockt, denn es ist das erste Mal, dass ich meinen Lieblingsort wiedersehe – ohne, dass die B.O.S.C. ihn bewacht und beschmutzt. Mich überkommt eine Gänsehaut, einerseits von der Nässe meiner Kleidung, andererseits von dem Anblick vor mir. Ich drücke mir meine Hand gegen den Brustkorb und versuche, Tränen zurückzuhalten. Bald ist es geschafft, dann kann ich in Frieden hierher zurückkehren und endlich das weiterführen, was Mrs. Abernathy all die Jahre so sorgfältig aufgebaut hat. Henry steht direkt neben mir und hält meine Hand. Als ich mich zu ihm drehe und ihn ansehe, zerbricht mein Herz erneut in tausend kleine Teile. Hier im Licht sehen die Furchen auf seinem Gesicht noch tiefer aus und die Ringe um seine Augen dunkler. „Henry, ich werde den Kampf für dich gewinnen", sage ich und lege meine Hand auf seine Brust. Er legt seine behutsam darüber. „Lass uns aufbrechen", antwortet er.

„Der letzte Kampf", flüstere ich und er nickt: „Der letzte Kampf."

Neunundfünfzigstes Kapitel

Lydia

Zeus´ Buch ist inzwischen etwas geschunden, da ich es all die Zeit, während ich mit Hermes unterwegs war, bei mir hatte. Jetzt stehen Henry und ich vor der Lücke im Regal und atmen flach. Ich weiß nicht, was uns erwarten wird und auf welchen weiteren Horror wir uns einstellen müssen. Jedoch weiß ich, dass es nicht einfach werden wird. Schon während ich dabei bin, das Buch in seine Lücke einzufügen, zieht Henry auf einmal etwas aus seinem Mantel hervor und hält es mir entgegen. „Das habe ich gefunden, als wir zum ersten Mal hier angekommen sind und in Mrs. Abernathys Wohnung waren. Es scheint ihr Tagebuch gewesen zu sein und ich wollte es für dich mitnehmen." Vorsichtig strecke ich meine Hand aus und nehme es an. Ich lächle ihn an, er kann sich vermutlich gar nicht vorstellen, was für einen Wert dieses Buch und seine Geste für mich haben. „Danke", hauche ich. Dann drehe ich mich um und laufe die Treppe hinab, bis zu der Theke mit dem Geheimgang darunter. Diese öffne ich und lege das Buch im Dunkeln ab, so ist es sicher, während ich auf dem Olymp bin. Ein letzter Blick durch die Bibliothek und ich schließe die kleine Tür. Ich renne die Treppe wieder nach oben und komme neben Henry zum Stehen. Mit zitternder Hand füge ich schließlich Zeus´ Buch ins Regal ein, das Portal öffnet sich und zieht uns mit. Wir werden in einem schwarzen Loch umhergewirbelt, verlieren jeglichen Bezug zu Zeit und Raum, durchleben alle qualvollen Stationen unserer bisherigen Reise erneut und landen letztendlich auf einer trockenen Wiese. Ich huste, denn in jeder Faser meiner Lunge ist Staub. Behutsam stütze ich meine Hände auf dem Boden auf und drücke mich nach oben. Als ich endlich stehe und den Staub aus meiner halbtrockenen Kleidung klopfe, beginne ich mich umzusehen. Mir fällt auf, dass ich mich in einem großen Schatten befinde und als ich meinen Kopf nach oben bewege, sehe ich die Umrisse des Olymps vor mir. „Henry…", sage ich und ringe um Worte, doch ich bekomme keine Antwort. Plötzlich wird mir bewusst, dass sich nichts um mich herum regt – da ist kein Atem, keine Bewegung, keine weitere Person und ich drehe mich suchend im Kreis. „Henry?", rufe ich immer wieder und schnell wird der Ruf zu einem verzweifelten Hilfeschrei. Henry ist nicht da, wir sind zusammen ins Portal gestiegen, doch jetzt ist er nicht hier und ich habe nicht die geringste Ahnung, was passiert sein könnte. Mein Herz rast und in meinen Gedanken überschlagen sich alle mögliche Szenarien. Meine Beine geben unter mir nach und ich lasse mich zurück auf den trockenen Boden fallen, dort vergrabe ich das Gesicht in den Händen und bleibe einfach sitzen. Im Schatten des Berges komme ich mir so klein und unbedeutend vor und es ist genau jetzt, dass ich meine Kraft verliere. Sie entweicht aus meinen Poren und lässt nichts weiter zurück als ein kaputtes Mädchen, was zu viel verloren hat und zu viel gewinnen soll.

„Lydia", jemand sagt meinen Namen und ich kenne die Stimme. Auf meinem Körper stellt sich jedes kleine Härchen auf und mein Puls springt in die Höhe. Ich wünschte, der Boden unter mir würde aufreißen und mich darin versinken lassen. „Lydia!" Wieder diese Stimme. Mir wird übel, ich traue mich nicht, meine Augen zu öffnen, habe zu große Angst vor dem, was ich dann vor mir sehen werde. Ich rede mir ein, dass ich, wenn ich einfach nicht hinsehe und hier sitzen bleibe, in Sicherheit bin. „Wir haben uns so lange nicht gesehen." Die Stimme kommt immer näher, dennoch kann ich die Richtung nicht genau bestimmen. Jahre lang habe ich alles dafür gegeben, diesen Klang zu vergessen und aus meiner Erinnerung zu verbannen, doch jetzt da er wieder da ist, fühle ich mich, als wäre ich wieder 14 Jahre alt und würde den tödlichen Klang zum ersten Mal wahrnehmen. Alles in mir schreit danach zu rennen, doch ich kann es nicht und befürchte außerdem, dass es nicht helfen würde. Ich kann nicht entkommen, mein Körper ist wie festgefroren, nur mein Herz springt aufgeregt gegen meine Rippen und schneidet mir die Luft ab. Meine Finger schwellen an, selbst die Kuppen pochen, weil sie so voller Blut sind. Ich umklammere meine Beine mit meinen Armen und halte mich selbst so fest, wie ich kann. Ich muss doch rennen, ich muss weg von hier, sonst tut *er* mir weh. Sonst tut er mir wieder weh, genauso wie vor drei Jahren – oder schlimmer. Er darf mich nicht anfassen, das kann ich nicht zulassen. Meine Augen sind gefüllt von Tränen, die sich nun ihren Weg durch meine geschlossenen Lider bahnen und mein Gesicht hinabströmen. Ich kann immer noch nicht aufstehen und weglaufen, spüre aber, dass der Besitzer der Stimme jetzt direkt vor mir stehen muss. „Lydia…“ „NEIN!“, schreie ich auf einmal und bin selbst überrascht davon, weil ich nicht weiß, wo die Kraft so plötzlich herkommt. Jemand legt seine Hand auf mein Knie und ich reiße mich los und stehe auf. Mein gesamter Körper zittert, Tränen strömen über meine Wangen und der pure Terror wütet in meiner Brust. Noch immer halte ich meine Augen geschlossen, aus Angst, bestätigt zu bekommen, dass mein größter Albtraum erneut wahr geworden ist. „Ich bin es.“ Auf einmal verändert sich die Stimme und klingt ganz anders als zuvor. Ich stolpere ein paar weitere Schritte zurück und öffne schließlich ganz langsam die Augen. Vor mir steht Medusa und schaut so besorgt, wie ich es nie zuvor gesehen habe. Ihr Blick ruht auf mir und sie breitet ihre Arme aus. Ich stolpere auf sie zu, bis mein zitternder, von Adrenalin getriebener Körper nachgibt und ich in ihre Arme falle. Ihre Anwesenheit fühlt sich an wie die einer Mum. Alles an ihrer Erscheinung ist beruhigend und stützend. Sie drückt mit ihren Händen leicht gegen meinen Rücken und hält mich so fest sie kann.

Für mich ist es, als wäre ich soeben auf dem Boden aufgeschlagen und zersprungen, sodass sie jetzt die Scherben meines Körpers in den Händen hält und versucht, mich wieder zusammenzufügen. Medusa lässt mich eine ganze Weile einfach in ihren Armen ruhen und stellt keine Fragen. Sie sagt nichts, sondern hält mich fest und streicht mir beruhigend über den Rücken, bis sich mein Zittern zurückfährt und sich mein Zustand wieder etwas verbessert. Irgendwann schaffe ich es, mich von ihr zu lösen und die erste Frage, die ich stelle, ist: „Wie bist du hergekommen?" „Hermes und Aphrodite haben mich geholt, sie meinten, du würdest mich brauchen, um es auf den Olymp zu schaffen. Also bin ich hier." Ich sehe Medusa an und versuche, irgendein Gefühl aus ihrem Blick abzulesen, ich möchte zwischen den Zeilen lesen können, wie es ihr geht und ob sie mit der Begegnung mit Hermes und Aphrodite okay ist. Sie sieht mich mit einem ähnlichen Ausdruck an, nur wartet sie nicht darauf, etwas zwischen den Zeilen lesen zu können, sondern konfrontiert mich jetzt: „Wer dachtest du, bin ich?" „Ich dachte, du wärst…", ich kann es nicht aussprechen, selbst seinen Namen in den Mund zu nehmen, zerbricht mich, „ich dachte, du wärst ER." „Wer ist ER?", fragt Medusa, obwohl ich vermute, dass sie sich denken kann, wer er ist. „Er ist der Verantwortliche für unsere Verbindung", presse ich hervor und starre auf meine Hände, die erneut zu zittern beginnen. „Oh Lydia", sagt Medusa betroffen und kommt auf mich zu. Sie greift nach meinen unruhigen Händen und legt sie in ihre.

„Deine Stimme klang wie seine und das hat mich paralysiert. Ich wollte wegrennen, aber konnte es nicht. Mein Körper war wie festgefroren und ich war gefangen in mir selbst und in dieser furchtbaren Erinnerung. Ich hatte solche Angst, dass er es ist, dass er mich gefunden hat und mir wieder wehtun wird.“ „Lydia…“, Medusa zieht mich erneut in eine Umarmung, mein Herz klopft wie wild und ich will einfach nur vergessen, doch seine Stimme sitzt noch immer in meinem Kopf und quält mich. „Er wird dir nie wieder wehtun. Ich bin hier, du bist in Sicherheit. Ares spielt mit dir und deiner Kraft… Hermes hat vermutet, dass so etwas passieren würde. Ares will dich davon abhalten, dass du es auf den Olymp schaffst. *Er* war nie hier, er ist bloß in deinem Kopf. Ares benutzt deine eigene Angst gegen dich, um *dich* zu deinem größten Feind zu machen.“ „Es ist also niemand hier?“ „Nein, er wird nie wieder in deine Nähe kommen. Du bist nicht mehr allein, es wird immer jemand da sein, der dich beschützt. Ich werde immer da sein. Doch solange du das Ereignis nicht aufarbeitest, wird er immer wieder in deinem Kopf auftauchen und davor kann auch ich dich nicht beschützen. Du musst dich damit auseinandersetzen, darüber sprechen, sonst wirst du eines Tages vollständig daran zerbrechen.“ Medusas Worte reißen die Wunden in meiner Seele immer weiter auf und sorgen dafür, dass sie bluten und sich entzünden und unendlich schmerzen. „Ich kann es nicht, wenn ich es hochhole, an mich heranlasse und darüber spreche, dann bekommt es wieder

Kraft und zerstört mich. Ich kann es nicht, diese Erinnerung tut zu sehr weh und wenn ich darüber rede, dann macht es das Geschehene wahr… ich will nicht, dass es wahr ist“, schluchze ich in ihren Armen. „Weißt du noch, als wir uns zum ersten Mal begegnet sind und du mich gefragt hast, was uns verbindet?“ Ich nicke leicht, Medusa reicht dies als Antwort und sie setzt fort: „An dem Tag habe ich dir meine Geschichte erzählt, die Geschichte über den dunkelsten Tag in meinem Leben. Dieser Tag jedoch, an dem ich dir all das erzählt habe und in deinen Armen weinen durfte, war der hellste meines Lebens. Du hast mich festgehalten und mich nicht wie ein Monster behandelt. Du hast mir zu verstehen gegeben, dass es nicht meine Schuld war und ich nichts falsch gemacht habe. Du warst der erste Mensch, dem ich meine Geschichte erzählen konnte und es hat mich innerlich zerrissen. Jede kleine Erinnerung an diesen und all die darauffolgenden Tage war wie eine Schlinge um mein Herz, aber nachdem ich es mit dir geteilt hatte, war die Wunde nur noch halb so groß. Also bitte sprich mit mir, Lydia. Ich möchte nicht, dass sich diese Schlinge noch fester um dein Herz wickelt und dir das Leben raubt.“ Wir setzen uns auf den staubigen Boden und ich beginne schließlich, meine Geschichte zu teilen. Ich erzähle davon, dass er mein erster fester Freund war und ich ihm vertraut habe, doch dass er mich eines Tages ins Schloss gelockt und entgegen meinem Willen begonnen hat, mich zu küssen und zu berühren. Dass ihm mein mehrfaches „Nein“ egal war und er auch nicht aufgehört hat, als ich begonnen habe zu weinen. Dass er vermutlich auch nicht aufgehört hätte, wenn Mrs. Abernathy uns nicht entdeckt hätte. Natürlich fließen mir nebenbei Tränen das Gesicht hinab, doch ich stoppe sie nicht, sondern lasse sie einfach existieren. Medusa ist die ganze Zeit an meiner Seite, sie fängt jede einzelne Träne auf und schaut mich ermutigend, doch zugleich mitfühlend an. Ich bin ihr so dankbar. Mit jedem Wort, das meinen Mund verlässt, wird mein Herz ein klein wenig leichter und irgendwann fühlt es sich fast so an, als würde ich nicht mehr dauerhaft ertrinken. Es ist tatsächlich vollbracht, meine Geschichte gehört nicht mehr nur mir. Leider habe ich keine Worte dafür, zu beschreiben, wie genau sich das anfühlt. Es ist stark und überwältigend, aber da ist so eine leise Stimme in mir, die sagt, dass es richtig ist und, dass es besser sein wird. „Lass uns dich auf den Olymp bringen, okay?“, sagt Medusa entschlossen und fährt mir sanft durch die Haare. „Was ist mit dir?“, frage ich und sehe meine Freundin verwirrt an. „Ich kann nicht auf den Olymp“, antwortet sie lachend. „Aber ohne dich schaffe ich es nicht.“ „Du musst es auch nicht allein schaffen – ich meinte doch, ab jetzt wirst du nie mehr nur auf dich gestellt sein.“ In dem Moment erscheint Hermes und gleitet über den Boden, bis er vor unseren Füßen landet und vorsichtig lächelt: „Bereit?“ Ich schaue erst zu ihm, dann zu Medusa. Ehrlich gesagt weiß ich es nicht. Ich weiß nicht, ob man jemals dafür bereit ist, den Olymp zu besteigen, um Zeus darum zu bitten, eine magische Gesellschaft zu zerstören – Henrys Herkunft. Ich umarme Medusa ein letztes Mal, so fest ich kann und verspreche ihr, sie besuchen zu kommen, wenn all das vorbei ist. Schließlich lasse ich von ihr ab und drehe mich zu Hermes: „Bereit!“, antworte ich und greife nach seiner Hand. Wir steigen gemeinsam in die Luft auf und ich kann dabei zusehen, wie Medusa immer kleiner wird, bis ich ihre Umrisse und schließlich nichts mehr von ihr erkennen kann. Die Luft um mich herum wird kälter und ich weiß, dass jetzt das Ende bevorsteht.

Sechzigstes Kapitel

Henry

Ares hat mich abgefangen während Lia und ich durch das Portal gereist sind. Ich wurde anfangs zwar in den Sog gezogen, doch plötzlich habe ich gespürt, dass etwas nicht stimmt. Während Lia angekommen ist, hat Ares mich aus dem Strudel des Portals herausgezogen. Ich habe versucht, mich zu wehren, aber er war um einiges stärker als ich. Jetzt hämmert mein Herz wie verrückt in meiner Brust und ich weiß nicht, wo wir sind. Was ich weiß, ist, dass Ares bei mir ist und mich nicht aus den Augen lässt: Seine Blicke verursachen eine Gänsehaut auf meinem Körper, und bringen meine Eingeweide dazu sich umzudrehen. Noch dazu ist es um mich herum auf einmal eiskalt, ich kann sogar meinen Atem vor mir sehen. Eine unnötige Verbildlichung davon, wie unregelmäßig mein Körper funktioniert. Ich kreuze die Hände in meinem Nacken und lasse meinen Kopf ein Stück nach hinten fallen. Über mir kann ich den Himmel erkennen, doch beim Anblick dessen fällt mir auf, dass er viel näher ist als sonst. Mein Puls schießt rasant in die Höhe, ich lasse meinen Kopf zurück schnipsen und sehe mich panisch um. Letztendlich kann ich nicht mehr anders als Ares zu fragen:

„Wo sind wir?“ Er schaut mich entspannt an und setzt sein selbstsicheres Lächeln auf, genauso wie er es bereits im Zug getan hat. „Auf dem Olymp. Na, gefällt er dir?“ Meine Luft bleibt stehen und ich drehe mich im Kreis. Alles um mich herum beginnt zu verschwimmen und das nicht nur aufgrund der schlechten Sicht hier oben. „Gefällt es dir?“, wiederholt Ares ungeduldig. „Wo ist Lydia?“, frage ich zurück. „Man antwortet auf eine Frage nicht mit einer Gegenfrage, das ist nicht sonderlich höflich. Sollte dir dein Dad das nicht beigebracht haben?“ „Wo ist Lydia?“, wiederhole ich diesmal noch etwas deutlicher, doch der Gott lässt mich einfach stehen und sieht mich selbstzufrieden an. Trotz all der Kälte um mich herum sowie in meinem Inneren beginnt mein Blut zu kochen und ich möchte ihm am liebsten etwas antun. Ich kann nicht mehr klar denken, weil die Angst zu groß ist, dass er Lia verletzt haben könnte und ich es nicht erfahren werde. Mit all der Kraft, die ich noch übrig habe, versuche ich, meinen Blick konstant auf ihn zu richten und mich nicht von ihm einschüchtern zu lassen. Irgendwann reicht es tatsächlich und er antwortet mir: „Keine Sorge, deine Freundin wollte ich noch nicht. Sie wird sicher gerade dabei sein, sich ihren Weg auf den Olymp zu erkämpfen… ich habe ihr eine kleine Challenge geboten. Schließlich wollen wir doch nicht, dass sie es zu leicht hat.“ Meine Finger ballen sich zu Fäusten und mein Augenlid zuckt, ansonsten regt sich jedoch nichts an meinem Körper. So stehe ich einfach weiterhin da und stelle mir all die Dinge vor, die ich dieser abscheulichen Kreatur gern an den Kopf werfen würde. „Was machen wir jetzt hier?“, frage ich nach einigen Minuten angespannter Stille. „Wir warten auf den Rest der B.O.S.C. – auf *deine* Männer. Nach dem kleinen Zwischenfall mit dir und deinem Dad sind alle nach London gereist und es wurde darüber beraten, wie es weitergeht. Bei dem Treffen war auch ich dabei – was ein glücklicher Zufall, dass ich dich danach im Zug getroffen habe.“ „Aber das Buch hat Lydia“, sage ich nur und gehe gar nicht weiter auf seinen Kommentar ein. „Ach Henry, ich bin ein Gott. Glaubst du, ich kann den Menschen keinen Zugang zu meiner Welt verschaffen, wenn ich das möchte? Du hast noch viel zu lernen.“ Er kommt auf mich zu, klopft auf meine Schulter und geht schließlich an mir vorbei: „Jetzt steht nicht so rum, sondern komm mit. Wir gehen zu Zeus′ Palast, schließlich will ich das Familientreffen nicht verpassen.“ Entgegen meinem Willen beginnen meine Beine, sich zu bewegen und Ares zu folgen. Aber was gäbe es auch für Alternativen?

Der Anblick des Palastes verschlägt mir den Atem. Ich kann kaum glauben, dass er Wirklichkeit sein soll und ich mir all die Pracht nicht bloß einbilde. Vor mir erstreckt sich ein überdimensionaler Torbogen. Ares und ich gehen hindurch und stehen mitten auf dem Gelände des Palastes. Dieser besteht aus mehreren Gebäuden, die im Halbkreis angeordnet sind. In der Mitte ist ein großer Platz mit zwölf Stühlen. In der Mitte steht Zeus´ Thron. Auch wenn alle der Stühle anmutig und wunderschön sind, sticht seiner besonders hervor und ich kann meine Augen kaum davon ablassen. Das Gebäude direkt hinter seinem Thron ist über eine große, breite Treppe erreichbar. Zu beiden Seiten des Gebäudes gehen Verbindungsgänge zu den anderen Teilen des Palastes ab und in der oberen Etage ist ein riesiger, auf Säulen gestützter Balkon. Von diesem aus kann man den gesamten Platz und wahrscheinlich den ganzen Olymp überblicken. All diese Eindrücke sind so prächtig und unglaublich, dass ich meinen Blick nicht abwenden kann und am allerliebsten für immer in ihrem Bann bleiben würde. Hier ist es auch viel wärmer als auf dem Rest des Olymps. Die Sonne scheint und taucht das gesamte Palastgelände in goldglänzendes Licht. Mir laufen Schweißperlen die Stirn hinab und mein Körper kann den starken Kontrast von kalt zu heiß nicht verarbeiten, weshalb es sich anfühlt, als hätte ich Fieber mit Schüttelfrost. Plötzlich werde ich unsanft am Arm angepackt und so abrupt weggezogen oder eher geschleudert, dass ich mein Gleichgewicht verliere und unbeholfen über meine Füße stolpere. Es fühlt sich an, als würde ich erneut durch das Portal geschleudert und finde mich nach wenigen Sekunden abseits des Palastgeländes wieder. „Hab dich besser unter Kontrolle, Junge. Du bist der Chef einer magischen Organisation, aber so wie du drauf bist, scheitert unsere Revolution.“ Ares´ Stimme trifft jeden Nerv in meinem Körper und ich verkrampfe vollständig. Ihn könnte dies nicht weniger interessieren und er redet unerlässlich weiter: „Folgender Plan: es kommen 100 Männer, also alle, die deinem Dad jemals unterstellt waren. Ist dir bewusst, welche Verantwortung das ist? Ich werde das kleine Familienfest besuchen, während du dich dort unter keinen Umständen blicken lassen wirst. Auch nicht, wenn du die liebliche Stimme deiner Lydia hören solltest. Eine falsche Bewegung von dir heute Abend und ich bringe sie um! Du wirst deine Männer sortieren und auf mein Zeichen die Versammlung angreifen. Unser Ziel ist es, Zeus zu stürzen, denk daran und lass dich nicht wieder von der „Schönheit des Ortes“ ablenken. Menschliche Gefühlsregungen stehen uns hier im Weg! Wenn alles läuft wie geplant, werden wir beide schon heute Abend regieren.“ Er lächelt zufrieden und stolz, so als hätte er sich den genialsten Plan ausgedacht, den die Menschheit jemals zu Gesicht bekommt. Meine Reaktion auf seine kleine Motivationsrede bleibt aus, da ich Stimmen wahrnehme und auch Ares´ Körperhaltung verändert sich schlagartig. Ohne Vorwarnung schubst er mich rückwärts in einen Busch hinein und ich schlage mit vollem Gewicht auf dem Boden auf, dann dreht er sich um und verlässt unser kleines Versteck. „Hallo Familie“, kann ich ihn noch sagen hören, als er erneut durch den Torbogen schreitet, bevor ich den Schmerz in meinem Körper wahrnehme und mein Gehör auf ein neues Rauschen lenke – die B.O.S.C. ist angekommen. So leise ich kann, ziehe ich mich auf die Beine und verschwinde abseits des

Geländes. Ich strauchle anfangs etwas, doch dann geht es und so renne ich sogar noch ein ganzes Stück. Der Anblick dieser 100 kampfbereiten Männer, die sich mit einem Mal vor mir auftun, verschlägt mir ehrlich gesagt den Atem. Ich möchte etwas zu ihnen sagen – aber was? Ich habe mit einem Mal das Gefühl, alle mir bekannten Worte vergessen zu haben. Zum ersten Mal in meinem Leben frage ich mich, wie mein Dad das geschafft hat und wie er vor so vielen Menschen immer selbstbewusst und bestimmt auftreten konnte. Ich schaue einigen der Männer ins Gesicht und merke, dass mir ihr Schicksal nicht egal wäre. Es ist unmöglich, ich kann die nicht in einen Kampf schicken. Nicht für etwas, an das ich selbst nicht glaube. Zu gern würde ich sie davon überzeugen, sich gegen Ares zu richten, aber ein kleiner Teil in mir weiß, dass der Versuch unnötig ist, da sie bereits so infiltriert sind, dass ich dafür die gesamte Ewigkeit brauchen würde. Aber da ist noch ein anderer, größerer Teil in mir. Der Teil, der immer von einem Leben in der Bibliothek geträumt hat. Der Teil, der, seit es Lia gibt, immer nur an sie gedacht und alles für sie in Kauf genommen hat und der Teil, der weiß, dass ich nicht mein Dad bin.
„Seid ihr bereit?“, frage ich und versuche, meiner Stimme alle Kraft zu verleihen. „JA!“, dröhnt es in meinen Ohren und die Stärke und Einheit dieser Antwort versetzen mich in Ekstase. Mitsamt all dem Adrenalin schießt mit einem Mal ein glasklarer Gedanke in meinen Kopf und ich höre mich selbst sagen: „Heute sind wir hier, um Ares

zu töten und Frieden in die Götterwelt einziehen zu lassen! Heute Abend beginnt mit euch und mir eine neue Zeit für die B.O.S.C.! Deshalb frage ich euch noch einmal: seid ihr bereit?“, meine Stimme ist diesmal lauter und fliegt über die Köpfe der vielen Männer vor mir hinweg. Sie legt sich wie eine Glocke über uns alle und ich kann nur schwer begreifen, dass dies meine Worte sind. Kurz habe ich auch Angst, dass sie ihre Waffen gegen mich richten und mich auf der Stelle töten werden, doch dann höre ich erneut ein „JA!“ durch die Reihen fliegen. In diesem Moment wird mir bewusst, dass es beim Anführen nicht darum geht, Menschen von grauenvollen Entscheidungen zu überzeugen. Viel mehr geht es darum, für das einzustehen, was einen wirklich bewegt. Letztendlich sind es dann diese Ehrlichkeit und Überzeugung, die Stärke transportieren, Gruppen vereinen und Gewinne ermöglichen.

Einundsechzigstes Kapitel

Lydia

Wir landen im strahlenden Sonnenschein, inmitten eines großen Platzes. Hermes setzt auf dem Boden auf und ich lasse langsam los, auch wenn ich mich gern noch etwas länger an ihm festhalten würde. Der Anblick, der sich mir bietet, verschlägt mir die Sprache und ich bin vollkommen fasziniert. Ich drehe meinen Kopf abrupt in alle Himmelsrichtungen gleichzeitig, weil ich nicht so recht weiß, wo ich zuerst hinsehen möchte. Hermes stößt mich leicht in die Seite und räuspert sich. Ich richte meinen Blick also auf die Szene direkt vor mir und laufe rot an. Der Platz, auf dem wir gelandet sind, ist nicht nur von atemberaubenden Gebäuden umgeben, sondern auch von zwölf prachtvollen Stühlen. Bis auf Hermes´ Stuhl sind alle bereits besetzt und die Götter des Olymp blicken mich ernst an. Nervös werfe ich Hermes einen Blick zu und wünschte, im Erdboden zu verschwinden. Mein Puls geht sprunghaft in die Höhe und Hermes muss mich kurz stützen, damit ich nicht tatsächlich zu Boden gehe. „Alles wird gut, du schaffst das. Wir sind auf deiner Seite.“ „Aber was ist mit den Gottheiten, die mich noch nicht kennen?“ „Auch die werden nicht anders können, als dich zu lieben." Hermes lächelt und entfernt sich von mir. Er geht zielstrebig auf den leeren Stuhl zwischen Dionysos, dem Gott des Weins und der Ekstase, und Aphrodite zu. Ich kann sehen, wie er Aphrodite ein flüchtiges Lächeln zuwirft und auch ich lächle sie kurz an, da ich ihr unfassbar dankbar dafür bin, dass sie hier ist. Mein Herz pocht wie wild, ich gehe jeden einzelnen Stuhl ab und versuche, mir in den Kopf zu rufen, wer jeder ist und was seine Funktion ist. In den letzten Jahren habe ich so viele Geschichten über all diese Welten und Sagen gehört und jetzt stehe ich tatsächlich auf dem Olymp und sehe die Gottheiten wahrhaftig vor mir. Mein Blick bleibt schlussendlich bei Zeus hängen, die Aufregung in meinem Körper wird immer stärker und das Blut rauscht durch mich hindurch. Ich fühle mich, als hätte Dionysos Macht über mich ergriffen, denn der Zustand meines Körpers ist die reinste Ekstase. Alles kribbelt und das Blut rauscht in einem Tempo durch mich hindurch, dass meine Haut zu jucken beginnt. Ich bin mir unsicher, ob ich zum Sprechen ansetzen oder abwarten soll und gerade als ich dabei bin, ein Wort in meinem Mund zu formen, spricht Zeus: „Familie, wir haben uns heute hier versammelt, um der Bitte der jungen Lydia Gehör zu schenken. Ich bitte daher um eure volle Aufmerksamkeit!" Er wirft jedem einen strengen Seitenblick zu, doch besonders bei Ares bleibt er einen Moment länger hängen, sodass sich schließlich auch meine Aufmerksamkeit auf ihn richtet. Erst jetzt bemerke ich ihn überhaupt und mir wird schlecht – zwar konnte ich mir denken, dass er auch ohne Einladung hier sein würde und dennoch wirft mich sein Anblick aus der Bahn. Er löst in mir ein mulmiges Gefühl aus und neben der Aufregung und all den edlen Anblicken überkommt mich die Angst erneut. Warum sollte Ares hier so entspannt sitzen und mir dabei zusehen, wie ich mein Ziel erreiche? Warum hat er nicht noch intensiver versucht, mich auf meinem Weg aufzuhalten? Desto länger ich darüber nachdenke, umso weniger Sinn ergibt die Situation. Er muss irgendetwas geplant haben und ich weiß auch immer noch nicht, wo Henry ist. In meinem Kopf beginnen sich langsam einzelne Puzzleteile zusammenzufügen und ich starre Ares noch intensiver an. Er hat den Gesichtsausdruck von jemandem, der bereits vom eigenen Sieg ausgeht und sich zurücklehnt, um zu warten, bis alles genauso in Kraft tritt, wie geplant. Ich entziehe mich seinem Anblick und versuche, Hermes und Aphrodite ein Signal zu geben, doch sie nehmen mich nicht wahr. Furcht und Terror überkommen mich und dann höre ich wieder Zeus´ Stimme: „Lydia, was bringt dich hierher?“ Ich höre zwar seine Worte, kann sie jedoch nicht verarbeiten, da mein Blick erneut auf Ares ruht und ich versuche, dahinterzukommen, warum alles so ruhig ist?! „Lydia!“ Die Stimme ist diesmal kein Ton, der von der Umwelt an mich herangetragen wird, sondern ersetzt die Stimme in meinem Kopf und sorgt dafür, dass ich zusammenzucke. „Entschuldigung ich…“, mein Blick ruht auf Ares, doch ich richte ihn jetzt zurück auf Zeus,

„ich bin die neue Hüterin der Bibliothek. Die B.O.S.C. hat Mrs. Abernathy getötet und sich dann auf die Jagd nach mir begeben, um an meiner Stelle die Macht über die Bibliothek zu bekommen.“ Um mich herum ist es so still, dass man sogar hören würde, wenn ein Haar zu Boden fällt. Ich atme zittrig Luft aus und versuche, mein Gesicht etwas von der gleißenden Sonne abzuschirmen. „Bitte, ihr müsst mir helfen die B.O.S.C. zu zerstören, sie dürfen nicht an die Macht kommen!“ „Und du willst sie aufhalten?“, wirft Ares ein und sieht lächelnd auf mich hinab. „Ares!“, unterbricht Zeus mit scharfem Ton. Die beiden Gottheiten sehen sich an. „Ich bin die letzten Wochen durch die gesamte Götterwelt gereist und habe alle ehemals verschwundenen Bücher eingesammelt und zurück in die Bibliothek gebracht. Ich hatte einen gebrochenen Fuß, habe meine einzige Freundin auf dieser Welt verloren, habe die Dunkelheit in mir gespürt und trotzdem alles dafür getan, heute hier zu sein.“ Zwar sind meine Worte an Zeus gerichtet, doch jetzt sehe ich Ares wütend in die Augen, während ich spreche. Sein Anblick bringt alles in mir zum Kochen. Ich vermute, dass er Henry unter seiner Kontrolle hat und ich weiß, dass er die Ordnung der Götter zerstören möchte, dass er mich zerstören möchte. Zeus setzt zu einer Antwort an, doch ich achte gar nicht mehr auf den Göttervater, sondern richte mich jetzt direkt an den Gott des Krieges: „Wo ist Henry, was hast du mit ihm gemacht?“ Ares lehnt sich zurück und grinst breit. „Wer ist denn Henry? Magst du dem Rest meiner Familie vielleicht davon erzählen? Spar doch nicht an den Details, Spätzchen!“ Ich balle meine Hände zu Fäusten und drücke mir meine Fingernägel stark in die Handinnenflächen, sodass ich etwas außer dieser Wut spüre. „Wer ist dieser Henry? Was soll das alles? Ares, du wurdest nicht aufgefordert zu sprechen und Lydia – auch du solltest dich lieber an meine Regeln halten!“, sagt Zeus mit Nachdruck und schaut erst seinen Bruder und danach mich an. Sein Blick ruht schließlich auf mir, sodass ich mich dazu verpflichtet fühle, ihm zu erzählen, wer Henry ist. „Henry ist der Sohn des Anführers der B.O.S.C. aus London. Er wurde mit einer Gruppe anderer Männer darauf angesetzt, mich zu fangen sowie mich davon abzuhalten, meine Suche nach den Büchern zu beenden. Henry hat sich jedoch gegen seinen Dad und die Organisation gestellt und begonnen, mir zu helfen. Ohne ihn wäre ich jetzt nicht hier und hätte es nicht geschafft, diesen Auftrag fortzusetzen.“ „Wo ist dieser Henry jetzt?“, fragt Zeus interessiert und ich schüttele niedergeschlagen den Kopf: „Ich weiß es nicht.“ „Vielleicht hat dein Henry die Seite gewechselt und sich wieder darauf besinnen können, zu wem er wirklich gehört?!“, wirft Ares ein und steht auf, um seine Größe zu demonstrieren. Ich weiche ein paar Schritte zurück, auch wenn ich mich nicht einschüchtern lassen möchte. Hinter mir steht auch jemand auf und beginnt zu sprechen. „Ich habe Henry kennenglernt und er weiß, auf welche Seite er gehört. Er hat sein gesamtes Leben dafür gekämpft, endlich auf dieser stehen zu dürfen. Henry hat alles dafür gegeben, Lydias Mission voranzubringen.“ Es ist Aphrodite, die diese wundervollen Worte sagt und mein Herz füllt sich für einen kurzen Moment mit Wärme und dem Gefühl von Dankbarkeit. Ich werfe Aphrodite ein Lächeln zu und sehe auch Hermes, wie er neben ihr sitzt und mir bestätigend zunickt. Doch der kleine Moment endet wieder, bevor er richtig begonnen hat, denn Ares spricht erneut: „Wieso ist Henry dann gerade nicht an deiner Seite? Wo treibt er sich denn rum, wenn nicht bei der scheinbaren Liebe seines Lebens?“ Meine Stimme beginnt zu zittern, denn jedes seiner Worte trifft mich wie ein Schuss. „Du hast ihn verschleppt, du hast ihm was angetan. Ich weiß es. ICH WEIß ES!!!, schreie ich ihn an und gehe mehrere Schritte auf ihn zu. „Du weißt nichts“, schreit er zurück und seine Stimme zerreißt mein Inneres, „du weißt nichts, weil du nur ein dummer, einfacher Mensch bist. Du lässt dich von Gefühlen leiten, anstatt zu denken. Du bist ein Nichts und auch Henry ist ein Nichts.“ Er wendet sich von mir ab und sieht über mich und die Grenzen des Palastgeländes hinweg: „HENRY!!!“, ruft er und alle Gottheiten springen in Alarmbereitschaft auf. Aphrodite greift nach mir und zieht mich unsanft zur Seite. Im selben Moment stürmen die Männer der B.O.S.C. aufs Gelände, allen voran Henry. „So Lydia und jetzt erklär uns doch mal, warum dein wunderbarer Henry heute hier steht und diese Truppe anführt und nicht sein Dad? Wo ist denn sein Dad?“ Ares´ laute und klare Stimme prallt an den Wänden der Gebäude ab und hallt wie ein Echo. Ich muss schlucken und taumle weitere Schritte zurück, bis ich zu Boden gehe. Aphrodites´ Griff an meinem Arm wird lockerer, doch jetzt ist es eine neue Kraft, die mich am Boden hält. Ares hat eine Macht über mich und meinen Körper, die ich nicht fassen oder begreifen kann. Seine Stimme ist in meinem Kopf, wie zuvor die von Zeus und so sehr ich es auch versuche, werde ich sie nicht los. Er schwächt mich und hält mich zurück, genau wie er es am Fuße des Berges schon getan hat. Ares paralysiert meinen Körper, sodass ich zu nicht mehr als einer unbeteiligten Zuschauerin werde. Es ist furchtbar und innerlich schreie ich und verletze Ares, doch äußerlich kauere ich in einer Ecke und werde von Aphrodite gehalten, während die Welt um mich herum zusammenbricht.

Zweiundsechzigstes Kapitel

Henry

Getragen von der Kraft meiner Ansprache führe ich die Männer der B.O.S.C. nun aufs Gelände. Mein Mantel weht um meine Beine und all das Adrenalin sowie die schwarze Kleidung versetzen mich in ein unkontrollierbares Schwitzen. Ich blinzle gegen die Sonne und kann erkennen, welches Chaos bereits auf dem eben noch so friedlich scheinenden Platz herrscht: Zeus und Ares stehen an der „Spitze" des Halbkreises aus Stühlen, die anderen Gottheiten sitzen auf ihren Thronen. Von mir aus betrachtet rechts neben Zeus sitzen Poseidon, der Gott des Meeres; Hera, die Göttin der Ehe und Familie; Hephaistos, der Gott der Vulkane, des Feuers und der Schmiedekunst; Apollon, der Gott der Poesie und Athene, die Göttin der Weisheit. Zu seiner Linken erst Ares, daneben Demeter, die Erdgöttin; Dionysos, der Gott des Weins und der Ekstase; Hermes und schließlich Artemis, die Göttin der Jagd. Der Stuhl zwischen Hermes und Artemis ist frei, da Aphrodite auf dem Boden abseits des Halbkreises kniet und Lia im Arm hält. Mein Herz zerplatzt, als ich sie so dort liegen sehe. Sie bewegt sich kaum und ich weiß nicht, was genau mit ihr los ist, doch ich bin mir äußerst sicher, dass es etwas mit Ares zu tun hat. Jetzt richte ich meinen

Blick ausschließlich auf ihn, erhebe meine Stimme und erkläre den Göttern des Olymp: „*Ich* habe meinen Dad erschossen. Er war ein grauenvoller Mensch und ich habe Jahre lang unter ihm gelitten. Er hat seine Macht für die schlimmsten Verbrechen missbraucht, die man sich vorstellen kann. Ich stehe jetzt an seiner Stelle, jedoch wird heute und hier seine Macht sterben. Ich bin Henry und ich werde die Schreckensherrschaft meines Dads nicht weiterführen!" Die Männer hinter mir beginnen zu jubeln und eine neue Welle der Kraft überkommt meinen Körper. Ich werfe Ares, dessen Gesicht sich zu einer furchtbar schmerzverzerrten Grimasse verzieht, ein breites Grinsen zu, dann hebe ich meinen linken Arm, um den Befehl des Angriffs zu geben. „Ach Henry, du hast noch so viel zu lernen", sagt Ares im letzten Moment, noch immer gelassen und hebt ebenfalls seinen Arm. „Dachtest du wirklich, mein Vertrauen in dich sei so umfassend, dass ich nicht für einen kleinen Plan B gesorgt hätte? Es gibt ja glücklicherweise nicht nur 100 Männer der B.O.S.C., nicht wahr?" Sein selbstgefälliges Grinsen wird zu einem höhnischen Lachen und während alle nur da stehen und zusehen, gibt Ares den Befehl und es brechen über 150 bewaffnete Anhänger der Organisation aus dem großen Hauptgebäude hinter ihm. Auch meine Männer rennen an mir vorbei und los. Ich nehme alles in Slowmotion wahr, spüre den Luftzug jedes einzelnen, an mir vorbeirennenden Mannes und schaue über das Schlachtfeld hinweg zu Ares. Dieser hat plötzlich nicht mehr seins, sondern das Gesicht meines Dads. Ich kneife die Augen zusammen, öffne sie wieder und erinnere mich daran, dass er versucht, mich kaputt zu machen. Ohne den Blickkontakt abzubrechen, renne ich quer über das vor mir liegende Schlachtfeld und falle vor Lia auf den Boden. Ich küsse sie auf die Schläfe, auf die Nase, auf die Wange, versuche, mich an ihr festzuhalten. „Was ist mit ihr?“, frage ich Aphrodite aufgelöst und den Tränen bereits viel zu nah. „Es ist Ares, er ist in ihrem Kopf und macht sie schlapp. Er saugt die Kraft aus ihr heraus, indem er ihr tausend schlimme Erinnerungen vorspielt und sie damit paralysiert.“ Meine Hand zittert und ich streiche ihr vorsichtig durch die Haare. Sie öffnet nicht einmal mehr die Augen und ihr Atem ist flach. Ich kann sie nicht verlieren, das überlebe ich nicht. „Halte durch“, hauche ich ihr ins Ohr und löse mich von ihr. Entschieden nicke ich Aphrodite zu und stehe auf. Es liegen bereits überall Tote und Verletzte auf dem Boden – die B.O.S.C. bekämpft und zerstört sich selbst. Hilfesuchend schaue ich mich um, doch Zeus ist nirgends zu sehen und auch viele der anderen Stühle sind auf einmal leer. Niemals hätte ich gedacht, dass die großen Gottheiten des Olymp so feige sind und Ares einfach so den Sieg schenken. Dieser steht unberührt auf den Treppenstufen hin zum Hauptgebäude des Palastes. Als ich neben ihm zum Stehen komme, sieht er mich zufrieden an und sagt: „Deine Truppe ist so gut wie tot.“ „Ich werde nicht aufgeben, ich bin nicht hergekommen, um dich gewinnen zu lassen!“ „Blöd nur, dass Zeus seine Hilfe nicht zugesagt hat und einfach verschwunden ist… wo er doch eure einzige Hoffnung war.“ Ich richte meinen Blick auf das blutige Schlachtfeld vor uns und versuche, seine Worte auszublenden und eine Mauer in meinem Kopf zu bauen. „Ahh! Wie schade – da geht dein letzter Mann“, erwähnt Ares beiläufig, dann dreht er sich um und geht lässig die Treppenstufen bis zum Eingang des Gebäudes nach oben. Alle Männer meines Dads sind tot, die von Ares liegen mit Verletzungen am Boden oder aber folgen ihm in den Palast. Ich sprinte los und zurück zu Lia, doch sie scheint immer mehr Kraft zu verlieren. Mit Tränen in den Augen nehme ich sie Aphrodite aus den Armen und lasse ihren Kopf auf meinen Schoß sinken. „Warum hilft Zeus uns nicht? Sie sind alle tot und Ares wird uns als seine Gefangenen nehmen, uns so lange quälen, bis wir ihm helfen.“ Immer wieder versuche ich, meine Tränen und das Zittern Beiseite zu wischen, doch es gelingt mir nicht. Aphrodite sieht mich an, legt mir eine Hand auf die Schulter und sagt nichts. Auch sie weiß, dass ich Recht habe. „Wo sind alle?“, setze ich erneut an, doch wieder sagt Aphrodite nichts. Ich küsse Lia auf die Stirn und streiche ihr immer wieder Haare aus dem Gesicht. Sie atmet, ist jedoch geistig nicht anwesend und es macht mir unendlich viel Angst. Plötzlich erkenne ich im Augenwinkel einen Schatten und bewege meinen Kopf in Richtung des Torbogens. Ich reibe mir ungläubig die Augen, da ich nicht begreife, was ich dort sehe, doch da stehen Athene, Hermes und Medusa. Mein Herz macht einen Satz, vorsichtig lagere ich Lia wieder zu Aphrodite um und springe auf. Ich renne und stolpere dabei über Menschen, bis ich schließlich bei den dreien ankomme. „Medusa bringt Ares zu Fall“, erklärt mir Hermes direkt und ohne weitere Begrüßung. „Wie?“, presse ich hervor, während ich mir keuchend die Hände in die Rippen presse und um Atem ringe. „Ich habe da diese praktische Gabe“, antwortet Medusa lächelnd und geht an mir vorbei. Ich sehe ihr nach, bis sie alle Treppenstufen hinaufgegangen und im Palast verschwunden ist. Hermes wendet sich mir zu: „Henry, du musst auch in den Palast und mit Zeus sprechen, sonst wird er euch nicht verschonen, wenn Ares stirbt. Die beiden hassen sich zwar, aber sie sind Brüder und diese Verbindung ist stärker als Hass.“ „Was soll ich…?“, setze ich an, doch Hermes spricht weiter: „Du musst ihm klarmachen, auf welcher Seite du stehst und sein möchtest.“ Noch bevor er seinen Satz wirklich beendet hat, renne ich wieder los, die Stufen hinauf und falle in den Palast hinein. Alles an diesem Gebäude ist verwirrend, doch überraschenderweise nimmt mich jemand an die Hand und führt mich zu Zeus – es ist Hera, die Göttin der Familie und Ehe. Zum Dank lächle ich sie flüchtig an und sie wünscht mir viel Glück. „Zeus“, pruste ich schließlich heraus und stelle mich vor den Göttervater. „Henry, was willst du von mir? Ich helfe der B.O.S.C. nicht!“ „Ich auch nicht, ich möchte ihr nicht helfen, aber ich muss es. Es ist mein Schicksal und kein Weg führt daran vorbei. Das Einzige, was ich beeinflussen kann, ist die Art und Weise, wie ich handle.“ „Liebst du Lydia?“ „Mehr als mein Leben!“, antworte ich und meine es auch genauso. „Ihr wollt Ares töten, ist das richtig?“ „Wir müssen es tun, uns bleibt keine andere Wahl…, es tut mir leid“, ich meine es ernst, „ich weiß, wie das ist, wenn ein Familienmitglied stirbt, das man nicht leiden konnte. Man denkt die ganze Zeit, es würde sich befreiend anfühlen und genau das sein, was man immer wollte und wenn es dann so weit ist, spürt man, wie ein Teil von einem selbst stirbt.“ „Dein Dad“, antwortet Zeus nur und sieht aus dem Fenster. „Kannten Sie ihn?“, frage ich und weiß nicht einmal warum. „Ich kannte deinen Dad, er war ein abscheulicher Mann, in etwa so wie mein Bruder. Er hat alles auf der Welt gehasst, alles außer dich.“ Jetzt dreht er sich um und lächelt mich müde an. „Du hast ihn tatsächlich umgebracht?“

„Hmm, erschossen“, sage ich und versuche weiterhin, regelmäßig zu atmen, „aber ich bin mir ziemlich sicher, dass er auch mich gehasst hat.“ „Henry, dir ist bewusst, dass du aus der Sache mit der B.O.S.C. nicht herauskommst?!“ Ich nicke und sehe zu Boden: „Ich dachte für einen Moment, dass ich entkommen und mein Schicksal austricksen könnte, aber ich kann es nicht.“ „Der Mord deines Dads war provoziert…“, führt Zeus fort und ich werde hellhörig, „du bist im Alter für die Akademie und schon das ganze Jahr über wurdest du von ihnen überwacht und beobachtet. Mit dem Mord an deinem Dad hast du bewiesen, dass du die Qualitäten hast, die sie suchen. Sie werden dich aufnehmen und ausbilden, damit du im Anschluss deine eigene zu leitende Truppe bekommst.“ „Was für eine Akademie?“, frage ich. „Die Akademie der I.O.S.C., der „International Organisation of Supernatural Cases“ – die Ausbilder aller neuen Mitglieder der nationalen Unterorganisationen.“ Mir laufen Tränen das Gesicht hinab. Die ganze Zeit über wusste ich nichts davon und hatte die leise Hoffnung, doch noch irgendwie zu entkommen. Jetzt sehe ich all die Träume und Entwürfe einer eigenen Zukunft an mir vorbeiziehen. „Es tut mir leid, Henry“, sagt Zeus. Ich sage nichts, ich weine nur still und wünschte, ich hätte meinen Dad nie getötet. Die ganze Zeit über habe ich geglaubt, damit beweisen zu können, dass ich nicht so bin wie er und die gesamte Zeit haben sie genau darauf gewartet, um mich anschließend einzusperren und zu einem furchtbaren Menschen zu machen.

Von Tränen getragen stolpere ich zurück durch den Palast. Vor dem Ausgang steht eine neue Statue – der versteinerte Ares, umgeben von seinen treuen Gefolgen der B.O.S.C. und als ich an ihm vorbeigehe und ihn ansehe, kommt mir sein Tod plötzlich genauso bedeutungslos vor wie der meines Dads. Ich habe gegen die falschen Feinde gekämpft, mein einziger wirklicher Feind war ich selbst. Doch ich war zu blind, das zu erkennen und habe um mich geschlagen wie ein dummes Kind. Ich stoße die Tür des Palastes auf und trete ins Freie, dann lasse ich mich auf einer der obersten

Treppenstufen nieder und blicke auf das Schlachtfeld hinab. Die Sonne taucht alles in ein goldenes Licht und lässt die Grausamkeiten nahezu verblassen. Vorhin noch habe ich diesen Männern in die Augen gesehen und mir geschworen, sie nicht für etwas sterben zu lassen, an das ich selbst nicht glaube. Jetzt sind sie in der Überzeugung gestorben, ich könnte etwas verändern. Ich fühle mich leer und furchtbar ausgelaugt. Die letzten Wochen waren die schlimmsten und gleichzeitig schönsten meines Lebens. Jemand legt einen Arm um mich – es ist Lia. Sie küsst mich auf die Schulter, legt ihren Kopf darauf ab und greift mit ihrer freien Hand nach meinen. „Wir haben es geschafft", flüstert sie mir zu und ich zerbreche in eine Milliarden Scherben.

Dreiundsechzigstes Kapitel

Lydia

Henry und ich sitzen auf der Treppe und überblicken das Szenario vor uns. Mein Kopf kommt nach und nach wieder zu sich und ich bekomme die Kontrolle über meinen Körper zurück. Ares hat mich psychisch gequält, wieder und wieder. Ich konnte mich nicht dagegen wehren, denn er war in meinen Gedanken und konnte machen was er wollte. Ich habe nichts vom Kampf mitbekommen und bin erst wieder aufgewacht, als Medusa über mir kniete und mit ihren speziellen Tinkturen dafür gesorgt hat, dass ich wieder zu mir komme.

Auf einmal umfasst Henry meine Hand mit einer Stärke, dass ich denke, er wollte sie zerquetschen. „Wir haben es geschafft, es ist alles in Ordnung. Ares ist tot, dein Dad ist tot“, sage ich und sehe ihn von der Seite an, doch er wendet den Blick ab und schaut weit in die Ferne. Seine Augen sind rot und verquollen vom Weinen, seine Stimme zittert, als er schließlich sagt: „Ich habe es nicht geschafft.“ Mein Herz bleibt stehen und ich verstehe nicht, was er damit meint. Er dreht seinen Kopf und sieht mich an: „Lass uns bitte ein Stück gemeinsam gehen.“ Er steht abrupt auf und streckt mir seine Hand entgegen. Ich verschränke meine Finger mit seinen und lasse mir von ihm auf die Beine helfen. Langsam und bedacht gehen wir die Treppenstufen hinab, überqueren das Gelände und kehren ihm schließlich die Rücken zu. Gleich außerhalb des Torbogens bleiben wir stehen, Henry legt eine Hand an meine Wange und flüstert: „Du bist so wunderschön, Lia und ich liebe dich. Ich liebe alles an dir und das wird sich niemals ändern.“ „Du machst mir Angst, was ist los?“ Besorgt sehe ich ihn an und suche nach einer Spur von Erklärung in seinem Gesicht, doch da ist nichts außer eine Unmenge an Schmerz und Horror. Noch bevor ich sein Gesicht tiefer ergründen kann, schüttelt er den Kopf: „Noch nicht hier. Lass uns noch ein Stück weiter gehen, bitte.“ Wir verschränken unsere Finger wieder ineinander und ich blicke noch einmal zurück: Hermes, Aphrodite, Athene und Medusa sehen uns hinterher. Sie haben dafür gesorgt, dass wir heute gewinnen konnten und sie alle vier dort zu sehen, repariert einen Bruchteil meiner Seele. Ich werfe ihnen ein mildes Lächeln zu und stelle mich gleichzeitig auf das Schlimmste ein.

Wir laufen eine Ewigkeit still nebeneinanderher, doch irgendwann bleibe ich stehen und zwinge somit auch Henry dazu, anzuhalten. „Was ist los? Ich drehe durch, wenn du es mir nicht sagst! Bitte, Henry.“ Ich greife nach seinen Händen und halte sie in meinen. Er sieht mich müde an und wieder stehen ihm die Tränen im Gesicht: „Der Mord meines Dads war provoziert, ich wurde das gesamte Jahr über beobachtet und besonders über die letzten Wochen hinweg." Er atmet schwer und ringt um Worte. „Wie meinst du, beobachtet? Ich verstehe nicht…" „Es gibt eine Akademie, die für die I.O.S.C., also „International Organisation of Supernatural Cases" und deren Unterorganisationen ausbildet. Die wollten, dass ich meinen Dad umbringe, um zu sehen, ob ich es in mir habe, Teil der Ausbildung zu sein und später Anführer zu werden." Henrys Stimme bricht und er beginnt zu schluchzen. Es folgen keine Worte mehr, er bricht in diesem Moment zusammen und dreht sich von mir weg. Ich bin überfordert und stehe mit laut pochendem Herzen vor ihm. „Henry", setze ich an und berühre seine Schulter, um ihn wieder zu mir zu drehen. Er bleibt jedoch stehen und drückt sich die Hand gegen seine Augen, damit ich seine Tränen nicht sehen kann. Schließlich gehe ich um ihn herum und lege meine Arme um ihn – er fällt in mir zusammen. Zwar versuche ich, ihn zu halten, doch auch mich übermannen die Tränen. „Gibt es denn keinen Ausweg?", frage ich nach einer Weile verzweifelt und streiche mit meiner Handinnenfläche über seinen Rücken. „Nein, es gibt keinen. Zeus hat es eben bestätigt. Mein Wegrennen hat ein Ende. Entweder trete ich an oder sie werden mich dazu bringen, anzutreten…" Mein Herz bricht mit jedem seiner Worte ein kleines bisschen mehr. „Also heißt das…", ich schaffe es nicht, den Satz zu beenden und vergrabe den Kopf in seinen Armen: „Ja", antwortet er und wir halten uns fest.

Ineinander verschlungen stehen wir auf dem Olymp und realisieren, dass wir trotz gewonnenem Kampf unsere Zukunft verloren haben. „Wir werden uns wiedersehen!“, flüstert Henry zwischen all den Tränen. „Ich werde auf dich warten, ganz egal wie lange es dauern wird“, flüstere ich zurück und wir ersticken die übrige Trauer in einem Kuss.

– Fortsetzung folgt –